grafit

Dieses Buch ist ein Roman. Handlungen und Personen sind frei erfunden.
Ähnlichkeiten mit lebenden oder toten Personen sind nicht gewollt
und rein zufällig.

Bibliografische Information der Deutschen Nationalbibliothek
Die Deutsche Nationalbibliothek verzeichnet diese Publikation
in der Deutschen Nationalbibliografie; detaillierte bibliografische
Daten sind im Internet über http://dnb.d-nb.de abrufbar.

MIX
Papier aus verantwortungsvollen Quellen
FSC® C083411

Cäcilienstraße 48, 50667 Köln
Internet: http://www.grafit.de
E-Mail: info@grafit.de

Umschlaggestaltung: Nele Schütz Design unter Verwendung von
shutterstock/vichie81
Gestaltung Innenteil: César Satz & Grafik GmbH, Köln
Lektorat: Dr. Marion Heister
Druck und Bindearbeiten: CPI – Clausen & Bosse, Leck
ISBN 978-3-89425-599-2
1. Auflage 2019

Uli Paulus

Aller Tod will Ewigkeit

Thriller

grafit

Uli Paulus, geboren 1974 in Heidenheim, studierte Schlagzeug, Philosophie und Sprachwissenschaften. Er arbeitet als Kreativdirektor, Filmemacher und Schriftsteller. Nach seinem in der Schweiz und Deutschland erfolgreichen Krimidebüt *Schattengott* ist *Aller Tod will Ewigkeit* sein zweiter Roman.

I.

»Alle Wesen bisher schufen etwas über sich hinaus: und ihr wollt die Ebbe dieser großen Flut sein und lieber noch zum Tiere zurückgehen, als den Menschen überwinden?«

Friedrich Nietzsche

1

Vor dem Küchenfenster wütete ein stürmischer Wind, der den Regen durchs Dorf trieb wie einen Schwarm wilder Insekten. Jacob Lindemann stand an seinem Gasherd und wartete auf das Pfeifen des Teekessels. Die Regentropfen prasselten auf die Fensterbank. Der graue Linoleumboden unter seinen in Sandalen steckenden Füßen war kalt. Im Schrank unter dem Spülbecken schnappte eine Mausefalle zu. Plötzlich spürte Lindemann ein heftiges Drücken um sein Herz und einen krampfartigen Schmerz im Hals. Er schleppte sich in sein Arbeitszimmer, ließ sich auf seinen Schreibtischstuhl fallen und griff nach dem Testament in der obersten Schublade. Minutiös hatte er in den letzten Jahren aufgeschrieben, was mit seinem Erbe geschehen sollte und wer sich um die Testamentsvollstreckung kümmern möge. Doch erst jetzt spürte er das plötzliche Bedürfnis, sich seiner eigenen Totenfeier anzunehmen. Der Schmerz zog in den Kiefer und schnürte ihm gleichzeitig die Bauchdecke zu. Kalter Schweiß stand ihm auf der Stirn und seine Hand verkrampfte sich. Unter lautem Stöhnen nahm er die Bibel zur Hand, die auf seinem Schreibtisch lag, und schlug Matthäus 26, Vers 34 auf: Jesus sprach zu ihm: »Wahrlich ich sage dir: In dieser Nacht, ehe der Hahn kräht, wirst du mich dreimal verleugnen.« Er blickte zur Decke und schloss die Augen. Er sah die Menschenmenge, die ihm zuhörte. Er sah die Toten im Schützengraben. Er sah das Gesicht seiner jüngsten Tochter. Mit verkrampfter Hand blätterte er weiter zu Matthäus 26, Vers 75. *Da dachte Petrus an die Worte Jesu, da er zu ihm sagte: »Ehe der Hahn krähen wird, wirst du mich dreimal verleugnen«, und ging hinaus und weinte bitterlich.*

Jacob Lindemann schrieb die beiden Bibelstellen auf die erste Seite seines Testaments und fügte fast unleserlich die letzte Notiz seines Lebens an: *Für die Predigt bei meiner Beerdigung*. Er schloss sein Testament – und weinte bitterlich.

In der Küche pfiff der Teekessel. Lindemann schleppte sich zurück und griff nach dem Schalter am Herd. Dann durchfuhr ihn ein Schmerz wie ein Blitz, genau durch die Mitte seines Körpers. Der Teekessel pfiff die ganze Nacht hindurch, bis das Wasser verdunstet war und der Sturm vor dem Fenster sich gelegt hatte. Der Briefträger fand Jacob Lindemann am Morgen tot in seiner Küche liegen. Es war der 8. November 1985.

Das kleine blonde Mädchen, das nach der Beerdigung des Großvaters auf dem braunen Liegesessel herumturnte, summte etwas vor sich hin.

»Was singst du denn Schönes?«, fragte ihr Onkel Hans.

»Von der Mühle am rauschenden Bach«, sagte das Mädchen, »das hat der Opa immer mit mir gesungen.«

»Na siehst du, hattest doch einen lieben Opa.«

Hans Lindemann öffnete ein Fotoalbum, das er aus dem Arbeitszimmer seines Vaters geholt hatte, und begann darin zu blättern. Er entdeckte alte, teilweise vergilbte Schwarz-Weiß-Bilder aus einer Zeit, an die er sich selbst nur noch wie durch einen Schleier blickend erinnern konnte. Auf einem Foto sah man den Vater unter zwölf entschlossen dreinblickenden Männern stehen. Darunter stand *GZEDÜ – Oktober 1936.* Auf einem anderen Bild, Weihnachten 1940, sah man die Eltern mit den vier Kindern der Familie – Hans, Hilde, Hartmut und Sophie. Nur drei von ihnen hatten die NS-Zeit überlebt.

»Unsere Sophie«, nuschelte Hans Lindemann und schloss die Augen. Dann schlug er das Album zu.

Als er den Raum verließ, nahm seine Nichte das Büchlein und blätterte sich Seite für Seite durch das Leben ihres Großvaters. Jedes dieser Bilder brannte sich so fest in ihr Gedächtnis ein wie der modrige Geruch des olivgrünen Sofas und der leiernde Klang des schwarzen Klaviers in Großvaters Stube.

Das Haus wurde verkauft und lebte als Ort der Erinnerung

fort. Jacob Lindemann hatte beide Weltkriege miterlebt. Er war Pfarrer, Theologe, Soldat, Lehrer und Waldarbeiter gewesen. Im Laufe seines Lebens hatte er mehrere Bücher geschrieben, die nach seinem Tode allesamt vernichtet wurden, weil seine Kinder sich für den Inhalt schämten. Sein dunkelstes Geheimnis aber nahm er mit ins Grab. Es sollte erst zwei Generationen später aufgedeckt werden.

2

»Ich lese nicht mehr.« Sabina Lindemann legte ihr Besteck auf den Tellerrand und nahm einen Schluck Rotwein.

»Lesen?«, fragte Simon.

»Das mit den Buchstaben unter den Videos«, sagte Sabina. »Früher gab's das auf Papier, so geschichtenweise, hatt ich ganz gern.«

»Ach, diese Kulturtechnik aus dem letzten Jahrtausend«, sagte er.

»Krass, oder?«

»Ja«, sagte er. »Nur, wann soll ich lesen? Tagsüber hab ich keine Zeit, abends bin ich zu müde und im Urlaub lassen mich die Kinder nicht. Hab eigentlich immer gern gelesen.« Er drehte sich etwas Pfeffer über sein Steak.

»Ich hab es geliebt«, sagte Sabina, »aber in letzter Zeit ist es mir abhandengekommen.«

»Lesen ist total asozial – macht man nur für sich, teilt man nicht, bekommt man keine Likes dafür.« Simon grinste.

»Ich muss es wieder tun«, sagte Sabina. »Du hast alle Gründe dafür genannt.«

Sie prosteten sich zu im sicheren Wissen, dass sie bei tieferer Analyse der Thematik ein zutiefst deprimierendes, kulturpessimistisches Fazit gezogen hätten. Aber traf man sich per Dating-App, um über den Untergang des Abendlandes und seiner Schriftkultur zu diskutieren?

»Dass du Yoga und Kickboxen magst, weiß ich ja aus deinem Profil, aber was machst du eigentlich beruflich?«, fragte er. Sie hatten beide keinen Beruf angegeben.

»Es hat mit Sex zu tun«, sagte Sabina.

»Nein«, sagte Simon, »sind wir hier bei *Pretty Woman*?«

»Du denkst, ich bin eine Hure?«, sagte sie, gespielt aufgebracht.

»Nein«, beschwichtigte er. »Telefonsex?«

Sie ließ ihn noch kurz zappeln.

»Ich bin Sexualtherapeutin.«

Er atmete durch. »Das ist ja mal ein Job.«

Sie konnte hören, wie es in seinem Hirn ratterte. Es reizte ihn, verunsicherte ihn aber auch.

»Man hört dabei viele Geschichten«, sagte sie.

»Vielleicht brauchst du deswegen keine Bücher mehr.«

»Kann sein.«

»Und wer kommt da so?«

»In die Therapie? Vor allem Paare.«

»Alte? Junge?«

»Zwischen achtzehn und achtzig, Peak bei dreißig bis Mitte fünfzig.«

»Kommen auch welche allein?«

»Ja, so Typen wie du.« Sie lachte. »Nein, schon mehr Paare.«

»Und warum kommen sie?«

»Meistens, weil der Mann will und die Frau nicht. Oder weil die Frau will, aber der Mann nicht kann.«

»Ist beides irgendwie blöd.«

»Klar – und dann muss man eben reden. Eigentlich geht es immer um Kommunikation.«

»Immer?«, fragte er.

»Immer«, sagte sie.

»Auch bei Erektionsstörungen?«, fragte er.

»Auch bei Erektionsstörungen«, sagte sie.

»Na ja, das ...«

»Hattest du noch nie, schon klar«, prustete Sabina.

Männer mussten ein Selbstbild haben, das mit sexueller Potenz und Großartigkeit einherging. Genau darin lag bisweilen das Problem.

»Und die Frauen, warum kommen die zu dir?« Simon war interessiert.

»Weil sie keine Lust empfinden und keine Leidenschaft

spüren. Weil sie sich nicht berühren lassen wollen. Mit 'nem Orgasmus ist es dann natürlich auch nix.«

»Und wie bringt man jemandem einen Orgasmus bei?«, fragte er. Seine braunen Augen blitzten.

»Du kannst es mir gerne mal zeigen«, feuerte Sabina zurück.

Am Horizont der Möglichkeiten zeichnete sich in verlockender Form der weitere Verlauf des Abends ab. Simon grinste.

»Ich bin wirklich froh, dass ich diese App runtergeladen hab. Und dass jemand wie du dabei war ...«

»Ich hab solche Paarungsprogramme immer gehasst«, sagte sie.

»Aus irgendeinem Grund hast du dich aber angemeldet.«

»Na, weil ich in meinem Dorf niemand kennenlerne. Und was hat dich dazu gebracht?«

»Das ist eine längere Geschichte.«

»Du siehst ein Gegenüber, das jede Menge Zeit hat«, sagte Sabina und legte lächelnd ihre muschelförmig geöffnete Hand ans Ohr.

Simon schüttelte fast unmerklich den Kopf. Für einen kurzen Moment huschte ein Ausdruck der Trauer über sein Gesicht. Er gab manches preis, aber nicht alles. Er war offen, aber nicht leichtfertig. Sabina war sich sicher, dass er eine problematische Beziehung geführt hatte oder sie noch führte. War das nicht sogar ein Ehering an seinem Finger? Sie wollte nicht bohren. Nicht, nachdem sich das Gespräch so gut angelassen hatte.

»Und du, was machst du beruflich? Lass mich raten: Du bist Zahnarzt!«

»Zahnarzt, warum denn das?«, fragte er, die Traurigkeit war wieder aus seinen Zügen gewichen.

»Weiß auch nicht. Gut aussehend, trainiert, selbstbewusst. Passt zu den Zahnärzten, die ich kenne.«

Er strich sich durch seine dunkelbraunen Haare und sah

ihr direkt in die Augen. »Ich fürchte, jetzt kommt ein Downer«, sagte er, um fast entschuldigend anzufügen: »Ich bin Polizist.«

»Nein«, sagte sie. »Streife, Kripo?«

»Morde, organisierte Kriminalität, solche Sachen.«

»Und – ist es interessant?«

»Es gibt spannende Wochen und es gibt weniger spannende.«

»Also ich hab mich bei der Polizei am Ende nur noch gelangweilt.«

»Du hast ... hä?«

»Ich war auch Polizistin. Das ist schon ein paar Jahre her.«

»Du warst ...« Er stockte. »Moment mal, Sabina Lindemann.«

Sie nickte, er strich sich übers Kinn.

»Du warst die Ermittlerin, die bei dieser Mordserie in Graubünden damals fast ums Leben gekommen wäre. Diese Kultmorde, mit diesem Mi... Ma...«

»Mithraskult«, ergänzte Sabina. »Ja, das war ich.«

»Und wie hast du das gepackt?«

»Erst ging's mir schlecht. Und als es mir dann wieder gut ging, wurde mir die Arbeit zu langweilig.«

»Zu wenig Herausforderung?«

»Kann man so sagen. Graubünden ist wirklich idyllisch. Aber genau deswegen bringen sich die Leute da normalerweise auch nicht um. Und der ganze Dreck, den dieses Land hier zweifellos am Stecken hat, der hängt auch nicht überm Bündner Kuhzaun. Graubünden ist eine tolle Region – aber nicht um im Spezialdienst für Morde zu sein. Es gibt einfach keine.«

»Aber schön ist es bei euch.«

»Natürlich ist es schön, abartig schön sogar. Ich liebe auch mein Donat. Nur gibt's da halt keine Männer für mich.«

»Und in Chur?«

»Jede Menge Sex – beruflich.«

»Hast du mal daran gedacht, nach Zürich oder so zu gehen? Oder nach Luzern?« Er lächelte auffordernd.

»Zürich? Nein danke. Da war ich vor Graubünden. Und in Deutschland wollte ich auch nicht bleiben. Über Luzern können wir reden.«

»Moment, Deutschland?«

»Ich bin halbe Deutsche. Hab da auch studiert. Bevor ich zur Polizei bin, hab ich's bis zur Zwischenprüfung geschafft. Vor drei Jahren hab ich dann den Abschluss gemacht.«

»Und wo?«

»In Heidelberg.«

»Polizistin, Psychologin und dann auch noch Deutsche. Du wirst immer interessanter.«

»Was ist denn daran interessant, deutsch zu sein?«

»Na ja, vielleicht sind es eher deine Augen, die ich interessant finde.«

Mit ihren türkisfarbenen Augen hatte Sabina die Männer schon immer in ihren Bann gezogen. Und auch die blonden Haare funktionierten bei den meisten.

Dieser hier hatte Charme. Er hatte Witz. Er sah blendend aus. Für Sabina bestand kein Zweifel daran, dass die Konversation im Bett enden würde.

»Diese Geschichte damals in Graubünden, wie ging die eigentlich weiter?«, fragte Simon.

»Ganz ehrlich, ich möchte nicht mehr drüber reden. Ich hab das hinter mir gelassen. Lange schon.«

»Versteh ich«, sagte Simon.

Er akzeptierte ihre Grenze. War interessiert, aber nicht aufdringlich. Agierte gewitzt, bisweilen forsch – und trug doch auch etwas Melancholisches in seinem Gesicht. Warum hatte er sich zu dieser App angemeldet? Hatte er nicht vorher etwas von Kindern gesagt?

»Du hast keine Kinder, oder?«, fragte er, als ob sich ihre Gedanken berührt hätten.

»Nein«, sagte Sabina. »Es hat sich nie ergeben – und jetzt bin ich schon neununddreißig. Aber du hast welche. Wie alt sind sie?«

»Fiona ist fünf, Maurice ist acht.«

»Und warum dann nicht *happy family*? Das ist doch ein Ehering, oder?« Sie sah auf seine linke Hand.

Er blickte nach unten. »Darüber möchte *ich* gerade nicht reden. Okay für dich?«

Er setzte eine Grenze. Warum sollte er ihr auch gleich beim ersten Date seine ganze Geschichte erzählen? Sie konnten ja erst mal vögeln. Sie bestellte noch ein Glas Wein und freute sich aufs Dessert. Keine Frage, der Weg nach Luzern hatte sich gelohnt.

3

David Philipp Feldmann stand auf der Terrasse seines Anwesens in Meggen bei Luzern. Die Gäste waren alle gegangen, seine Frau hatte sich schon in den Schlaftrakt am anderen Ende der Villa zurückgezogen. Die Gespräche waren gut verlaufen und auch das abendliche Dinner samt dem anschließenden Beisammensein im Wellnessbereich hatte seinen Zweck nicht verfehlt. Feldmann war oft geschäftlich unterwegs und so liebte er es, wenn er zu Hause war, nachts allein auf der Terrasse am See zu sitzen.

Er ging hinein und holte sich eine Zigarre und ein Glas Whiskey. Behutsam drehte er die Zigarre zwischen Daumen und Zeigefinger und toastete sie mit dem Feuerzeug. Dann nahm er einige Züge, bis sie ordentlich rauchte. Er legte seinen Kopf zurück und blickte zum Himmel. Vom Ufer her hörte er das Plätschern der Wellen, über sich sah er eine Sinfonie aus Sternen. Wie gut war dieser Ort. Wie still. Wie diskret. Er liebte die Schweiz. Ihre atemberaubende Schönheit und ihre wohltuende Diskretion.

Von hier aus ließen sich problemlos Geschäfte in aller Welt einfädeln – und niemand stellte lästige Fragen. Auch seiner russischen Frau, die er beim Skifahren in St. Moritz kennengelernt hatte, gefiel es. Feldmann legte die Zigarre ab und nippte an seinem Whiskey. Er stellte den Kragen seines Bademantels auf und streckte seinen Oberkörper durch, als er plötzlich einen Schlag im Nacken spürte. Besinnungslos sank er in sich zusammen. Den Nadelstich der Spritze, die ihm verabreicht wurde, spürte er schon nicht mehr.

Zwei Männer ergriffen seinen Körper und schleppten ihn über eine lange Treppe hinab zum Ufer des Vierwaldstätter Sees. Hier lag an einer privaten Anlegestelle in einer künstlich geschaffenen Bucht Feldmanns Boot. Sein Anwesen war komplett von einer Mauer umgeben. Zum See hin trennte ein

Stahltor direkt über dem Wasser die Bucht vom offenen See. Das Tor öffnete sich. Ein kleines Boot, in dem zwei Gestalten saßen, ruderte zur Anlegestelle. Gemeinsam mit den Eindringlingen, die schon auf dem Grundstück waren, hievten sie Feldmanns Körper in das Boot. Zu viert ruderten sie auf den Vierwaldstätter See hinaus. Als sie weit genug vom Anwesen entfernt waren, zündeten sie den Motor und fuhren über die schwärzlich wabernde Spiegelfläche zur gegenüberliegenden Anlegestelle.

Dort angekommen, führten sie im Schutz der Dunkelheit ihren Plan aus. Gegen vier Uhr früh verließen sie die Halbinsel Tribschen, die um diese Uhrzeit völlig menschenverlassen neben dem Luzerner Segelklub lag.

4

Jeden Morgen vor der Arbeit drehte Martin Jäger seine Runde am Vierwaldstätter See. Die Sonne ruhte noch hinter den Bergen, die Stadt lag im Schlummer der Nacht. Von seiner Wohnung aus lief er durch die menschenleere Altstadt, joggte über die Kapellbrücke und nahm den Weg vorbei am Bahnhof zum Kultur- und Kongresszentrum. Über eine lange Fußgängerbrücke führte die Strecke am Bootshafen entlang zur Ufschötti, einem Strandstück mit angrenzendem Park. Hier nächtigten die Schwäne, Enten und Gänse. Es roch nach Algen und frischer Luft. Jäger atmete tief ein.

Die Berge lagen als grau-schwarze Silhouetten hinter dem See. Auf den Wellen spiegelten sich erste Schimmer von Gold und Orange. Jäger lief an der Uferpromenade entlang zum Segelklub Tribschenhorn und nahm den kurzen Anstieg hinauf zur Halbinsel Tribschen. Sein linker Oberschenkelmuskel verhärtete sich etwas, doch er behielt seinen Rhythmus bei. Er passierte die mit Moos überzogenen Felsen und erreichte schließlich den kleinen Park, in dessen Mitte erhaben über dem See das frei stehende Patrizierhaus stand, in dem einst Richard Wagner residiert hatte.

Jäger trabte zur Terrasse, wo er stets seine Dehnübungen machte. Dann blieb er abrupt stehen. Zwischen zwei himmelwärts strebenden Pappeln, welche die Terrasse des dreistöckigen Hauses flankierten, hing in etwa fünf Meter Höhe ein leblos wirkender Körper. Männlich, nackt, voller Blut. War das ein Mensch? Ein Kunstobjekt? Der Teil eines Bühnenbilds?

Vor der Silhouette der schlafenden Berge und dem sich mit erstem Morgenlicht tränkenden Horizont wirkte dieser Anblick wie das Szenenbild aus einer Wagner-Oper. Der Körper war an beiden Armen mit je einem stramm gespannten Seil fixiert. Er hing da wie gekreuzigt. Und er war echt.

Sosehr es ihn auch schauderte, instinktiv zückte Jäger sein Smartphone. Hatten sie nicht erst neulich darüber diskutiert, wie schnell sich Videos heutzutage verbreiteten? Die Szenerie bot eine einmalige Möglichkeit, das auszuprobieren. Er schien der Erste zu sein, der dieses unfassbare Bild entdeckt hatte. Der Mann, der da hing, war offensichtlich tot. Helfen konnte man ihm nicht mehr. Was sprach dagegen, diese Entdeckung zu posten?

Jäger ging einige Schritte zurück und filmte zunächst den Himmel und die Berge. Dann schwenkte er zum Richard-Wagner-Haus. Filmte die Villa und die schlanken, hohen Pappeln. Das Seil, das zwischen ihnen gespannt war. Den Körper, der da leblos hing, gehalten von der Stärke der Seile. Jäger drückte auf *Stopp* und sah sich das Video an. Dann lud er es mit dem Wort *Unglaublich!* auf seinen Facebook-Account hoch.

Just als der Ladebalken Vollstreckung meldete, befiel Jäger ein mulmiges Gefühl. Müsste er nicht eigentlich die Polizei rufen? War es vielleicht etwas voreilig gewesen, diese Entdeckung gleich zu posten? Sollte er das Video wieder löschen? Er steckte das Smartphone ein und lief zurück nach Luzern. Unterwegs begegneten ihm mehrere Jogger, gegen halb sechs kam er zu Hause an.

Nachdem er geduscht hatte, machte er sich einen Kaffee und schaute sich das Video an. Bis dahin war es bereits achtmal geteilt und zweimal heruntergeladen worden. Eine halbe Stunde später hatten sechsundvierzig Menschen das Video gesehen und vierzehn weitere es geteilt. Ab diesem Zeitpunkt verbreitete es sich rasend.

Gegen 6:30 Uhr läutete Simons Telefon. Ein Mord, direkt vor dem Wagnerhaus in Tribschen. Sabina räkelte sich im Bett und ließ per Schalter die Jalousien des Hotelzimmers hoch. Die Sonne strahlte.

»Na super«, sagte sie, »da denkt man einmal, man hat 'nen Treffer gelandet, und dann isses ein Bulle, der morgens um halb sieben zum Mord muss.«

»Sorry, ich find's auch scheiße, aber ich muss halt hin.«

»Ist mir schon klar.«

Er überlegte kurz. »Komm doch einfach mit.«

Sabina strich sich durch die Haare. »Als Psychologin oder wie?«

»Ja«, sagte Simon, »das bekomm ich schon hin.«

»Und da wird sich keiner wundern, dass du morgens um sieben mit so 'ner blonden Tussi ankommst?«

»Ich sag halt, dass du zu Besuch bist. Oder möchtest du lieber weiterschlafen?«

»Jetzt bin ich eh schon wach. Ich geh mit.«

»Na dann.«

Sabina machte sich im Bad zurecht. Simon wartete, bis sie fertig war. Der Morgen nach der ersten Nacht hatte immer etwas Verschämtes. Die Geräusche im Bad wollten verborgen bleiben, die Gerüche sich verstecken. Nichts von dem, was weintrunken in der Nacht zuvor noch so spielerisch ineinandergefunden hatte, war jetzt noch selbstverständlich. Sabina nahm dem Ganzen ein wenig der Verkrampfung, indem sie Simon ein unverblümtes »Erst mal was ablassen, hm?« hinwarf, als sie das Bad verließ.

Sie fuhren mit Simons Wagen Richtung Neustadt.

»Habt ihr viele Morde hier?«, fragte Sabina.

»Letztes Jahr hatten wir genau einen«, sagte er. »Hier gibt's eher Wirtschaftsdelikte und dezent organisierte Kriminalität. Kaum offene Gewalt. Unsere Schweiz halt.«

»Ich bin total aufgeregt«, sagte sie.

»Echt jetzt?«, fragte Simon und bog nach dem Eiszentrum links ab.

»Ja, es fühlt sich komisch an.«

Durch einen kleinen Park gelangten sie zum Richard-Wagner-Museum.

»Das ist ja fantastisch«, entfuhr es Sabina, als sie sich dem weiträumig abgesperrten Haus von der Rückseite her näherten. Tatsächlich lag das ehemalige Wohnhaus des deutschen Komponisten fast kitschig auf einem grünen Hügel über dem Vierwaldstätter See. Außer den Absperrbändern und den Polizeiwagen deutete nichts darauf hin, was hier passiert war.

Simon kannte den Kollegen, der den Zugang bewachte, und erklärte ihm, dass Sabina als polizeigeschulte Psychologin Zutritt erhalten solle. Sie sei gerade zu einer Fortbildung hier, er halte es für sinnvoll, dass sie sich ein Bild vom Tatort mache. Wie erwartet, stellte das kein Problem dar. Sie zogen die Schutzkleidung an und näherten sich dem dreistöckigen weißen Herrenhaus mit den grünen Fensterläden von der Seeseite her. Flankiert von zwei riesigen, schlank sich gen Himmel ragenden Pappeln stand es da wie eine Festung. Weit dahinter lag der Pilatus, Luzerns charismatischer Hausberg. Im Näherkommen erkannte Sabina, dass zwischen den Bäumen ein Seil gespannt war, an dem ein Körper hing. Sie blickte zu Simon, der ebenfalls zwischen Fassungslosigkeit und Neugier zu schwanken schien. Zielstrebig steuerten sie auf die Terrasse zu.

»Unglaublich«, sagte Simon, als er unter dem Leichnam stand, der da in rund fünf Meter Höhe wie ein Gekreuzigter hing.

Die Kollegen vom Kriminaltechnischen Dienst hatten längst damit begonnen, die Gegenstände zu fotografieren und einzusammeln, die auf der Terrasse und der umliegenden Wiese lagen. Sie tüteten Zigarettenstummel und Bonbonpapiere ein und dokumentierten die wenigen Fundstücke. Die Schweiz war ein sehr reinliches Land, Luzern eine saubere Stadt – zumal hier, an einem touristischen Hotspot. Sabina machte Fotos, so wie sie es auch früher stets gehandhabt hatte. Sie war tatsächlich wieder an einem Tatort, nach sieben Jahren.

Zu ihrer Überraschung fühlte es sich gut an, wieder Ermittlerluft zu schnuppern. Als ob ein Schalter gedrückt worden wäre, der nur eine Zeit lang auf Stand-by gestanden hatte.

Auf dem See brachten sich Schaulustige in Stellung, um das Treiben zu filmen. Die Polizei ließ drei Boote vorfahren und sicherte das Ufer, um ein weiteres Anfertigen von Bildern zu verhindern. Nachdem der Nahbereich des Fundorts minutiös dokumentiert worden war, gingen die Beamten mit Unterstützung der Feuerwehr daran, den Leichnam zu bergen. Mit zwei Feuerwehrleitern gelangten sie zu den Stellen, an denen die Seile befestigt waren. Wie sich herausstellte, handelte es sich um Spanngurte. An den Stämmen der Pappeln entdeckten die Ermittler Spuren von Steighilfen. Nachdem die Feuerwehrleute den Leichnam geborgen hatten, legten sie ihn zur weiteren Untersuchung in ein eigens errichtetes Zelt.

Erst dort erkannte Sabina das eingeritzte Zeichen auf dem Bauch des Mannes. Es war ein blutiges Z, umrandet von einem Kreis, etwa tellergroß. Ihr Herz raste. Erinnerungen an ihre eigene Entführung flackerten auf. Sie war damals selbst geritzt worden. Es hatte Wochen gedauert, bis allein die körperlichen Wunden verheilt gewesen waren.

Sie beugte sich über den Toten. Ein grauhaariger Mann, schlank, mit klar definierten Proportionen. Auf den ersten Blick wirkte er eher wohlhabend, worauf nicht zuletzt die Ringe an seinen Fingern hindeuteten. Ein Raubmord schied offenbar aus und erschien angesichts des Fundorts und der Umstände auch wenig plausibel.

»Kennt jemand den Mann?«, frage Simon in die Runde.

»Irgendwie ein Gesicht, das man schon mal gesehen hat, aber ich kann es nicht zuordnen«, sagte Reto Knoblauch, der leitende Kollege vom Kriminaltechnischen Dienst. »In dem Haus wohnt wohl oben jemand. Ich weiß nicht, ob er das ist. Die Stadt hat jemanden geschickt, der das Museum öffnet, normalerweise machen die erst um zehn auf.«

»Das Museum bleibt sicher ’ne Weile geschlossen«, sagte Simon. »Bitte macht ein Bild des Toten und gebt es an die Zentrale durch, die sollen eruieren, wer das ist.«

»Schon geschehen«, sagte Knoblauch.

Simon ging gemeinsam mit Sabina zum Hauseingang, wo bereits ein älterer Herr mit einem Schlüsselbund auf sie wartete.

»Arnold vom Ermittlungsdienst 1«, sagte Simon und schüttelte dem Mann die Hand.

»Werner von der Stadt Luzern, ich sperr Ihnen auf.«

Simon ging mit zwei weiteren Polizisten ins Haus und sah sich um. Rechts von der Eingangstür war der Empfang, »Wagners ehemaliges Schlafzimmer«, wie der städtische Bedienstete anmerkte. Es standen einige CDs und Bücher zum Verkauf bereit. Simon ließ den Blick schweifen und durchschritt aufmerksam die Räume im Erdgeschoss. Sabina folgte ihm schweigend. Im Museum wurden Fotos, Gemälde, Möbel und Schriftstücke von Richard Wagner ausgestellt.

»Kennst du dich mit Wagner aus?«, fragte Simon.

»Nur oberflächlich«, sagte Sabina. »*Ring des Nibelungen*, Bayreuther Festspiele, Frauenheld, Judenhasser.«

Simon blickte auf. »Judenhasser?«

»Hab ich mal irgendwo gelesen. Deswegen war er später hoch im Kurs bei den Nazis.«

Simon überlegte. »Das Zeichen auf dem Bauch des Toten, für was hältst du das?«

»Ein Z in einem Kreis« sagte Sabina.

»Z wie Zion?«, fragte Simon.

»Möglich.«

»Also ein antisemitischer Hintergrund?«

»Ein Z ritzt man jemandem zumindest nicht in den Bauch, ohne damit etwas aussagen zu wollen«, sagte Sabina. »Wir sollten herausfinden, wer das da draußen ist.«

Gegen 9:30 Uhr kam der junge Mann, der den Empfang im Museum besetzte.

»Grüezi«, sagte Simon, »Sie sind?«

»Eric Schweizer«, sagte der Mann, »ich arbeite im Museum.«

»Herr Schweizer, waren Sie gestern auch da?«

»Ja, ich bin eigentlich immer da, wenn ich nicht krank bin.«

»Und ist Ihnen etwas aufgefallen, gestern, in den letzten Tagen oder vielleicht auch schon vor Wochen?«

»Was soll mir aufgefallen sein?«

»Auffällige Menschen, irgendwelche Personenbewegungen, Leute, die sich hier besonders interessiert umgeschaut haben?«

Der junge Mann lachte. »Na ja, es schauen sich eigentlich alle interessiert um, es ist ja ein Museum.«

»Sie wissen, dass hier jemand abscheulich ermordet wurde?«

»Eine Leiche draußen auf der Terrasse, habe ich gehört«, sagte der Museumsangestellte. »Aber ich durfte da nicht hin, bin gleich reingekommen.«

»Da draußen ist eine Leiche, richtig«, sagte Simon. »Aber sie lag nicht einfach irgendwo im Busch, sondern hing in fünf Meter Höhe zwischen den Bäumen.«

Simon zeigte nach Osten zum Ende des Hauses. Schweizer schluckte.

»Ja, da muss man erst mal schlucken, finde ich auch«, sagte Simon. »Also, können Sie sich an irgendetwas Auffälliges erinnern?«

Schweizer überlegte. »Was Auffälliges? Gott, hier laufen schon schräge Gestalten durch. Chinesen, Japaner, Amis, Araber, natürlich auch viele Deutsche. Aber dass mir jetzt wirklich jemand aufgefallen wäre, der einen Mord plant … Also ich weiß nicht.«

»Das Museum wird nicht videoüberwacht?«

»Nein«, sagte der Mann, »man kann eigentlich nichts

klauen. Also wenn jemand den Flügel rausträgt, dann merken wir das schon.«

»Kommen Sie mal mit«, sagte Simon, dem die Schabernacklaune des Museumsmitarbeiters auf die Nerven ging.

Er führte ihn zu dem Zelt, in dem noch immer der Leichnam lag, der bald in die Gerichtsmedizin befördert werden würde.

»Kennen Sie den Mann?«, fragte Simon. »Haben Sie ihn schon mal hier gesehen?«

Schweizer näherte sich dem Toten, dessen Geschlecht man mit einem Tuch abgedeckt hatte. Er beugte sich tiefer über den Mann. »Also hier habe ich den noch nicht gesehen. Aber ich glaube, ich kenne ihn aus der Zeitung. So ein Wirtschaftstyp. Hab ich erst dieser Tage was drüber gelesen, es ging um irgendeine Sauerei mit Giftmüll in Afrika.«

»Sie lesen den Wirtschaftsteil der Zeitung und merken sich solche Sachen?«, fragte Simon.

»Ich lese alles in der Zeitung und merke mir viel. Es ist nicht jeden Tag so viel los hier.«

»Er hat recht«, sagte Reto Knoblauch, der eine Nachricht bekommen hatte. »Die Kollegen von der Wirtschaft haben den Toten anhand des Bildes identifiziert. Der Mann heißt David Philipp Feldmann, er ist der Gründer und Inhaber von *Portargo*, einer der größten Rohstoffhandelsfirmen der Welt mit Sitz in Luzern. Sein Anwesen liegt in Meggen am anderen Seeufer. Multimillionär, eher Milliardär, in dritter Ehe verheiratet mit einer jungen Russin. Aktuell in einen Giftmüllskandal verwickelt. Hier ist die Nachricht von Lustenberger.« Knoblauch reichte Simon sein Smartphone.

»Ist der Mann Jude?«, wollte Simon wissen.

»Keine Ahnung, wieso?«

»Irgendwas muss das Z ja bedeuten – und Zion beginnt zumindest mal mit dem richtigen Buchstaben.«

Während Simon den Museumsmitarbeiter weiter nach besonderen Beobachtungen befragte und sich ein Bild vom Tagesverlauf im Richard-Wagner-Museum machte, erkundete Sabina das weitere Umfeld des Gebäudes. Die Täter mussten mit dem Boot oder über die kleine Straße durch den Park gekommen sein. In beiden Fällen war es möglich, dass jemand sie beobachtet hatte. Allerdings lag die Halbinsel eher abgeschieden von den Wohngebieten der nahen Neustadt. Im Grunde der perfekte Platz für eine derartige Inszenierung.

Sabina ging zum See, an dem sich eine offizielle Anlegestelle und ein verschlossener Bootsschuppen befanden. Es roch nach Algen und abgestandenem Seewasser. Der frische Wind verstärkte das Gefühl, am Meer zu sein. Die Leute vom Kriminaltechnischen Dienst dokumentierten weiter Quadratmeter für Quadratmeter, was sie auf dem weitläufigen Gelände um das Museum fanden. Die Spezialistin für Fußabdrücke suchte nach verwertbaren Spuren. Sabina ging den Uferweg entlang Richtung Jachthafen.

Hier versperrten imposante Felsen den Blick auf das Haus. Laternen deuteten darauf hin, dass der Weg nachts wohl beleuchtet war. Eher unwahrscheinlich, dass die Täter sich über diesen steilen Zugang dem Anwesen genähert hatten. Die Felsen waren voller faszinierender Strukturen. Hier hatte Richard Wagner also einst Inspiration gesucht – und sicher auch gefunden. Mit ein bisschen Fantasie konnte man sich gut vorstellen, dass hier Elfen und Zwerge zu Hause waren oder auch Walküren und Helden. Der Platz war heute nicht minder beeindruckend, als er es mutmaßlich vor hundertfünfzig Jahren gewesen war.

Sabina hatte Lust darauf, sich näher mit Wagner zu beschäftigen. Während Simon die Ermittlungen vorantreiben musste, hatte sie alle Freiheiten, den Fall aus einem erweiterten Blickwinkel zu betrachten. Sie stand nicht unter Ermittlungsdruck und die Therapiestunden, die für Anfang nächster Woche in ihrem Terminkalender notiert waren, konnte sie sicher um ein paar Tage verschieben. Sie hatte Lust, sich in den Fall einzubringen. Noch mehr Lust aber hatte sie darauf, diesen Mann näher kennenzulernen, der sie hierhergebracht hatte. Sie hatte sich lange nicht mehr so leichtgängig unterhalten. Und sie hatte schon lang keinen so guten Sex mehr gehabt.

Simon hatte inzwischen herausgefunden, dass das Opfer tatsächlich Jude war. Die Mieter der Wohnung über dem Museum waren laut Schweizers Aussage im Urlaub, kamen also als Zeugen und wohl auch als Täter nicht infrage. Die nächsten Anwohner lebten mehrere Hundert Meter entfernt, hinter dem Strandbad. Kaum anzunehmen, dass jemand etwas beobachtet hatte. Befragen musste man sie trotzdem. Zunächst, das war klar, würde Simon sich mit seinem Kollegen Timo Gerber um die Frau des Ermordeten kümmern, Swetlana Feldmann.

»Ich fahr jetzt zur Frau des Toten nach Meggen«, sagte Simon, als Sabina und er wieder vor der Terrasse standen. »Wollen wir uns heute Abend treffen oder musst du zurück nach Graubünden?«

»Ich bleib noch«, sagte Sabina. »Lauf dann am See zurück. Melde dich gern heut Abend!«

Ein Kuss erschien unter den gegebenen Umständen unpassend. Sie fassten sich kurz am Arm und ließen dann voneinander ab.

Sabina ging zurück ins Museum und nahm sich Zeit für die Ausstellungsstücke. Auf den meisten Gemälden und Fotos war Richard Wagner selbst zu sehen – ein charismatischer Mann, der sicher eine starke Wirkung auf Menschen gehabt hatte. Auch seine Frau Cosima, die Tochter von Franz Liszt, tauchte immer wieder auf. Zunächst auf Fotos mit ihrem ersten Ehemann, Hans von Bülow. Dann an der Seite Wagners. Wagner hatte seinem besten Freund die Frau ausgespannt und sie schließlich 1870 geheiratet. Bereits 1866 war er mit ihr in das Haus am Vierwaldstätter See gezogen. Man konnte sich anhand der Bilder gut vorstellen, dass dieser energetisch wirkende Künstler Männer und Frauen gleichermaßen für sich hatte einnehmen können. Auch König Ludwig II. war ein großer Bewunderer und Gönner Wagners gewesen. Der bayerische König hatte dem Komponisten dessen angehäufte Schulden bezahlt und letztlich auch den Bau eines eigenen Wagner-Festspielhauses in Bayreuth mitfinanziert. So war Wagner bis heute der einzige Komponist weltweit, der ein eigenes Festspielhaus nur für seine Werke bekommen hatte. Von 1866 bis 1871 hatte er in Tribschen gelebt, die Miete für das stattliche Haus hatte ihm ebenfalls der Märchenkönig bezahlt. In Tribschen, an dem Flügel, vor dem Sabina gerade stand, hatte Wagner auch Teile seines Hauptwerks komponiert, das 1876 als *Der Ring des Nibelungen* in Bayreuth uraufgeführt worden war. Über zwanzig Mal hatte der Komponist hier Besuch von Friedrich Nietzsche bekommen, der zu jener Zeit ein glühender Verehrer von Wagners Kunst und von dessen Frau Cosima gewesen war. Schon während seiner Lebzeit, vor allem aber nach Wagners Tod im Jahre 1883, hatte Cosima die Vermarktung des Komponisten vorangetrieben und einen Kult um Wagner inszeniert, der bis heute Scharen von Verehrern nach sich zog. Stand nicht jedes Jahr die deutsche Politprominenz bei den Bayreuther Wagner-Festspielen im Rampenlicht? Der Hype um Wagner schien ungebrochen.

Sabina ging in den ersten Stock und hörte sich einige Ouvertüren aus dem *Ring des Nibelungen* an, der aus vier Teilen bestand: dem *Rheingold*, das als Vorabend konzipiert war, der *Walküre*, die auch als erster Tag des Rings bezeichnet wurde, sowie dem *Siegfried* und der *Götterdämmerung*, die am zweiten und dritten Tag aufgeführt wurden. Sie schloss ihre Augen und ließ sich von den opulenten Orchesterklängen davontreiben. Über sechzehn Stunden hatte die Aufführung des ersten Rings 1876 gedauert, mehr als hundert Orchestermusiker und vierunddreißig Solisten hatte Wagner dafür beschäftigt.

Das Werk suchte in seiner Größensucht seinesgleichen und wurde bis heute ständig neu interpretiert und auf die Bühne gebracht. Keine Frage, Richard Wagner war einer der wirkmächtigsten Komponisten aller Zeiten gewesen.

Aber was hatte das mit dieser Leiche am Seil zu tun, die inzwischen abtransportiert worden war? Warum wählte jemand diesen Ort für die Zurschaustellung eines toten jüdischen Rohstoffhändlers aus? Sie war gespannt, was Simon bei der Frau des Ermordeten herausfinden würde.

5

Simon Arnold und sein Kollege Timo Gerber waren ein ungleiches Ermittlerteam. Während Simon aufgrund seines fabelhaften Aussehens und seiner direkten, charmanten Art zumeist schnell eine Brücke zu Menschen bauen konnte, war Gerber ein zurückhaltender, trockener Charakter. Seine kühlen blauen Augen inmitten eines fahlen, von Akne zerfurchten Gesichts hatten zwar stets alles im Blick, eine echte Beziehung zum Gegenüber bauten sie jedoch selten auf.

»Und diese Psychologin ist eine Freundin von dir?«

»Ja, sie ist gerade zu Besuch. Wir kennen uns von einem Seminar.«

»Und die hat um sieben in der Früh nix Besseres zu tun, als Tote zu begutachten?«

»Sie war mal Polizistin. Hat die Mithras-Morde in Graubünden damals aufgedeckt. Kannst du dich erinnern?«

»Mithras? Diese Höhlengeschichte? Verrückt.«

Der Wagen näherte sich Feldmanns Anwesen von oben.

»Und was, denkst du«, hakte Gerber nach, »kann diese Psychologin besser als wir?«

»Sie heißt Sabina, Sabina Lindemann«, erwiderte Simon, »und ich glaube nicht, dass sie etwas besser kann als wir – aber vielleicht anders.«

»Ich weiß schon, was sie besser kann«, sagte Gerber süffisant. Sein Humor war trocken, der Blick für das, was sich vor seinen Augen abspielte, scharf.

Die Polizisten fuhren vor der großen weißen Villa vor, in der David Philipp Feldmann gemeldet war. Eine unübersehbare weiße Mauer mit einem riesigen grauen Stahltor und einer blicksicheren Tür schützte das Anwesen. Videokameras überwachten den Eingang.

Simon klingelte und hielt seinen Polizeiausweis vor das elektronische Auge.

»Bitte?«, sagte eine barsche Frauenstimme durch die Sprechanlage.

»Simon Arnold und mein Kollege Timo Gerber von der Luzerner Polizei. Frau Feldmann?«

»Ja.«

»Wir müssen mit Ihnen sprechen, es geht um Ihren Mann.«

Ein Schalter wurde gedrückt, die Tür öffnete sich.

Das riesige Haus war eine sonderbare Architekturmelange aus dem, was in Immobilienkreisen toskanische Villa genannt wurde, und dem Weißen Haus in Washington.

»Protziges Ding«, sagte Simon.

»Kreuzhässlich«, pflichtete ihm Gerber bei.

In der Haustür stand eine etwa dreißigjährige Frau, rotbraune Haare, blasser Teint, mit rot bemalten Lippen in einem eleganten cremefarbenen Kostüm. Simon streckte ihr die Hand hin.

»Grüezi, Frau Feldmann, dürfen wir reinkommen?«

»Bitte«, sagte sie und zeigte an, wo sich die Garderobe befand. »Christina«, rief sie.

Eine Haushälterin, dem Aussehen nach Südamerikanerin, kam herbeigeeilt und nahm den Polizisten ihre Jacken ab.

Frau Feldmann bat sie in den Salon. Auf einem edlen Barocktisch stand eine Teegarnitur aus Porzellan. Sie setzte sich auf einen kunstvoll geschwungenen Stuhl und wies die Polizisten an, es ihr gleichzutun.

»Tee oder Kaffee?«

»Danke, nichts«, sagte Simon.

»Wie kann ich Ihnen helfen?«

»Frau Feldmann, wir haben Ihnen eine traurige Nachricht zu überbringen.«

Plötzlich änderte sich der Ausdruck der bis dahin sehr reserviert wirkenden Frau.

»Es geht um Ihren Mann, David Feldmann.«

Die Russin riss ihre blauen Augen weit auf.

»Er wurde ermordet. Wir haben seine Leiche am anderen Seeufer gefunden.«

Swetlana Feldmann nahm schweigend die Hände vors Gesicht und atmete tief durch. »Nein«, sagte sie dann, so als ob der Inhalt der Mitteilung ein schlichtes Missverständnis sein müsse. Zwischen ihren Augen bildete sich eine tiefe Furche. Gerber studierte das Schauspiel und wandte keine Sekunde den Blick von ihr ab.

»Doch, leider«, sagte Simon. »Wir müssen Sie bitten, später zur Bestätigung seiner Identität mitzukommen.«

Die Frau sah ihn mit trockenen Augen an. »Aber was ist denn passiert?«

»Das wissen wir noch nicht«, sagte Simon. »Aber er wurde ermordet, das können wir sicher sagen, es war kein Unfall.«

»Und wo?«

»Das wissen wir nicht. Gefunden haben wir ihn auf der anderen Seite des Sees.«

Sie schüttelte den Kopf.

»Frau Feldmann, sind Sie imstande, uns einige Fragen zu beantworten?«

»Ja«, sagte sie und fasste sich an die Nase.

»Wann haben Sie Ihren Mann zum letzten Mal lebend gesehen?«

»Gestern Nacht. Wir hatten Geschäftspartner zu Besuch. Die sind um Mitternacht gegangen. Ich habe mich dann ins Schlafzimmer zurückgezogen. Mein Mann bleibt oft noch alleine wach.«

»Wer waren die Gäste?«

»Marco Schindler, der Co-Inhaber der *Portargo*, seine Frau Irina und zwei Geschäftspartner aus Südamerika mit ihren Begleiterinnen.«

»›Begleiterinnen‹?«

»Hostessen, denke ich.«

»Verstehe. Irgendwelche Namen?«

»Juan und Claudio. Die Frauen hab ich mir nicht gemerkt.«

»Und, verlief der Abend harmonisch?«

»Ja, es wurden Geschäfte angebahnt, die für die Firma sehr wichtig sind.«

»Was für Geschäfte?«

»Es ging um Lithium. *Portargo* steigt in Bolivien in dieses Geschäft ein.«

»Würden Sie einem der Anwesenden zutrauen, etwas mit dem Mord zu tun zu haben?«

»Ich wüsste nicht, warum. Marco ist wie ein Sohn für David und die Südamerikaner kannte er kaum. Im Übrigen wollen sie ja Geschäfte mit uns machen.«

»Sagen Sie, ist Ihr Haus videoüberwacht?«

»Ja, am Eingang, zu allen Seiten an der Mauer und unten am See. Aber fragen Sie mich nicht, wie das alles funktioniert.«

»Wir schicken gegebenenfalls jemanden vorbei, der sich das ansieht.«

»Bitte. Es geht schließlich um meinen Mann.«

»Und heute Morgen? Haben Sie sich nicht gewundert, dass er nicht da war?«

»Mein Mann ist oft unterwegs. Manchmal verlässt er nachts das Haus, wenn ich schon schlafe. Oder er geht morgens, wenn ich noch im Bett liege. Das ist nichts Ungewöhnliches.«

»Verzeihen Sie, aber was macht Ihr Mann nachts, wenn er nicht daheim ist?«, fragte Simon.

»Das weiß ich nicht. Ich bin ja nicht seine Mutter«, sagte die Russin, jetzt wieder kühl und reserviert wie zu Beginn.

»Sie halten es also für möglich, dass er eigenmächtig noch mal das Haus verlassen hat gestern Nacht?«

»Sie haben gehört, was ich gesagt habe, oder?«

»Können Sie bitte nachsehen, ob ein Auto fehlt? Oder wie bewegt sich Ihr Mann?«

»Auto, Flugzeug, Hubschrauber, Motorrad, Boot.«

Swetlana Feldmann führte sie zu einer in den Hang gebauten Garage, die in ihren Ausmaßen eher einem Hangar glich. Neben etlichen Oldtimern und Neuwagen stand auch ein Hubschrauber auf einem Anhänger darin.

»Fehlt ein Auto oder ein anderes Gefährt?«, fragte Simon.

»Nein, nicht soweit ich das sehen kann«, sagte Swetlana Feldmann.

»Sie haben gesagt, Ihr Mann sei öfter nachts allein unterwegs gewesen. Wäre Ihr Mann auch zu Fuß gegangen oder gibt es ein Boot?«

»Natürlich gibt es ein Boot, unten am See, und natürlich wäre er niemals zu Fuß nachts aus dem Haus gegangen. Er ist ja kein Mondsüchtiger.«

Wie die Frau zwischen Empfindsamkeit und Eiseskälte changierte, war bemerkenswert.

»Können wir bitte nachsehen, ob das Boot noch da ist?«, fragte Simon.

»Unten, am See«, sagte sie, während sie abwesend in die Ferne starrte.

Feldmanns Anwesen war lückenlos ummauert. Das Boot lag in einer kleinen Bucht, die dem Grundstück künstlich einverleibt worden war. Um zum See zu gelangen, musste ein elektrisches Tor über dem Wasser betätigt werden.

»Wie öffnet man das Tor?«, fragte Simon.

»Es gibt einen Schalter am Steg«, sagte Swetlana Feldmann. »Aber fragen Sie mich nicht, wie das alles gesichert ist. Das interessiert mich nicht.«

»Hat jemals jemand hier eingebrochen? Sind Ihnen Personen aufgefallen oder merkwürdige Geschehnisse? Gab es zuletzt irgendwelche Reparaturen, waren Handwerker da?«

Sie überlegte ernsthaft. »Nein, keine Reparaturen. Ich sehe hier eigentlich auch nie jemanden. Direkte Nachbarn gibt es nicht, das Schloss weiter drüben ist so weit weg, dass wir die Besucher nicht sehen oder hören.«

»Wer arbeitet hier, außer der Haushälterin?«

»Wir haben einen Gärtner, der zweimal die Woche kommt. Gelegentlich schaut auch ein Hausmeister vorbei. Aber wohnen tut außer uns nur Christina hier.«

»Und, wie lang ist sie schon bei Ihnen?«

»Christina? Seit einigen Monaten. Sie wurde uns von Freunden empfohlen.«

Sie gingen wieder zurück ins Haus, das viel zu viele Zimmer für zwei Personen hatte.

»Sagen Sie, haben Sie Kinder? Oder hat Ihr Mann welche?«

»Er hat zwei erwachsene Kinder. Der Sohn lebt in Genf, die Tochter in Amerika. Aber wir haben sie nicht oft gesehen, er mag seine Kinder nicht besonders.«

Simon sah sie mit einem Fragezeichen auf der Stirn an.

»Ehekrach. Millionen weg.«

»Verstehe. Und Sie, haben Sie Kinder?«

»Keine Kinder. Zum Glück.«

»Sie sprechen sehr gut Deutsch, sind Sie hier aufgewachsen?«, wollte Simon wissen.

»Ich spreche auch fließend Englisch und Spanisch«, sagte sie. »Meinen Eltern war das wichtig.« Sie nahm auf dem Sofa Platz und blickte versonnen auf den See.

»Bitte, setzen Sie sich«, sagte sie plötzlich, diesmal unerwartet freundlich.

»Hatte Ihr Mann Feinde, Frau Feldmann?«

»Mein Mann ist einer der erfolgreichsten Rohstoffhändler der Welt. Sicher hat er Feinde.«

»Hat er je davon erzählt, dass er sich bedroht fühlte?«

»Mein Mann hat nicht viel erzählt vom Geschäft. Wir haben die schönen Stunden miteinander genossen. In seine Geschäftsaktivitäten habe ich mich nicht eingemischt – außer er hat es ausdrücklich gewünscht.«

»Sie wissen also auch nicht, was genau er auf seinen Geschäftsreisen getan hat?«

»Er hat Freunde getroffen, andere Geschäftsleute, Politiker, Minenbetreiber, Manager von Ölfeldern. Natürlich war ich öfter dabei. Wir haben gegessen, getrunken, gefeiert. Alle wollen gut leben und mein Mann ist sehr gut darin, alle gut leben zu lassen und dabei sich selbst nicht zu vergessen.«

»Frau Feldmann, haben Sie irgendeinen Verdacht, wer Ihren Mann ermordet haben könnte?«

»Er hat mit China Ölgeschäfte betrieben, mit den Russen zusammen. Zuletzt war er in Südamerika. Und dann war da diese Sache mit Afrika, die ja auch durch die Medien ging. Ich habe keine Ahnung, ob da jemand eine Rechnung offen hatte. Aber sicher hat er sich nicht nur Freunde gemacht. Er hat nie darüber geredet.«

»Dieser Skandal mit dem giftigen Ölschlamm an der Küste Nigerias?«, fragte Gerber, der bis dato kein Wort gesagt hatte, sich aber auf der Fahrt im Netz kundig gemacht hatte. »Hat ihn das sehr beschäftigt?«

»Ja, deswegen waren immer wieder Leute da. Ich dachte vorhin auch, Sie seien deswegen gekommen. Soweit ich weiß, hatte mein Mann damit aber nichts zu tun.«

»Es ist seine Firma, gegen die ermittelt wird«, sagte Gerber, »und er trägt die Verantwortung.«

»Das werden internationale Gerichte klären.«

»Frau Feldmann«, schaltete sich Simon wieder ein. »Waren Sie in den letzten Wochen hier oder haben Sie Ihren Mann zuletzt auf seinen Geschäftsreisen begleitet?«

»Ich war in Moskau dabei, im April. Die letzten Wochen war ich hier.«

»Seit wann war Ihr Mann von seiner letzten Geschäftsreise zurück?«

»Seit fünf Tagen.«

»War das bekannt?«

»Ich denke, dass die engsten Vertrauten in der Firma wissen, wie sein Terminkalender aussieht.«

»Wer sind seine engsten Vertrauten?«

»Marco Schindler, das Management, sein Assistent, seine Sekretärinnen.«

Simon bedankte sich für die Auskünfte und ging mit Gerber in die Küche, um die Haushälterin zu befragen. Sein Telefon läutete. Es war seine Schwiegermutter. Wie lang sie die Kinder heute nehmen solle? Und ob er heute Nacht da sei und wann er nach Hause zu kommen gedenke? Ob er ihr bitte rechtzeitig Bescheid geben könne. Er machte deutlich, dass er in einem Mordfall ermittelte und dass es sehr spät werden konnte. Ob sie also die Kinder ins Bett bringen und auch morgen das Frühstück machen solle? Ja, das sei wohl das Beste. Es sei zwar Samstag, aber er müsse eben wegen eines Mordes ermitteln und komme sicher erst spät heim. Ob er sich schon dessen bewusst sei, dass seine Kinder ihn bräuchten. Ja, aber er sei nun mal der leitende Ermittler.

»Entschuldigung«, sagte Simon zur Haushälterin und zu Gerber gewandt, »meine Schwiegermutter.«

Christina Martinez sprach nur sehr rudimentär Deutsch. In einer Mischung aus Spanisch und Deutsch kam die Befragung unter Zuhilfenahme vieler Handzeichen schließlich ans Ziel. Der Haushälterin waren keine besonderen Vorkommnisse aufgefallen. Sie hatte nach dem Abendessen abgeräumt und abgespült und war, nachdem sich die Gesellschaft in den Wellnessbereich zurückgezogen hatte, ins Bett gegangen. Am Morgen hatte sie bereits alles geputzt, sodass in Pool und Sauna keine Spuren vom Vorabend mehr zu sehen waren.

»Woher kommen Sie eigentlich?«, fragte Simon. *»De dónde …?«*

»Ah, Peru«, sagte die Haushälterin.

»Und seit wann sind Sie hier? *Cuándo …?*«

»Drei Monat.« Sie wirkte angespannt.

»Wie sind Sie denn zu Familie Feldmann gekommen?«, wollte er wissen.

»*Amigos*«, sagte sie.

»Christina war in Peru bei einem Geschäftspartner meines Mannes Haushälterin«, schaltete sich Frau Feldmann ein.

»Und, sind Sie zufrieden?«

»Sie ist zuverlässig, diskret und freundlich. So, wie wir es erwartet haben.«

»Hat sie keine Familie?«

Swetlana Feldmann hob die Schultern.

»*Bambini*, Kinder, *yo* …« stotterte Simon.

Christina zuckte zusammen, ihre Augen wurden glasig.

»Peru, Peru«, sagte sie.

»Danke«, sagte Simon, »*gracias*.«

Die beiden Polizisten gingen zum Auto und ließen das Anwesen hinter sich. Swetlana Feldmann folgte ihnen in ihrem schwarzen Porsche Cayenne.

6

Es war kurz nach dreiundzwanzig Uhr, als Simon die Hotelbar im Monopol betrat. Sabina hatte sich einen Gin Basil Smash bestellt und an einem Fenster mit Blick auf den See Platz genommen. Nicht jeder Trend, der von London, New York oder Berlin in die Provinz schwappte, begeisterte sie. Den Siegeszug des Gins aber fand sie spannend und trank gern mal einen – mit Tonic oder auch als Cocktail. Den ganzen Tag über hatte sie sich mit dem Leben von Richard Wagner beschäftigt. So war sie in einen Kosmos eingetaucht, der ihr bis zum Vormittag nahezu unbekannt gewesen war.

Simon umarmte sie und atmete erst einmal tief durch. »Das war ein Tag«, stöhnte er, um dann zu erzählen, was sich bei den Befragungen und bei der Obduktion ergeben hatte.

»Feldmann wurde also niedergeschlagen, vergiftet und dann mit dem Messer aufgeschlitzt?«, fragte Sabina.

»Ja, wobei mich vor allem die Ritzung dieses Z beschäftigt. Wir sind noch am Nachmittag in Feldmanns Firma gewesen und haben die Manager herzitiert, die vor Ort sind.«

»Und?«

»Es waren nur zwei da. Von denen kann sich keiner einen Reim auf das Z machen. Sie haben zugegeben, dass dieser Umweltskandal in Afrika dem Unternehmen sehr zusetzt. Ein Tanker der *Portargo* hat in Nigeria fünfhundert Tonnen giftigen Ölschlamm illegal abgeladen. Siebzehn Menschen, darunter viele Kinder, sind nach aktuellem Stand ums Leben gekommen, Tausende haben schwerwiegende Erkrankungen davongetragen.«

»Und dieser Marco Schindler, der gestern bei Feldmann war?«

»Ist noch auf Geschäftsreise unterwegs, er empfängt uns morgen«, sagte Simon.

»Nirgends ein Z, das mit dem Giftmüllskandal in Verbindung steht?«

»Der Tanker hieß *Panda*, der Hafen war Lagos. Es kann natürlich sein, dass es ein Opfer gibt, dessen Vor- oder Nachname mit Z beginnt. Das müssen wir prüfen.«

»Was ist mit der Idee, dass das Z für Zion steht und die Tat einen antisemitischen Hintergrund hat?«, fragte Sabina.

»Ich habe morgen einen Termin beim Rabbiner der jüdischen Gemeinde.«

»War Feldmann ein religiöser Mensch?«

»Zumindest scheint er in der jüdischen Gemeinde bekannt zu sein.«

»Und in der Firma? War da jemand verdächtig?«

»Nein, alle aalglatt. Typisch schweizerische Diskretion. Alles blitzsauber, alle sehr freundlich. Dass die in einem ganz üblen Business unterwegs sind, wird perfekt kaschiert. Nur diese Geschichte mit Afrika lässt sich eben nicht mehr kaschieren.«

»Dann ist der Mord eventuell auch was für die Fachgruppe mit den Wirtschaftsdelikten?«

»Ich habe schon zwei von ihnen in mein Team bestellt«, sagte Simon, »dich übrigens auch – als freie beratende Kraft. Mein Chef hat zugestimmt.«

»Hat er?«

»Er kennt dich noch aus Zürich, Lutz Haldimann.«

»Haldimann? Der war mein Chef, als ich ganz neu bei der Polizei war.«

»Er fand dich wohl nicht so schlecht.«

»Er hat immer recht hartnäckig auf meinen Arsch geglotzt. War aber nie übergriffig.«

Simon lachte. »Nein, im Ernst, er hat nichts dagegen, dass du dich mit einbringst. Du sollst morgen zu ihm ins Büro kommen, damit ihr das formal in die richtigen Bahnen lenkt. Er schätzt dich und findet die Idee gut, dass jemand Externes sich mit einbringt. Reich werden wirst du dabei allerdings nicht.«

»Passt schon. Hey, eigentlich bin ich nur nach Luzern gefahren, um so 'n Typen aus dem Internet zu treffen. Und jetzt bin ich auf dem Weg zurück in den Polizeidienst.«

»Sorry, aber ich bin nicht daran schuld, dass gerade jetzt der Punk abgeht.«

»Hab nix dagegen. Gehen wir vögeln?«

Er grinste.

Um ein Uhr nachts brach Simon auf und fuhr zu seiner Wohnung. Er öffnete die Tür des geräumigen Altbaus und sah in die Kinderzimmer. Maurice und Fiona schliefen ruhig. Er setzte sich an den Küchentisch, machte sich ein Bier auf und nahm das rote Tagebuch vom Regal. Unter dem Datum des 11. Mai schrieb er:

Liebe Daniela,
heute war ein sehr ereignisreicher Tag. Schon morgens um 6:30 Uhr wurde ich durch einen Telefonanruf geweckt: ein Mord in Tribschen, direkt vor dem Wagner-Museum. Das Bild, das sich dort auftat, kannst du dir nicht vorstellen. Ich erzähle es dir gerne einmal genauer, aber zum Schreiben ist es zu grauenhaft. Den ganzen Tag über war ich mit Ermittlungsarbeiten beschäftigt. Auf dem Kommando, in der Rechtsmedizin, bei der Firma Portargo *hier in Luzern. Ich denke, es geht um Rohstoffgeschäfte, vielleicht hat der Mord auch einen antisemitischen Hintergrund. In jedem Fall ist das eine spannende Geschichte, die wir so noch nie hatten in Luzern. Leider wird mich das die nächsten Tage, wahrscheinlich Wochen, sehr in Beschlag nehmen. Die Kinder werden viel bei deiner Mutter sein, vielleicht spanne ich auch Iris mit ein. Maurice hat morgen ein*

Turnier, vielleicht kann Opa ihn fahren. Fiona freut sich schon sehr darauf, mit Oma in die Seebadi zu gehen – wenn das Wetter gut ist. Ich schreib dir bald wieder, aber für heute bin ich einfach zu müde.
Dein Simon

7

Man schrieb den 21. März 1931, als Jacob Lindemann Emma Köth zur Frau nahm. Zwar behauptete Lindemann stets, es sei andersherum gewesen, jedoch war dies Koketterie, denn er wusste wohl: Wenn zwei Menschen einander lieb gewannen, dann zündete der Funke meist gleichzeitig. Lindemann hatte am Tübinger Stift der evangelischen Landeskirche Württemberg Theologie studiert und stand damit in einer Reihe mit berühmten Geistesgrößen wie Kepler, Hölderlin oder Hegel. 1929 war er als stellvertretender Pfarrer in das Dekanat Blaubeuren bei Ulm gekommen und hatte dort die Tochter eines Privatlehrers kennengelernt, der die Familie jedoch bereits in ihrer Kindheit verlassen hatte, um als Wandermusiker in Amerika sein Glück zu finden. Ruhm und Ehre brachte Lindemann die Heirat also nicht ein, jedoch war seine Emma voller Güte und Herzensbildung, was dem Theologen, der aus einer armen Bauernfamilie kam, zutiefst imponierte.

Die Hochzeit der beiden fand in bescheidenem Rahmen im Stuttgarter Haus eines Onkels statt. Neben den Gastgebern waren Emma Köths Mutter, die Eltern des Bräutigams und die Geschwister der Brautleute da. Jacob Lindemanns Schwestern Katharina und Gudrun waren zwei tüchtige Schafferinnen, die den Bauernhof der Eltern in Maulbronn bewirtschafteten. Sie waren beide unverheiratet und kinderlos. Emma Köths Bruder Hermann war ein aufstrebender Psychiater und wissenschaftlich interessierter Kopf. Er kam mit seiner Frau und drei Kindern. Von Anfang an verstand sich Jacob Lindemann gut mit seinem Schwager, der ein intelligenter Mann mit universitären Weihen war. Er hatte bereits 1919 über Zooanthropie promoviert, eine Manie, bei der sich Menschen wie Tiere fühlen. In der Folge hatte er sich auf das psychiatrisch-neurologische Fachgebiet spezialisiert und war seit 1930 Leitender Arzt der Bodelschwingh'schen Anstalt in Bethel.

Die Männer hatten beide ein Faible für die Wissenschaft – wenn auch auf unterschiedlichen Gebieten. Während Köth dabei war, einer der angesehensten Psychiater des Landes zu werden, galt Lindemann als versierter Theologe. Statt einer Professur entschied er sich jedoch für das Pfarrersein, nicht zuletzt, weil seine Frau Emma diesen tätigen Dienst in der Gemeinde für erstrebenswert hielt und gern Pfarrfrau sein wollte. Um seine theologisch-akademische Seite nicht zu vernachlässigen, schrieb Lindemann Bücher und hielt Vorträge.

Am Sonntag nach Ostern 1931 fand die Amtseinsetzung Jacob Lindemanns in der Leonhardskirche statt. Mit neunundzwanzig Jahren war er der jüngste Stadtpfarrer in ganz Stuttgart. Die Pfarrfrau war mit ihren dreiundzwanzig Jahren auch die jüngste aller Stadtpfarrfrauen, von denen die meisten Matronen zwischen fünfzig und sechzig waren. Einer, dem absolut nicht eingehen wollte, dass eine so junge Frau an der ehrwürdigen Leonhardskirche walten sollte, war der Metzgermeister Bock aus der Torstraße. Als pflichtbewusstes Mitglied der Gemeinde stiftete er zu jedem Erntedankfest einen Korb besten Fleisches für die Alten und Armen. Beim ersten Einkauf in der Ochsenmetzgerei, in der es nichts außer Ochsenfleisch und Tartar gab, begrüßte er die ihm unbekannte Frau mit einem freundlichen »Womit kann ich dienen, liebs Fräuleinle?«. Flugs nahm die Frau des Metzgers ihren Gemahl zur Seite und flüsterte ihm zu, dass dies die neue Frau Stadtpfarrer sei. »Also«, sagte der Metzgermeister gedankenschnell, »hier isch alles drin für die Griaßsupp und saget se dem Herr Stadtpfarrer viele Grüß.« Mochte er auch hinter vorgehaltener Hand gelästert haben über die neuen Pfarrleute, im direkten Austausch wurde die Bedeutung des Amtes gewürdigt. Der Pfarrer galt damals noch etwas – zumindest bei denen, die zur Gemeinde gehörten.

Das junge Ehepaar zog in ein Haus an der Christofstraße, das zu Zeiten des Königreiches Württemberg dem französischen Gesandten als Residenz gedient hatte. Die Zimmer waren außergewöhnlich hoch, jedes der vier im Erdgeschoss hatte noch ein kleines Beizimmer. Die Küche, in deren Mitte ein riesiger Kohleherd stand, hatte die Ausmaße einer Hotelküche. Die Gänge waren lang und wenn Jacob Lindemann sich im Esszimmer aufhielt und das Telefon im Studierzimmer läutete, musste er sich sputen, um den Hörer rechtzeitig zu erreichen. Das Schönste an diesem Haus aber war der Garten, eine Oase inmitten der Großstadt, voller Obst- und Kastanienbäume, Sträucher, Akazien und Robinien. Darin baute die junge Pfarrfrau allerlei Gemüse an und sammelte Himbeeren und Träuble, wie die Johannisbeeren in Schwaben heißen. Inmitten des Gartens stand unter einem Kastanienbaum ein kleines Hexenhäusle. Hier sollten sich später die Kinder der Pfarrersleute besonders wohlfühlen, noch aber waren die Lindemanns kinderlos.

Im dritten Bezirk der Leonhardskirche wohnten damals siebentausendsiebenhundert evangelische Gemeindemitglieder. Jacob Lindemann sah seine seelsorgerischen Aufgaben neben dem Predigen und zwölf Stunden Religionsunterricht in der Woche vor allem in Hausbesuchen. Die kurz zuvor abgehaltenen Kirchenwahlen hinterließen ihm ein nahezu lückenloses Hausregister und so besuchte er binnen der nächsten zwei Jahre fast jeden Haushalt, was ihm mit Gottesdienstbesuchen und einer wachsenden Zuhörerschaft honoriert wurde.

Im Bezirk lag auch das katholische Marienheim, in dem viele auswärtige Mädchen untergebracht waren. Von ökumenischer Zusammenarbeit war seinerzeit allerdings nichts zu spüren. Ein kämpferischer Konfessionshader zog tiefe Gräben durch die Gesellschaft. Dazu lagen das allgemeine Gewerkschaftshaus und die Buchdruckergewerkschaft im Pfarrbezirk. Nicht zuletzt war dem Pfarrer das Eduard-Pfeiffer-Haus des Arbeiterbildungsvereins ein Dorn im Auge, da hier – zumeist unter dem Deckmantel des Feuerbestattungsvereins – das religionskritische Freidenkertum propagiert wurde. Da Freidenker, Gewerkschaften und die Sozialdemokratische Partei mitsamt ihren Roten Falken jedweder Religion feindselig gegenüberstanden, war diese Großstadtgemeinde alles andere als eine in sich geschlossene geistige Einheit.

Am nahen Wilhelmsplatz sammelten sich täglich die Kommunisten nebst dem Gesindel der Altstadt und so schloss Lindemann oft abends die eisernen Fensterläden, wenn Drohungen gegen ihn als Kirchenvertreter von der Straße laut wurden. Jacob Lindemann, der aus dem idyllischen Maulbronn kam, nahm diese großstädtischen Herausforderungen an, um seinem Gott zu dienen, und etablierte sich schnell als starker Prediger, dem die Einheit seines Volkes und das Wohlbefinden der Gemeinschaft ebenso sehr am Herzen lagen wie der christliche Glaube. Seine Frau lebte als ein Vorbild der guten Tat ihr Christentum – und so wurde das Pfarrhaus eine wichtige Instanz im Viertel.

Schon mit dem ›Schwarzen Freitag‹ im Sommer 1931 hatte eine düstere Zeit begonnen, die sich im Folgejahr weiter verdunkelte. Die Wirtschaftsblüte der goldenen Zwanzigerjahre war längst vorüber. Eine grassierende Massenarbeitslosigkeit zog herauf – und mit ihr ein Klima gesellschaftlicher Kälte, dem nach Ansicht der Pfarrfrau allein die Wärme des Herzens etwas entgegenzusetzen hatte. Sie kaufte von den letzten Mark ihres Hochzeitsgeldes eine Pfaff-Nähmaschine und nähte in den kommenden Jahren die Kleider vieler Bedürftiger.

Doch auch im Pfarrhaus wurde das Geld zunehmend knapper. Reichskanzler Brüning versuchte durch Notverordnungen die anschwellende Not auf alle Glieder der Gesellschaft zu verteilen. Und so sank auch Jacob Lindemanns Monatsgehalt auf nur mehr dreihundertzwanzig Mark. Immerhin hatten die Pfarrleute aber ein Dach über dem Kopf und stets genug zu essen.

Im Jahr 1932 nahm die allgemeine Not grauenhafte Züge an. Innerhalb von vier Wochen begingen in Lindemanns Bezirk sechs Menschen Selbstmord. Auf den Straßen bildeten sich Demonstrationen, in der Sofienstraße wurde ein junger SA-Mann von schwadronierenden Kommunisten erstochen. Es herrschte ein Klima des Hasses und der Unruhe. Wenn Jacob Lindemann das Elend zu groß und die seelsorgerische Last zu schwer wurde, fuhr er allein nach Maulbronn, um auf dem heimischen Bauernhof der Schwestern die Kühe zu schirren, den Mist zu fahren oder den Acker zu pflügen. Aus dem Boden zog er neue Kraft. Kraft, die er brauchte, um seine Gemeinde zu führen und zu unterstützen.

Viele Gemeindemitglieder wehrten sich gegen das anbrandende Elend, gründeten einen kirchlichen Notdienst und sammelten Geld für Alte und Arme. Rund zweitausend Mark im Monat hatte Lindemann so zur Verfügung, um davon Gutscheine zu erstehen, mit denen die Bedürftigen bei den Geschäftsleuten des Bezirks einkaufen konnten. Bewusst stärkte er die kleinen Händler, denn die aufstrebende Macht der Kaufhäuser war ihm suspekt. Zum Mittagstisch lud die Pfarrfamilie stets einen Jungen ein, dessen Vater sich das Leben genommen hatte. Auch der Sohn eines arbeitslos zum Trinker gewordenen Proletariers wurde täglich mit versorgt. Die Pfarrfrau nähte Kleider und buk Brot. Jeden Morgen standen Dutzende von Arbeitslosen an der Glastür des Pfarrhauses, um einen heißen Kaffee oder ein Stück trockenen Brots zu empfangen. Die Pfarrfrau jedoch fand diese Abspeisung an der Türe würdelos und richtete mit dem Herbst in einem der leeren Kleinzimmer ein Speisezimmer mit Korbstühlen ein.

Immer mehr Bedürftige kamen nun, sodass es im Pfarrhaus manchmal zu regelrechten Menschenaufläufen kam. Nach und nach jedoch verschwanden immer mehr Gegenstände aus dem Gang. Und als eines Tages einer der Arbeitslosen Emma Lindemann mit dem Messer bedrohte, schloss sie das

Pfarrhaus wieder ab und versorgte die Bedürftigen vor der Haustür. So standen im Winter 1932 täglich fünfzig bis achtzig Hungernde vor der Pfarrtür – nicht alle mit wohlwollenden Gedanken.

Jacob Lindemann las in jener Zeit Alfred Rosenbergs *Mythus des 20. Jahrhunderts* und fand auch Gefallen an den Ideen von Max Bewer, die dieser bereits 1907 in *Der deutsche Christus* zusammengefasst hatte. Während Rosenberg seine Polemik gegen alles ›Undeutsche‹ und ›Artfremde‹ im Christentum richtete, propagierte Bewer, Jesus stamme von deutschen Söldnern im römischen Heer in Galiläa ab und seine Verkündigung sei von ›deutschem Blut‹ beeinflusst. Er folgerte daraus, die Deutschen seien die besten Christen unter den Völkern, die nur durch das materialistische Judentum an der Entfaltung ihrer Geisteskräfte gehindert würden. So verfestigte sich in Lindemann der Glaube, dass nur ein Erlöser deutschen Blutes die Einheit des Volkes wiederherstellen und die schlimmen Spannungen in der Gesellschaft lösen könne.

An Weihnachten 1932 packte Emma Lindemann für die besonders Bedürftigen Geschenke und brachte sie persönlich bei ihnen vorbei. In der Dachkammer der Stuttgarter Gaststätte Weißenburg wohnte ein altes Flickschuster-Ehepaar. Jeden Sonntag kamen die beiden gemeinsam zur Kirche und vermittelten nach außen das Bild eines wenn auch ärmlichen, so doch zufriedenen Lebensabends. Als die junge Pfarrfrau in die kalte, feuchte Stube kam und das Paket mit Gottes Segen und dem Wunsche nach weihnachtlicher Freude überreichte, da brach aus dem alten Weiblein ein über Jahre getragener Jammer hervor, der sich in einem grauenhaften Hass auf Gott und die Welt entlud. Welcher Gott das sein solle, von dessen Segen sie spreche. Und welche Freude sie meine, deren Entbehrung sie seit Jahren ertragen müsse.

Fassungslos schluchzend kam Emma Lindemann nach Hause und konnte auch von ihrem Mann nicht getröstet werden, der während ihrer Abwesenheit die Kerzen am Weihnachtsbaum entzündet hatte. Für Jacob Lindemann stand nun endgültig fest, dass in diesen Zeiten eine starke, Einheit stiftende Kirche die Basis für die Gesundung der Gesellschaft darstellen musste.

Im Oktober 1933 wurde Lindemanns ältester Sohn Hans geboren. Fast gleichzeitig erhielt Emma Lindemanns Bruder Hermann Köth den Lehrsitz für Psychiatrie an der Universität Heidelberg. Seit dem 30. Januar 1933 war Adolf Hitler Reichskanzler. Im April 1933 hatte Hitler Ludwig Müller zu seinem Sonderbeauftragten für Kirchenfragen ernannt. Am 14. Juli 1933 war das Gesetz zur Verhütung erbkranken Nachwuchses erlassen worden. Deutschland war auf dem Weg in seine dunkelsten Jahre.

8

Es war Sonntag. Schon früh am Morgen stand Sabina auf und zog ihre Laufklamotten an. Das Joggen war zu einem festen Bestandteil ihres Wochenprogramms geworden. Nicht jeden Tag, aber doch so regelmäßig, dass ihr ohne das Laufen etwas gefehlt hätte. Sie schnürte ihre Schuhe, setzte die Sonnenbrille auf und sprang die Treppen hinunter. Im Erdgeschoss des Hotels Monopol war ein Starbucks – für sie keine Option. Sie ließ die Gleise des Bahnhofs rechts liegen und lief am Kultur- und Kongresszentrum vorbei. Über die lange Fußgängerbrücke gelangte sie zu einem Park und lief dann ein gutes Stück am Ufer entlang, bis sie schließlich den Jachthafen erreichte. Sie fühlte sich gut, nur das Kreuz meldete sich zuweilen, was wohl an der Hotelmatratze lag. Vom Jachthafen ging es hinauf zum Wagnerhaus. Das Areal war noch immer abgesperrt, die Ermittler kämmten sich Quadratmeter für Quadratmeter durch die Wiesen und Wege rund um das Museum. Einmal mehr staunte Sabina über die Schönheit des Ortes, machte ihre Dehnübungen vor der Absperrung und lief zurück zum Hotel.

Nachdem sie sich geduscht und angezogen hatte, ging sie zum Frühstück. War es nicht herrlich, mit Zeit und Sonnenschein zu frühstücken? Sie liebte diese Freiheit, die sie sich in den letzten Jahren immer mehr genommen hatte. Seit sie aus dem geregelten Arbeitsverhältnis bei der Polizei ausgebrochen war, konnte sie fast selbstbestimmt über ihre Lebenszeit verfügen. Natürlich brachte die Praxis in Chur viel Arbeit mit sich. Sie musste die Therapiestunden vorbereiten, abhalten und nachbereiten. Sie musste die Abrechnungen durchführen und organisierte die ganze Praxis, in der noch zwei weitere Therapeuten ihre Dienste anboten. Dazu hatte sie erst vor Kurzem ein Buch zum Thema Sex geschrieben und gab immer wieder Interviews, zuletzt im *Blick*, der Schweizer *Bild*-Zeitung.

An Arbeit und Beschäftigung mangelte es ihr wahrhaft

nicht, aber sie konnte ihr Leben weitgehend so gestalten, wie es ihr passte. Und das fühlte sich großartig an. Allein die Vorstellung, wieder jeden Tag zur gleichen Zeit in ein Büro oder auf eine Dienststelle zu müssen, löste Beklemmung in ihr aus. Sie wollte frei sein. Vielleicht auch deswegen hatte sie nie dem Wunsch nach Kindern nachgegeben, der fast jede Frau irgendwann beseelte. Wie hätte sie mit Kindern das ausleben können, was ihr wichtig war? Was wäre dabei von ihr selbst übrig geblieben? Nicht zuletzt spielte sicher eine Rolle, dass ihre eigene Familie kein nachahmenswertes Modell für sie bot. Der Vater dominant, aber wenig präsent. Die Mutter präsent, aber gehemmt. Meist war ihr Vater geschäftlich in Deutschland gewesen, ehe er sich dann ganz verabschiedet hatte. Und ihre Mutter hatte nie wirklich über den Horizont von Graubünden hinausgeblickt.

Sabina tunkte ein Croissant in die Marmelade und bestellte noch einen zweiten Cappuccino. Wann, wenn nicht heute, war der Tag für eine Bootsfahrt auf dem Vierwaldstätter See? Nach dem Frühstück packte sie ihre Handtasche und ging zu den Anlegestellen. Eine Rundfahrt, neunzig Minuten, das reichte ihr, um sich ein Bild vom See und von seinen Ufern zu machen. Hier hatten 1291 die drei Waldstätten Uri, Schwyz und Unterwalden in einem Bund den Kern der Alten Eidgenossenschaft begründet. Dieser Schwur, welcher der Legende nach auf dem Rütli, einer Wiese am Vierwaldstätter See, stattgefunden hatte, war der Nationalmythos der Schweiz. Luzern war die vierte der Waldstätten, die dem Vierwaldstätter See ihren Namen gaben. Das alles hatte Sabina als Kind in der Schule gelernt.

Sie kaufte ein Ticket, ging über den Steg und nahm auf der Ausflugsjacht Platz. Über einen Kopfhörer bekam sie Musik und Informationen aufs Ohr. Um sie herum saßen etwa hundert Japaner, Chinesen und Araber. Wann war sie das letzte Mal hier gewesen? Vor fünfundzwanzig Jahren? Sie erinnerte sich noch an den Besuch des Verkehrsmuseums mit ihrem Vater. Sie mochte zwölf, dreizehn gewesen sein.

Nicht zuletzt aufgrund ihrer äußerlichen Ähnlichkeit war sie immer sein Lieblingskind gewesen. Mehr als mit ihrem Bruder hatte er sich mit ihr beschäftigt, sie gefördert. Er hatte ihr das Skifahren beigebracht und die Liebe zu den Bergen vermittelt. Er hatte die unabhängige, individuelle Seite in ihr gestärkt und alle Mädchenklischees von ihr ferngehalten. Mit ihr hatte er sich mehr identifizieren können als mit dem Bruder, der, wie sich später herausstellen sollte, schwul war. Sabina war das Kind ihres Vaters – und doch hatte er auch sie im Stich gelassen. War immer nur seiner Arbeit nachgegangen. Bis er schließlich ganz aus ihrem Leben verschwunden war.

Nachdem er die Anteile an seiner Firma verkauft hatte, hatte er eine Chilenin geheiratet, die kaum älter als Sabina war. Er hatte sich ein Haus und eine Jacht in Griechenland gekauft. Wie er es trotz allen Vermögens geschafft hatte, nach seinem plötzlichen Herztod auf einem Segeltörn vor zehn Jahren nichts als Schulden zu hinterlassen, war sein Geheimnis. Hätte Sabina nicht nach dem schleichenden Tod ihrer Mutter das Haus der kinderlosen Tante in Donat geerbt, sie wäre leer ausgegangen. So stand sie einigermaßen unabhängig da.

Zu ihrem jüngeren Bruder, der ein anderes Haus der Tante geerbt hatte, hatte sie den Kontakt in den letzten Jahren wieder intensiviert. Für Juni war ein Familientreffen mit den noch lebenden Onkeln, Tanten, Cousins und Cousinen der Vaterseite geplant. Als Psychologin konnte einem die eigene Familiengeschichte nie ganz egal sein. Und vielleicht war es Zeit, einmal über Generationen hinweg alles aufzuarbeiten – nicht nur das, was sie in ihrer therapeutischen Ausbildung bereits beleuchtet hatte.

Die Landschaft am Vierwaldstätter See war ein Traum. Während die Berge an den Ufern steil anstiegen und die Wiesen vor Fruchtbarkeit strotzten, glitzerten die Wellen im

Sonnenlicht. Luzern lag vor ihr: eine Stadt wie eine Postkarte: kompakt, strukturiert, pittoresk. Anders als in Zürich war das Tempo hier gemächlich.

Der Wind pfiff durch Sabinas Haar, es roch nach Frische und Freiheit. Auf der Höhe von Meggen entdeckte sie ein weißes pompöses Haus und machte es nach Simons Beschreibungen als das von Feldmann aus. Vor Küssnacht erinnerte sie sich an die Schullektüre von Schillers *Wilhelm Tell*. Als das Boot an Tribschen vorbeifuhr, ertönte das *Siegfried-Idyll* aus Wagners *Ring* im Kopfhörer. Sie sah, dass die Polizei noch immer ihrer Arbeit rund um das Museum nachging. Den asiatischen Touristen um sie herum schien das nicht aufzufallen. Sie plapperten in Sprachen, die Sabina nicht verstand, und veranstalteten einen Selfie-Wettbewerb, der viel unbeabsichtigte Komik mit sich brachte.

Nach anderthalb Stunden kam das Boot wieder am Quai an. Sabina ging über die ganz aus Holz erbaute Kapellbrücke und erkundete in aller Ruhe die Gassen der Altstadt. Um vierzehn Uhr sollte sie sich bei Haldimann auf dem Kommando melden.

Simon und seine Kollegen konnten das traumhafte Wetter weniger genießen. Der Mord an einem derart bedeutenden Wirtschaftsvertreter versetzte Staatsanwaltschaft und Polizeiführung in Spannung. Die äußerst auffällige, geradezu inszenierte Zurschaustellung der Leiche ließ vermuten, dass es sich um einen Mord mit *message*, um eine Tat mit Sendungsbewusstsein handelte. Noch war kein Bekennerschreiben oder Video eingegangen.

Im Internet aber überschlugen sich die Geschehnisse. Mehrere Facebook-Nutzer, offenbar Jogger, die morgens am Wagner-Haus vorbeigekommen waren, hatten das Mordszenario gefilmt und gepostet. Innerhalb von drei Stunden hatte es sich am Samstag viele Tausend Mal verbreitet. Erst dann hatte

Facebook nach einem Hinweis der Polizei das Video gelöscht. Mit Sicherheit würde es auch auf anderen Videoplattformen auftauchen. Zwei Polizisten waren bereits damit beschäftigt, die Identitäten derer zu ermitteln, die Videos gepostet hatten. Simon vermutete, dass es sich um dumme Zeitgenossen handelte, die um der Aufmerksamkeit willen die Videos veröffentlicht hatten. Ein Täter hätte das wohl anonym getan und mit einer Botschaft verbunden. Für Simon war davon auszugehen, dass mehrere Menschen an dem Mord beteiligt waren. Eine Leiche von achtundsiebzig Kilogramm allein in fünf Meter Höhe zwischen zwei Bäume zu hängen, war nahezu unmöglich. Noch aber war unklar, welche Ermittlungsrichtung Erfolg versprach. Simon teilte das Ermittlerteam nach fünf Schwerpunkten auf. Team 1 bildeten die Kollegen, die mit der Spurensuche am Tatort in Tribschen betraut waren. Team 2 kümmerte sich um die Einsteller der Videos. Die Experten für Wirtschaftsdelikte, Lustenberger und Schärer, gingen als drittes Team dem Themenkomplex *Portargo* und dem Ölskandal in Nigeria nach. Simon forderte Akribie bei der Ermittlungsarbeit.

»Findet heraus, wo diese Firma Dreck am Stecken hat, und bringt euch auf den aktuellsten Stand in dieser Nigeria-Geschichte. Leuchtet Feldmanns Geschäftsumfeld aus und sucht nach Mordmotiven. Schaltet auch das Ausland ein, bildet internationale Ermittlerteams. Und vergesst nicht, dass dem Toten ein Z in den Bauch geritzt wurde. Was bedeutet das? Namen, Städte, Firmen, Codes?«

»Geht klar, Simon«, sagte Schärer. »Wir waren eh schon wegen des Umweltskandals an dem Thema dran und kennen die handelnden Personen.«

»Und, wie sind die drauf?«

Lustenberger lachte. »Freundlich. Zuvorkommend. Und total verschlossen.«

»Knackt sie«, sagte Simon.

Der vierte Ermittlungszweig führte zur jüdischen Gemeinde. Hier wollte Simon sich umsehen und Gespräche führen.

Timo Gerber sollte sich zusammen mit den Technikern um die Ermittlungen in Feldmanns Villa kümmern und die Videoaufzeichnungen des Anwesens sichten. Zudem mussten durch eine Befragung aller Hausgäste die Geschehnisse in der Tatnacht rekonstruiert werden.

»Und dann haben wir noch einen Strang, den ich mir für nächste Woche vornehme«, sagte Simon. »Wie war das Verhältnis des Toten zu seinen Kindern? Wie ist das Erbe geregelt? Gibt es innerhalb der Familie Nutznießer und somit ein spezielles Motiv für einen Mord? Darum werde ich mich kümmern. Und bei mir laufen auch alle Fäden zusammen. Okay?«

»Okay«, raunten die Kollegen.

Simon freute sich, dass Haldimann ihm die Leitung der Ermittlungen übertragen hatte. Ob auch Gerber sich dazu berufen gefühlt hätte, konnte Simon schwer einschätzen.

»Ach ja«, sagte er gegen Ende der Besprechung, »wir werden auch eine externe Psychologin zurate ziehen. Sabina Lindemann, früher Polizistin in Graubünden, heute Psychologin.«

»Warum denn das?«, wollte Lustenberger wissen.

»Weil die Dame Erfahrung hat mit den letzten kultischen Serienmorden, die wir in der Schweiz hatten. Sie leitete damals die Ermittlungen bei den Mithras-Morden in Graubünden.«

»Verstehe«, sagte Lustenberger. »Du glaubst also, dass das 'ne Serie wird?«

»Keine Ahnung«, sagte Simon, »aber in Sachen Profiling haben wir keinen Spezialisten, da kann uns die externe Expertise sicher nutzen.«

»Na dann«, sagte Lustenberger. »Wann kommt die Dame dazu?«

»Sie hat um vierzehn Uhr einen Termin bei Haldimann, ihr werdet sie bald kennenlernen.«

»Du kennst sie doch schon, Timo, oder?«, fragte Urs Kaufmann, einer der Techniker, der gemeinsam mit Gerber die Geschehnisse im Haus des Toten rekonstruieren sollte.

»Lohnt sich«, sagte Gerber. »Das sieht, denke ich, auch Simon so.«

Die anderen lachten.

»Packen wir's an«, sagte Simon, der das Thema nicht vertiefen wollte. »Wir treffen uns heute Abend um zwanzig Uhr wieder hier zur Besprechung.«

Kaum war das Treffen vorbei, schwirrten die Polizisten aus. Die Motivation war hoch, der Fall versprach internationale Aufmerksamkeit und stachelte nicht zuletzt aufgrund des im Hintergrund stehenden Umweltskandals in Afrika die Ehre der Ermittler an. Gleichzeitig, das war Simon klar, bedeutete das auch eine erhöhte Gefahr für Manipulationen und Bestechung. Eine Firma wie *Portargo* setzte über hundert Milliarden Euro im Jahr um. Da waren ein paar Hunderttausend Euro Schmiergeld, um Ermittlungen zu ersticken oder im Sande verlaufen zu lassen, kein schmerzender Betrag.

Waren Lustenberger und Schärer in dieser Hinsicht sattelfest? Und wie verhielt es sich mit der Polizeispitze und der Staatsanwaltschaft? Der Rohstoffhandel machte fast vier Prozent des Schweizer Bruttosozialprodukts aus, sechs der zehn umsatzstärksten Schweizer Unternehmen waren Rohstoffhändler. Hier in Luzern, in Zug und Genf saßen die Schwergewichte des globalen Rohstoffhandels – angelockt von einer derart abenteuerlichen Steuergesetzgebung, dass sogar Milliardenkonzerne in manchen Jahren keine Steuern zahlen mussten. Im Hintergrund waren Banken und Versicherungen in den Rohstoffhandel verwickelt. Hatten die höchsten Funktionäre hier wirklich ein Interesse daran, einen Skandal rund um einen der Big Player der Schweizer Rohstoffwirtschaft aufzudecken?

Anders stand es dagegen mit dem Mord an und für sich. Ein Mord passte nicht in das saubere Selbstbild der Schweiz, die zu den sichersten Ländern der Welt gehörte. Insofern hing nun vieles daran, welcher Ermittlungsansatz Erfolg versprach. Polizeichef Haldimann hielt Simon für einen aufrechten, an der Wahrheit interessierten Mann. Aber bekam man einen solchen Posten, ohne die ungeschriebenen Gesetze dieses Landes zu achten? Und dessen erstes war nun mal: Steck deine Nase nicht zu tief in fremde Angelegenheiten. Bleib neutral, verhalte dich unauffällig, mach dein Geschäft hinter verschlossenen Türen und sorg dafür, dass die Fassade glänzt.

Sabina kam um kurz vor zwei aufs Polizeikommando und freute sich, ihren alten Chef wiederzusehen.

»Frau Lindemann, dass wir uns noch mal bei der Polizei treffen«, sagte Haldimann und erkundigte sich nach ihrem Befinden.

»Mir geht's gut, danke. Ich arbeite als Therapeutin und genieße die Selbstständigkeit.«

»Und wie genau haben Sie nun Simon Arnold kennengelernt? Er war doch nicht etwa in Therapie bei Ihnen?«

»Nein, wir haben uns mal bei einem Seminar kennengelernt«, log sie.

»Er hat mir vorgeschlagen, Sie lose assoziiert als Beobachterin und psychologische Sachverständige bei den Ermittlungen miteinzubeziehen. Ich halte das für durchaus interessant, kann aber ohne triftige Gründe aktuell keinen Auftrag mit Rechnungsstellung an Sie vergeben. Was gehen würde, ist, dass wir gelegentlich Spesen übernehmen, wenn Sie in Luzern sind. So, wie wir es auch bei Informanten tun.«

»Das passt mir gut«, sagte Sabina.

»Dann schlage ich vor, dass Sie zur Besprechung heute

Abend dazukommen und sich selbst vorstellen. Wenn ich Herrn Arnold recht verstanden habe, legt er Wert auf den Austausch mit Ihnen, weil er Ihre Arbeit in Graubünden beeindruckend fand und weil eine psychologische Kraft im Hintergrund das Geschehen mit etwas mehr Abstand zur Ermittlungsarbeit bewerten kann. Das ist für mich nachvollziehbar.«

»Gut, dann machen wir das so, Herr Haldimann«, sagte Sabina und reichte ihm die Hand. »Ich werde die nächsten Tage in Luzern bleiben und mich im Austausch mit Herrn Arnold mit dem Fall beschäftigen. Und dann sehen wir weiter.«

Sabina verließ das Büro. Auf der zentralen Stelle ihrer Körperrückseite spürte sie Haldimanns Blick.

Die Synagoge lag keine drei Minuten vom Polizeikommando entfernt in der Bruchstraße. Der Rabbiner empfing Simon in der Eingangshalle des stattlichen Eckhauses und bat ihn in sein Büro.

»Herr Feldmann war ein geschätztes Mitglied unserer Gemeinde«, sagte er, »ich bin zutiefst betroffen über seinen Tod.«

»War er denn oft zugegen bei den Gebeten oder bei Festen?«, fragte Simon.

»Zu den Festen ist er selten gekommen, aber er hat die Bedeutung, welche die Gemeinde für ihn hatte, durch Spenden ausgedrückt. Es war ihm wichtig, dass es hier eine lebendige jüdische Gemeinde gibt.«

»Hatten Sie denn in den letzten Jahren oder in letzter Zeit Probleme mit antisemitischen Vorkommnissen?«

»Nein«, sagte der Rabbiner. »Glücklicherweise scheint dieses Kapitel in der Schweiz nicht wieder aufgeschlagen zu werden.«

»In Deutschland hört man immer wieder davon«, sagte Simon.

»Ja, aber Deutschland und die Schweiz haben sich in der Behandlung von Juden ja auch früher schon unterschieden.«

»Wenn ich so direkt fragen darf: Halten Sie einen antisemitischen Hintergrund bei dem Mord an Herrn Feldmann also für eher unwahrscheinlich?«

»Im Grunde schon, aber gänzlich ausschließen würde ich es auch nicht. Was bewegt Sie seitens der Polizei zu diesem Gedanken?«

»Auf dem Bauch des Toten – ich bitte Sie, das als Rabbiner vertraulich zu behandeln – war ein Z eingeritzt. Ein Z mit einem Kreis drum herum.«

»Mit einem Messer eingeritzt?«, erkundigte sich der Rabbiner entsetzt.

»Ja«, bestätigte Simon. »Und beim Z denkt man eben an den Zionismus, zumindest ich hatte diese Assoziation. Sagt Ihnen das Symbol etwas, hat es vielleicht eine bestimmte Bedeutung im Judentum?«

»Nun, das Z hat seinen Ursprung in den ältesten semitischen Alphabeten, wo es stets eine Stichwaffe symbolisierte. Auch das Zajin, das daraus im hebräischen Alphabet wurde, bedeutet Schwert. Es wird aber anders geschrieben als im lateinischen Alphabet. Sehen Sie« – der Rabbiner schrieb den hebräischen Buchstaben auf ein Blatt Papier – »es sieht aus wie ein Schwert, nicht wahr?«

»Durchaus«, sagte Simon. »Die Frage ist, ob der Zusammenhang zufällig ist oder ob die Mörder etwas damit bezwecken.«

»›Die Mörder‹?«, fragte der Rabbiner und runzelte die Stirn.

»Nun, David Feldmann hing zwischen zwei Bäumen vor dem Richard-Wagner-Haus. Das macht keiner allein.«

»Wagner, der glühende Antisemit«, warf der Rabbiner mit gerunzelter Stirn ein.

»Wir halten es für schlichtweg unmöglich, dass jemand Feldmann allein dort aufgehängt hat.«

»Aufgehängt, aufgeschlitzt, das ist ja grauenhaft.«

»Sie wissen von den Geschäften, die Herr Feldmann betrieben hat?«

»Natürlich, er hat mit Rohstoffen gehandelt, so wie auch andere es tun.«

»Ist Ihnen je zu Ohren gekommen, dass er Feinde hatte?«

»Nein, darüber wurde nie gesprochen.«

»Sind Ihnen andere Gründe bekannt, warum jemand dieses Mitglied Ihrer Gemeinde hätte töten wollen?«

»Wo denken Sie hin, nein«, sagte der Rabbiner. »Ich kenne seine Geschäftstätigkeit nicht, mir ist sein Privatleben egal. Auch dass er nun mit dieser jungen Russin verheiratet war.«

»War sie je hier?«

»Nein.«

»Würden Sie sich bitte melden, wenn Sie einen Verdacht haben oder irgendetwas mitbekommen, was einen antisemitischen Hintergrund der Tat wahrscheinlich macht?«

»Selbstverständlich, Herr Arnold, da können Sie sicher sein.«

»Dann hoffe ich, dass dem nicht so ist und dass es zu keinen weiteren Morden kommt«, sagte Simon.

»Ja, das wollen wir hoffen«, sagte der Rabbiner und geleitete Simon hinaus.

Der antisemitische Verdacht hatte keine neue Nahrung bekommen. Einzig die Bedeutung des Buchstabens Z war kurios.

Als Simon wieder zurück im Kommando war, meldete sich Timo Gerber per Funk aus Feldmanns Haus. Sie hatten die Überwachungskameras ausgewertet und dabei festgestellt, dass am Freitag um 23:55 Uhr zwei schwarz vermummte Gestalten das Grundstück betreten hatten. Durch das Eingangstor, das direkt zum Haus führte.

»Haben sie es aufgebrochen?«, fragte Simon.

»Das ist ja das Sonderbare«, sagte Gerber. »Sie kamen dorthin und gingen sofort rein. So, als ob ihnen jemand aufgemacht hätte.«

»Von innen?«

»So wirkt es.«

»Erkennt man, wer aufgemacht hat?«

»Nein, es sind nur die beiden Gestalten zu sehen und als sie sich auf die Haustür zubewegen, steht diese offen.«

»Das ist wirklich sonderbar«, sagte Simon. »Hat Feldmann seine Mörder selbst eingelassen, weil er sie erwartete?«

»Oder er dachte, die Gäste seien noch einmal zurückgekehrt. Die waren ja etwa zwanzig Minuten vorher gegangen«, sagte Gerber.

»Hätte er nicht stutzig werden müssen angesichts der vermummten Gestalten? Er konnte sie doch sicher durch die Überwachungskamera sehen.«

»Vielleicht hat er sie schlicht nicht beachtet.«

»Und vom Bootssteg, gibt es da auch Aufzeichnungen?«, fragte Simon.

»Ja, die gibt es. Wir sehen zwei Gestalten, die Feldmann zur Bucht tragen. Und wir sehen, wie sie das Tor zum See öffnen. Sie wussten offenbar genau, wo sie den Schalter finden.«

»Das bedeutet wohl, dass sie sich auskannten.«

»Vermutlich«, erwiderte Gerber. »Dann sehen wir zwei andere schwarze Gestalten, die mit einem Boot durch das geöffnete Anlegetor rudern. Zu viert verladen sie den bewegungslosen Feldmann.«

»Und dann?«

»Dann rudern sie raus und nach drei Minuten schließt sich das Tor, offenbar aufgrund eines automatischen Mechanismus.«

»Kann man die Gesichter erkennen? Aus den Körperhaltungen etwas schließen?«

»Schwierig«, sagte Gerber. »Es ist dunkel, die sind maskiert. Ich fürchte, das wird sich im Nichts verlaufen. Aber wir versuchen es natürlich.«

»Verdammt«, sagte Simon. »Aber immerhin wissen wir, dass es vier Täter waren – mindestens. Eine Gruppe also.«

»Ja, das ist eindeutig. An der Ausführung des Mordes waren mindestens vier Personen beteiligt.«

»Trugen die alle Handschuhe?«, fragte Simon noch.

»Selbstverständlich. Das waren Profis. Da werden wir nix finden.«

»Fußabdrücke?«

»Die Kollegen sind dran.«

»Vielen Dank, gute Arbeit«, sagte Simon. »Wir sehen uns heute Abend.«

Sabina schlenderte durch die Stadt und genoss die Sonne. Sie schickte Simon eine Nachricht, ob er nicht Lust auf einen Kaffee am Wasser hätte. Es dauerte keine zwei Minuten, bis er antwortete, und keine zehn, bis sie sich am Bahnhof trafen. Sie setzen sich auf eine Wiese am See und tranken einen Cappuccino. Simon erzählte Sabina, was Gerber herausgefunden hatte und was seine Recherchen bei dem Rabbiner ergeben hatten. Sie schrieb alles in ihr Notizbuch und erzählte Simon, was sie mit Haldimann vereinbart hatte.

»Das bedeutet, dass du die nächsten Tage hier bist?«, fragte er.

»Ja. Ich bleibe erst mal im Hotel.«

»Dann lass uns heute Abend essen gehen. Schlafen muss ich allerdings daheim, meine Kinder brauchen mich auch mal«, sagte Simon.

»Sicher«, sagte Sabina, »wir werden noch genug Zeit füreinander haben. Und deine Kinder stellst du mir mal vor, oder?«

»Ja«, sagte er, »gib mir ein bisschen Zeit.«

Sie küssten sich.

»Wollen wir aufs Zimmer gehen – kurz?«, fragte er.

»Was für eine Frage«, sagte sie.

Um zwanzig Uhr trafen sich alle Ermittlungsbeamten, die mit dem Fall Feldmann zu tun hatten, auf dem Kommando. Haldimann, der als Polizeichef für die Ermittlungen geradestehen musste, erklärte, dass der Fall höchste Priorität habe und dass in alle Richtungen ermittelt werden müsse. Er machte klar, dass Simon Arnold die Ermittlungen federführend leite, und erwähnte auch Sabina als externe Sachverständige. Im Übrigen sei von Feldmanns Stiftung für die Aufklärung des Falls eine Belohnung in Höhe von fünfzigtausend Franken ausgesetzt worden. Es sei also durchaus mit sachdienlichen oder weniger dienlichen Hinweisen aus der Bevölkerung zu rechnen.

Simon ließ alle Schwerpunktteams ihren aktuellen Ermittlungsstand darlegen. Den Anfang machten die Kollegen, die am Wagner-Haus Spuren gesichert hatten. Reto Knoblauch ergriff das Wort und fasste die Ergebnisse zusammen. Der Tote sei aller Wahrscheinlichkeit nach mit dem Boot transportiert und an der offiziellen Anlegestelle Tribschenhorn ausgeladen worden. Er sei, das legten die Fußspuren nahe, vermutlich von vier Personen zur Terrasse getragen und dort aufgehängt worden. Die Täter hätten mindestens drei Klappleitern benutzt, was die Eindrücke im Kies der Terrasse nahelegten. Ferner hätten sich Spuren von Kletterhilfen an den Pappeln gefunden. Es müsse also mindestens einer der Täter Kenntnisse in der Baumkletterei haben. Befestigt worden sei die Leiche an zwei Spanngurten, die extrem gespannt worden seien, damit sie nicht durchhingen. Im Wagner-Museum selbst hätten sich keine verdächtigen Spuren gefunden und auch im Park seien kaum verdächtige Untersuchungsgegenstände gefunden worden. Man warte noch auf die DNA-Auswertung einiger Zigarettenstummel, Eisstiele und Apfelreste.

Zur Todesursache meldete sich der Kollege von der Rechtsmedizin zu Wort. David Feldmann sei vermutlich durch einen sehr starken Genickschlag handlungsunfähig gemacht worden und dann durch die Injektion eines Gifts in den Arm getötet worden. Um welche Substanz es sich genau handle, müssten erst noch weitere Tests ergeben. Die Schnittwunden am Bauch seien eher oberflächlicher Natur und hätten nicht zum Tode geführt. Zudem hätten die Gurte an den Handgelenken starke Spuren hinterlassen. Zum Zeitpunkt des Aufhängens sei der Mann ziemlich sicher schon tot gewesen.

Es folgten Gerber, der die Ergebnisse der Videoüberwachung präsentierte, und die beiden Kollegen, die für Wirtschaftsdelikte zuständig waren. *Portargo* und namentlich Feldmann seien in den letzten Monaten immer wieder im Fadenkreuz von Ermittlungen aufgetaucht. Die Presse habe die Firma bedrängt, die nur über ihre Anwälte kommuniziere und persönliche Stellungnahmen zu dem Umweltskandal in Nigeria ablehne.

»Was genau ist da eigentlich passiert?«, fragte Knoblauch, der am ganzen Wochenende keine Zeit gehabt hatte, sich um etwas anderes zu kümmern als die Spurensicherung. Lustenberger ergriff das Wort.

»*Portargo* ist einer der größten Rohstoffhändler der Welt. Öl, Gold, Zink, Kupfer, seltene Erden. Eigentlich alles, was Geld bringt und irgendwie von A nach B transportiert werden muss. Die Firma hat eigene Tanker und ein solcher hatte im Spätsommer letzten Jahres hochgiftigen Ölschlamm geladen. Fünfhunderttausend Tonnen Giftmüll, dessen Entsorgung in Rotterdam rund eine halbe Million Euro gekostet hätte. Das war der *Portargo* offenbar zu viel und so lud sie das Zeug nach einer Odyssee durch mehrere Häfen schließlich an der Küste von Lagos in Nigeria ab. Die dort dafür vorgesehene Deponie wurde sofort geschlossen, nachdem die giftigen Schwefelverbindungen zu Zusammenbrüchen der Arbeiter führten. So luden die Lkw-Fahrer den Schlammbrei irgendwo in der Stadt und am Strand ab. Mehr als hunderttausend Menschen brauchten medizinische Hilfe, siebzehn Menschen starben an den Vergiftungen.«

»Und der Typ, der am Seil hing, hatte das zu verantworten?«, fragte Knoblauch. »Damit haben wir doch unser Mordmotiv.«

»Dann müssen wir jetzt nur noch klären, welche der hunderttausend Nigerianer es waren«, warf Gerber ein, den solche gedanklichen Schnellschüsse nervten.

»Na ja, Reto hat schon recht«, beschwichtigte Simon. »Das ist ein handfestes Mordmotiv. Sämtliche Angehörigen der Opfer kommen infrage. Gibt es eine Liste der Toten?«

Lustenberger hob entschuldigend die Hände. »So weit sind wir noch nicht. Aber wir haben eine Verbindung zum Gericht, das den Fall behandelt. Die Holländer beschäftigen sich damit, weil der Tanker unter niederländischer Flagge fuhr.«

Simon gab nun seine Erkenntnisse in Sachen Antisemitismus zum Besten und bewertete diesen Ermittlungsansatz als aktuell weniger plausibel. Zum Schluss kamen noch die drei Männer zur Sprache, die Videos des Tatorts gepostet hatten.

»Die haben wir hart rangenommen«, sagte der zuständige Polizist. »Konnten aber alle glaubhaft darstellen, dass sie den Anblick krass fanden und sehen wollten, wie oft sich die Videos verbreiten.«

»Klar, man muss erst mal posten, bevor man hilft oder sich irgendwie nützlich macht«, sagte Simon. »Verpass den Typen auf jeden Fall einen Denkzettel. Dank ihrer Dummheit kursieren diese Videos jetzt im Netz und sorgen für viel mehr Aufmerksamkeit, als uns lieb sein kann.«

»Die Täter haben das möglicherweise einkalkuliert«, sagte Haldimann. »Am Wagner-Haus ist morgens immer viel Läuferverkehr – da war es nicht unwahrscheinlich, dass jemand die Leiche aufnimmt oder fotografiert. Hier«, sagte er und pfefferte drei Sonntagszeitungen auf den Tisch, »die haben sich beim Videomaterial im Netz bedient und natürlich auch selbst fotografiert.« Während die Zentralschweiz am Sonntag mit der Headline *Rohstoffgigant Feldmann ermordet* titelte und dazu recht moderate Bilder von den Ermittlungsarbeiten rund ums Wagner-Haus sowie ein Porträt des Unternehmers abbildete, zog der *Blick* das volle Programm durch: Man sah ein Foto der Leiche, die zwischen den Pappeln an den Seilen hing. Man sah unscharfe, vermutlich aus dem Videomaterial gewonnene Zoomaufnahmen des Opfers und jede Menge Fotos der Spurensicherung. Die Headline *Da hängt der Öl-Milliardär* und die Unterzeile: *Mord am Vierwaldstätter See: Rohstoff-Gigant Feldmann hingerichtet* wirkten gegenüber den Bildern harmlos. Im Text wurde auf ein Video hingewiesen, das im Netz kursierte, was sicher dazu führen würde, dass Tausende es suchten.

»Das ist die Sachlage, meine Damen und Herren«, sagte Haldimann. »Wir stehen im Zentrum des öffentlichen Interesses. Das Thema wird auch international hohe Wellen schlagen. Fehler sind das Letzte, was wir brauchen können. Und eines muss auch klar sein: Hier darf niemand zu Schaden kommen, der nicht Schuld trägt. Nicht unser Land, nicht unser Kanton, nicht unsere Behörde.«

Simon nahm wachen Ohres auf, was Haldimann sagte. Auch die anderen Ermittler wurden sich schlagartig des Ausmaßes der Tat bewusst.

»Also meine Damen und Herren«, schloss Haldimann das Meeting, »ich erwarte Ergebnisse, rasch. Und wenn Sie mehr Ressourcen brauchen, dann melden Sie sich.«

»Danke, Herr Haldimann«, sagte Simon, »danke, Kollegen. Das war ein anstrengender Tag – und es wird eine anstrengende Woche werden. Also ruht euch aus, wir sehen uns morgen um sechs Uhr hier.«

Simon und Sabina gingen zu einem Mexikaner. Sie bestellten Fajitas und diskutierten die Besonderheit des Wirtschaftsstandorts Schweiz.

»Wir stellen wenig her und greifen jede Menge ab«, sagte

Simon. »Und dieser Rohstoffhandel ist das beste Beispiel dafür: Schmutzig machen sich die anderen, die Sauereien finden anderswo statt – aber das Geld kommt zu uns.«

»Wie ich lese, war das Vermögen der acht Topmanager von *Portargo* beim Börsengang höher als das jeweilige Bruttoinlandsprodukt der hundert ärmsten Länder der Welt im selben Jahr«, sagte Sabina.

»Das stinkt zum Himmel. Aber nun sag mal, was hast du denn den Tag über gemacht? Außer über die *Portargo* zu recherchieren?«

Sabina erzählte vom See und von der Stadt. »Es ist ewig her, dass ich mit meinem Vater und meiner Mutter hier war.«

»Sind sie tot?«

»Ja, ich habe nur noch einen Bruder. Du?«

»Meine Eltern sind auch schon gestorben. Kurz nacheinander, Krebs. Mit nicht mal siebzig. Ich hab noch eine Schwester, sie ist Klavierlehrerin, hier in Luzern.«

»Magst du sie?«

»Ja, wir kommen gut miteinander klar. Treffen uns öfter mit den Kindern. Sie ist eine liebe Tante für die beiden.«

Um kurz vor dreiundzwanzig Uhr brach Simon auf, um nach seinen Kindern zu schauen. Sabina ging auf ihr Zimmer und schaltete den Fernseher ein. In einem Kulturmagazin der deutschen ARD begrüßte der Moderator die Zuschauer von der gerade eröffneten Biennale in Venedig:

»Kommissar für den Deutschen Pavillon ist in diesem Jahr Arndt Glaser, ein renommierter Kommunikationswissenschaftler, der die spezielle Charakteristik der Kommunikation im Internetzeitalter vielleicht wie kein Zweiter versteht und beschreibt. Und seine Auswahl bei den Künstlern ist bemerkenswert: Glaser

vergibt die Inszenierung des Deutschen Pavillons an ein Künstlernetzwerk …«

Sabina nahm ihre Bluetooth-Musikbox aus dem Koffer und stellte sie im Bad auf den Boden. Jetzt noch eine Wanne und ein bisschen Musik, das war genau das Richtige. Sie testete die Wärme des Wassers und ließ es einlaufen. Als sie ihr Handy vom Nachttisch holte, lief noch immer der Beitrag im Fernsehen.

»Beginnen tut das Spektakel mit einem begehbaren roten Kreis aus Metall, der das Einzige ist, was zur Eröffnung heute etwa einen Meter über dem Boden des deutschen Pavillons installiert ist.«

Sabina verstand nicht recht, worum es in dem Beitrag ging. Das ging ihr allerdings bisweilen so bei moderner Kunst. Manchmal wurde sie ergriffen von einer Installation oder einer Performance, mindestens so oft fragte sie sich aber auch, was der Schmu sollte. Sie ging ins Bad, um das Wasser abzustellen und das Handy mit der Box zu verbinden. Als sie den Fernseher ausmachte, hörte sie das Ende des Beitrags.

»Das alles ist – muss man sagen – ein bisschen wahnsinnig. Aber es passt – auch das müssen wir zugestehen – in unsere vielleicht auch etwas wahnsinnige Zeit. Ich bin in jedem Fall, wie alle hier, gespannt und sage herzliche Grüße aus Venedig, von der Biennale, hier aus dem deutschen Pavillon …«

Dieser Moderator machte Spaß. Sie schaltete den Fernseher ab. Vielleicht würde sie sich die Biennale in diesem Jahr mal ansehen. Im Juni war das Familientreffen in der Toskana, danach konnte sie einen Venedig-Trip anschließen. Bei Spotify wählte sie *Richard Wagner – Orchestral Music.* Zum *Rheingold* glitt sie ins Wasser und tauchte ihren Kopf in das warme Nass. Schon hörte sie die Hörner tönen, mit den ersten Trommelschlägen tauchte sie wieder auf. Wie aus dem Nichts hatte sich der deutsche Komponist zwischen Radiohead, David Bowie und Badly Drawn Boy auf ihre Hitliste geschlichen.

Als Simon zu Hause war, schaute er in die Zimmer der Kinder und nahm glücklich ihren Atem wahr. Maurice lag schräg in seinem Bett, den Kopf am Fußende und die Beine zur Seite heraushängend. Fiona atmete ruhig unter ihrem Prinzessinnenbaldachin und hatte sich in ihre Decke gewickelt. In der Küche öffnete Simon sich ein Bier und nahm das rote Tagebuch vom Regal.

Liebe Daniela,
der Mord, von dem ich dir gestern berichtet habe, nimmt mich ganz in Beschlag. Wir haben mehrere Ermittlungsschwerpunkte und befinden uns im Austausch mit den höchsten Kreisen. Da es um Rohstoffhandel geht, ein Geschäft, in dem Milliarden bewegt werden, befürchte ich harte Bandagen. Umso wichtiger ist es, dass deine Mutter sich gut um die Kinder kümmert. Ich war heute ein schlechter Vater, habe die Kinder den ganzen Tag über nicht gesehen. Morgen muss ich schon wieder um sechs Uhr los – jetzt ist es fast Mitternacht. Gerne würde ich dir berichten, wie es bei Fiona in der Badi war und wie das Turnier von Maurice verlaufen ist. Aber außer zwei Bildern von Oma habe ich noch keine Informationen.

Wir vermissen dich sehr und kommen dich sicher bald besuchen.
Dein Simon

9

»Guten Morgen«, sagte Simon und blickte in die Runde. Er sah teilweise müde, aber durchweg motivierte Gesichter. »Ich denke, jeder weiß, woran er heute weiterarbeitet. Und klar ist auch: Je schneller wir sind, desto weniger Möglichkeiten haben Täter oder Beteiligte, etwas zu vertuschen oder zu manipulieren. Haltet mich auf dem Laufenden. Wir treffen uns um achtzehn Uhr wieder hier. Gutes Gelingen!«

Einen ersten Erfolg gab es schon, als Simon seine E-Mails öffnete. Die Polizei in Bolivien hatte die Manager ausfindig gemacht, die bei Feldmann zu Gast gewesen waren. Sie waren die Geschäftsführer einer Lithium-Handelsfirma. In Bolivien wurden mit rund neun Millionen Tonnen die größten Lithium-Reserven der Erde vermutet. Batterien auf Lithium-Ionen-Basis galten nach dem aktuellen Stand der Technik als das Nonplusultra für die Elektromobilität. Der Preis für den Rohstoff war dementsprechend explodiert. Simon schrieb zurück und erbat ein Videointerview mit den Managern um siebzehn Uhr, Schweizer Zeit. Die Sache sei dringend, die Herren hätten sich bitte Zeit zu nehmen.

Auch die Kollegen, die den Umweltskandal in Nigeria untersuchten, kamen voran. Sie hatten inzwischen eine Liste der Opfernamen bekommen. Ein Name, der mit Z begann, war nicht darunter.

Dennoch war Rache nach Simons Meinung ein plausibles Mordmotiv. Feldmann war als Inhaber von *Portargo* das Gesicht der Katastrophe gewesen. Es schien absolut denkbar, dass er auch als derjenige auserkoren worden war, der für die Sauerei büßen sollte.

Gleichwohl schien die logistische Leistung, zu viert einen derart aufwendigen Mord zu begehen, von Afrika aus kaum organisierbar. Es musste also auf jeden Fall ausführende Kräfte in Europa gegeben haben.

Um elf Uhr meldete sich Gerber per Funktelefon. Die Frau des Toten bleibe steif und fest bei der Behauptung, bereits im Bett gewesen zu sein, bevor jemand die Eindringlinge ins Haus gelassen hatte. »Sie hat die Haushälterin als diejenige ausgemacht, die möglicherweise die Tür geöffnet hat. Und jetzt kommt's, Simon: Die Haushälterin ist gestern Hals über Kopf abgereist.«

»Haben wir ein Bild von ihr?«, fragte Simon.

»Ja, ich leite es dir weiter.«

»Okay, dann gebe ich eine Fahndung raus und überprüfe die Flughäfen. Wann ist sie abgehauen?«

»Frau Feldmann meint, es müsse am Sonntagmorgen gewesen sein. So richtig registriert hat sie es aber erst gestern Abend.«

»Und sie war nicht der Meinung, uns das mitteilen zu müssen?«

»Sie sei müde gewesen und traue es Christina überhaupt nicht zu, etwas mit dem Mord zu tun zu haben.«

Die überstürzte Abreise der Haushälterin konnte mit dem angeschlagenen Seelenhaushalt der Peruanerin zu tun haben. Sie konnte aber ebenso auf eine Verstrickung in den Mord hindeuten. Sicher kam Christina bestenfalls als Beihelferin infrage. Aber genau solche brauchte man für eine derartige Gewalttat.

»Welche Fingerabdrücke habt ihr an der Tür gefunden?«

»Die von Frau Feldmann, die von Herrn Feldmann – wie zu erwarten. Und natürlich noch ein paar andere. Eine Türklinke putzt man ja nicht ständig.«

»Es bleibt eine Mutmaßung, dass die Haushälterin die Tür aufgemacht hat«, sagte Simon. »Aber ihr Verschwinden macht sie verdächtig. Ich kümmere mich darum!«

Es gab noch viel zu tun in Feldmanns Haus. Unterlagen waren zu sichten, persönliche Erinnerungen zu durchforsten. Auf jedem Bild und in jedem Ordner konnte ein Hinweis stecken. Simon wusste, dass er sich auf Gerbers Akribie verlassen konnte.

Wie Kollegen aus Genf und Miami mitteilten, hatten die Kinder des Ermordeten wohl beide Alibis für die Mordnacht. Sie waren jeweils an ihren Wohnorten gewesen und kamen zumindest in ausführender Funktion nicht als Täter infrage. Eine Nachfrage beim Notar ergab zudem, dass die Kinder im Testament auf den Pflichtteil reduziert, also faktisch enterbt worden waren. So gab es, zumal beide ohnehin schon wohlhabend waren, keinen triftigen Grund, warum sie den Vater hätten frühzeitig ermorden lassen sollen. Auch Swetlana Feldmann wurde im Testament ihres Mannes nicht besonders bedacht. Nach zwei Ehen hatte Feldmann einen strikten Ehevertrag geschlossen, der seine Frau nicht begünstigte – ein Mord erschien auch hier wenig plausibel. Feldmann hatte den Großteil seines Vermögens seiner Stiftung vermacht, von der kein Einzelner profitierte.

Zum Mittagessen traf sich Simon mit Haldimann.

»Und, wie läuft's, Herr Arnold?«

»Wir kommen in allen Bereichen gut voran.«

»Gibt es schon hoffnungsvolle Tendenzen?«

»Wir überprüfen den Verbleib der Haushälterin, die seit gestern nicht mehr in Feldmanns Haus wohnt. Wir haben eine Liste der Opfer aus Nigeria und sind an den Managern dran, mit denen sich Feldmann am Freitagabend getroffen hat.«

»Gut. Wie sieht es mit Ermittlungen bei Wettbewerbern von *Portargo* aus?«

»Wir konzentrieren uns erst mal auf die Geschehnisse innerhalb der Firma. Am Nachmittag ist ein Treffen mit Feldmanns Kompagnon anberaumt.«

»Sehr gut. Bitte bedenken Sie, dass wir im Rohstoffsektor seit dieser Umweltkatastrophe ein sensibles Klima haben. Das Letzte, was wir brauchen, sind öffentliche Verdächtigungen von hier ansässigen Unternehmen, die nichts mit der Sache zu tun haben.«

»Nach meinem bisherigen Kenntnisstand ist keiner der Wettbewerber von *Portargo* bisher konkret verdächtig.«

»Ja, und das soll auch so bleiben.«

Für den Nachmittag hatten Lustenberger und Schärer einen Termin mit dem Co-Inhaber der *Portargo* vereinbart, der in der Tatnacht einer von Feldmanns Gästen in dessen Villa gewesen war. Hatte Marco Schindler einen Vorteil davon, dass Feldmann als Hauptanteilseigner aus der Firma ausschied? Wusste er etwas, was die Ermittlungen voranbringen konnte, oder war er gar in den Mord verstrickt? Simon legte sich einige Fragen zurecht, wollte die Gesprächsführung aber zunächst den Kollegen überlassen.

Sie fuhren gemeinsam zum Firmensitz der *Portargo*, einem vergleichsweise schlichten Bürogebäude in der Innenstadt. Kein Prunk, keine architektonische Extravaganz. Man stellte seinen Reichtum nicht zur Schau.

Schindler war ein groß gewachsener, schwerer, erstaunlich urwüchsiger Kerl. Kein aalglatter Manager, eher der Typ wilder, leidenschaftlicher Macher. Seine Körperhaltung war leicht nach vorn gebeugt, hinter einer runden Brille funkelten wache, braune Augen. Das leicht gewellte grau-braun melierte Haar trug er relativ lang.

»Meine Herren, was darf ich Ihnen anbieten?«, eröffnete er das Treffen und offerierte den Polizisten Plätze, Kekse und Kaffee. Sogleich redete er los. »Sie sehen mich schockiert. Und ich sage es Ihnen am besten gleich: Ich habe keine Ahnung, wer hinter dieser abscheulichen Tat steht. Ich bin selbst zutiefst betroffen, zutiefst. Zum einen, weil ich meinen Freund und Geschäftspartner David verliere, zum anderen, weil ich angesichts der Umstände natürlich auch in Gefahr bin. Oder sehen Sie das anders?«

Wer fragt, der führt, dachte Simon und durchschaute den Plan von Schindlers aktiver Vorgehensweise sofort.

»Wir können bisher wenig sagen über die Hintergründe des Mordes«, sagte Simon, »deswegen können wir auch Ihre Gefährdung nicht seriös einschätzen. Aber sicher haben Sie recht. Sie agieren in ähnlich exponierter Stellung wie Herr Feldmann. Es ist nicht ausgeschlossen, dass auch Sie gefährdet sind.«

»Nun, sehen Sie, deswegen würde ich gerne meinen Aufenthaltsort in den kommenden Wochen ändern, wenn ich dafür Ihre Zustimmung bekomme. Ich werde Ihnen gerne jede Frage beantworten und alle Türen öffnen, die ich Ihnen öffnen kann. Aber danach werde ich mich erst einmal in Sicherheit bringen.«

»Das verstehen wir«, sagte Lustenberger und schaute auf einen Block, der vor ihm lag. »Wir müssen es auch nicht unnötig lang machen, aber einige Fragen hätten wir schon.«

Die Fragen betrafen die Geschäftsfelder von *Portargo*, Geschäftspartner, Orte, an denen Güter umgeschlagen wurden, weitere Firmensitze, Tochterunternehmen und Subunternehmer. Lustenbergers Ziel war es, eine möglichst genaue Beschreibung des Firmenkosmos zu bekommen, in dem sich dieser Rohstoffgigant bewegte.

»Meine Sekretärin kann Ihnen sämtliche Unterlagen zur Verfügung stellen. Tochterfirmen, Handelspartner, Ansprechpartner. Absolut vertraulich, meine Herren, das dürfte klar sein. Wenn davon etwas nach außen dringt, mache ich Sie persönlich verantwortlich.«

Der Mann wusste, wie man Autorität ausspielte.

Ein zweiter Fragenkomplex betraf die Wettbewerber, insbesondere die in der Schweiz ansässigen. Niemand konnte bezweifeln, dass ein Wettbewerber profitierte, wenn beim Marktbegleiter der stärkste Mann ermordet wurde. Somit waren auch etliche andere Rohstoffhändler im Verdacht, etwas mit dem Mord zu tun zu haben.

»Ich denke, Sie kennen die größten Schweizer Firmen im Rohstoffsektor. Ermitteln Sie gerne auch in Zug und in Genf. Aber einen Verdacht in diese Richtung werden Sie von mir nicht hören. Der Rohstoffmarkt ist umkämpft, aber Morde im Management – davon hab ich noch nie was gehört. Auch von den Playern, die im Ausland ansässig sind, habe ich keinen im Verdacht. Warum sollte jemand David umbringen?«

Simon nahm die Einschätzung zur Kenntnis.

Der dritte Fragenkatalog hatte mit der Umweltkatastrophe in Nigeria zu tun. An dieser Stelle konnte Schindler glaubhaft belegen, dass dies nicht sein Geschäftsfeld sei, da Öl Feldmanns Spezialgebiet gewesen sei. Er selbst habe seine Expertise eher im Bereich der seltenen Erden und bei Lithium.

»Womit wir beim Abend des Mordes wären«, sagte Lustenberger. »Sie hatten zwei Manager einer bolivianischen Lithium-Gesellschaft zu Gast in Feldmanns Haus. Worum ging es bei den Gesprächen?«

»Es geht um einen riesigen Lithium-Deal. Die Bodenschätze, von denen wir sprechen, werden aus einem Salzsee gewonnen. Lithium ist, wie Sie vielleicht wissen, der wichtigste Baustein für die Batterien in der Elektromobilität. Sie können sich vorstellen, wie gefragt das Material ist.«

»Und dieser Deal«, fragte Lustenberger, »ist der schon gemacht?«

»Wir stehen kurz vor dem Abschluss.«

»Gibt es irgendeinen Grund, warum der Mord mit diesem Geschäft zu tun haben könnte?«

»Der einzige Grund könnte sein, dass ein Wettbewerber dadurch unsere Stabilität innerhalb der Firma schwächen will. Das wird uns aber nicht davon abbringen, hier zu investieren. *Portargo* wird die Lithium-Vorräte, die unter diesem Salzsee liegen, bekommen. Selbst wenn man mich auch noch ermorden würde.«

Schindler selbst hatte ein wasserdichtes Alibi für den Zeitpunkt der Morde. Er war mit dem Taxi nach Hause gefahren und hatte die Nacht mit seiner Frau verbracht. Dass ein solcher Geschäftsmann eine derartige Tat selbst ausführen würde, war ohnehin absurd. Wofür gab es Auftragsmörder? An Schindlers Einkommen und seiner Anteilssituation änderte sich offenbar nichts durch Feldmanns Tod.

»Davids Anteile gehen weitgehend an die Stiftung. Ihm war immer wichtig, dass kein Einzelner von seinem Tod profitiert – und schon gar nicht seine Kinder.«

»Ist denen ein Mord zuzutrauen?«, fragte Simon.

»Den Kindern?« Schindler schien zu überlegen. »Nein. David und die Kinder haben sich nicht mehr gemocht seit der ersten Scheidung, die hatten kein Verhältnis mehr. Aber warum sollten sie ihren Vater umbringen? Über diesen Wunden liegt längst eine dicke Kruste.«

Natürlich hatte Schindler durch den Tod Feldmanns faktisch mehr Macht, jedoch war bis dato nach Simons Kenntnisstand nie etwas über Machtkämpfe zwischen den Inhabern der *Portargo* bekannt geworden. Vielmehr hatte David Philipp Feldmann den jüngeren Marco Schindler vor zweiundzwanzig Jahren mit nur neunundzwanzig Jahren zum Geschäftsführer der *Portargo* ernannt und ihn vor zwölf Jahren in den Status des Co-Inhabers gehoben. Schindler war inzwischen einundfünfzig, Feldmann neunundsechzig.

Die Polizisten ließen sich Marco Schindlers beruflichen Werdegang genau darlegen und fragten akribisch nach seinem Verhältnis zu Feldmann und zur Art und Weise, wie sich die Inhaber das Geschäft aufgeteilt hatten.

»Gab es je Streit zwischen Ihnen, hatten Sie oft unterschiedliche Auffassungen?«, wollte Schärer wissen.

»Deswegen hat mich David zu seinem Kompagnon gemacht«, sagte Schindler. »Weil ich oft anderer Meinung war als er, weil ich ein Querdenker bin und vielleicht auch ein Visionär. Daraus werden Sie kein Zerwürfnis ableiten können. Wir haben gemeinsam stets unsere Ziele durch ein ausgewogenes Spiel der Kräfte erreicht. David war der klassische Rohstoffhändler mit Öl, Gold und Kupfer. Ich konzentriere mich auf die Rohstoffe, die im Silicon Valley gefragt sind.«

Die Aussagen deckten sich mit dem, was Swetlana Feldmann über das Verhältnis der Firmeninhaber gesagt hatte. Sie hatte von hohem Respekt und großer gegenseitiger Wertschätzung gesprochen, aber auch von einer klaren Aufteilung der Kompetenzen.

»Wie geht es nun weiter, Herr Schindler?«, fragte Simon.

»Ich werde die Geschäfte zunächst alleine weiterführen und dann entscheiden, wer Davids Part einnimmt.«

»Gibt es einen Kronprinzen, jemanden, der daraus Profit schlagen wird?«

Schindler überlegte. »Derjenige, der Davids Aufgaben übernimmt, wird dadurch natürlich einen Karrieresprung machen. Da aber nicht klar ist, wer das sein wird, sehe ich nicht, dass hier ein Mordmotiv liegt.«

Dennoch hatte Schindler kurz überlegt. Der Gedanke, dass der Mörder aus der eigenen Firma kommen könnte, war ihm zuvor wohl nicht plausibel erschienen. Mussten die Ermittlungen an dieser Stelle vertieft werden? Simon machte sich eine Notiz.

»Haben Sie noch weitere Fragen?« Schindler blickte in die Runde, die Beamten schüttelten die Köpfe. »Wenn Sie weitere Mitarbeiter befragen wollen, dann tun Sie das, aber stiften Sie bitte keine Unruhe.«

»Selbstverständlich«, sagte Lustenberger, »wir bleiben diskret.«

»Was haben Sie nun vor?«, fragte Simon.

Schindler stand auf und schloss sein Sakko. »Ich werde mich außer Landes begeben und von einem sicheren Ort aus die Geschäfte leiten. Und ich werde aus der Distanz beobachten, wie die Ermittlungen voranschreiten. Ich darf Sie bitten, sich ins Zeug zu legen. Dieser Mord muss aufgeklärt werden, die *Portargo* muss aus den Schlagzeilen kommen.«

»Haben Sie nicht selbst dazu beigetragen, so stark Gegenstand des öffentlichen Interesses zu sein?«, hakte Simon nach.

»Wir haben einen Fehler gemacht«, sagte Schindler. »Haben Sie noch nie einen gemacht?«

Simon verzichtete auf ein Nachtreten.

»Meine Herren, klären Sie diesen Mord auf. Bitte!«

Schindler brachte die Polizisten zur Tür und reichte jedem mit festem Blickkontakt die Hand. Wenn er etwas mit Feldmanns Tod zu tun hatte, war er ein abgebrühter Schauspieler.

Um siebzehn Uhr stand die Videokonferenz mit den Bolivianern an. Die Lithium-Manager bestätigten die Gespräche in Feldmanns Haus und dass die Verträge kurz vor dem Abschluss stünden. Auf die Frage, ob sie etwas mit dem Mord zu tun hätten, reagierten sie barsch. Völlig absurd sei das, man sei sich doch gerade handelseinig geworden. Ob ihnen die Haushälterin begegnet sei? Natürlich. Sie habe das Essen serviert und sei eine überaus freundliche Person. Ob sie die Frau vorher gekannt hätten? Nein, natürlich nicht. Ob ihnen an der Frau etwas aufgefallen sei? Nein, sie habe sich freundlich verhalten. Man habe sich gefreut, ein wenig Spanisch sprechen zu können.

Simon klopfte ungeduldig auf seinen Schreibtisch und behielt den Videobildschirm im Auge. Aus den Bolivianern war nichts Interessantes herauszubekommen, sie verhielten sich auch nicht verdächtig. Alles, was sie sagten, klang plausibel. Das Alibi – Taxifahrt und Hotelankunft in Luzern gegen Mitternacht – war überprüft und auch von den längst befragten Hostessen bestätigt worden. Am nächsten Morgen waren die Herren laut Passagierliste wieder nach Bolivien zurückgeflogen. Es gab keinen Grund, diese Videoeinvernehmung noch weiter in die Länge zu ziehen.

»*Gentlemen, thank you for your cooperation*«, sagte Simon und beendete die Schaltung.

Um achtzehn Uhr kamen die Ermittler zusammen. Jedes Team trug seine Ergebnisse vor, Simon ergänzte gelegentlich. Die Haushälterin Christina Martinez, das hatte die Überprüfung der Fluglisten ergeben, war tatsächlich am Sonntag nach Lima geflogen. Das Ticket war online bestellt und mit ihrer Kreditkarte bezahlt worden. Ein One-Way-Flug, teuer. Wo sie sich akut befand, konnte nicht ermittelt werden. Die peruanischen Kollegen sicherten ihre Unterstützung zu, was auch immer das heißen sollte.

Sabina war zugegen und machte sich Notizen. Sie beobachtete die Körpersprache der Polizisten, wenn deren Kollegen etwas vortrugen. In Teams entstanden gern mal kleine Animositäten oder Kompetenzgerangel. Noch aber gab die Ermittlertruppe ein geschlossenes Bild ab. Die Einzelteams betrachteten sich ganz offensichtlich als Teil einer ganzheitlichen Ermittlungsstrategie und schienen an den Berichten der anderen interessiert zu sein.

Insgesamt, schloss Simon, gehe die Arbeit gut voran. Von einer Aufklärung der Tat aber, das wusste er selbst, waren die Ermittler so weit entfernt wie Luzern von den Lithium-Feldern Boliviens.

10

Den Dienstag verbrachte Sabina damit, sich durch David Philipp Feldmanns Lebenslauf zu arbeiten. Sie gewann das Bild eines Mannes, der eine beispiellose Karriere hingelegt hatte. Seine Eltern, beide Juden, waren aus Nazideutschland geflohen und hatten sich in den USA eine neue Existenz aufgebaut. Feldmann war nach dem Krieg in Boston geboren worden, als viertes Kind der Immigrantenfamilie. Er hatte früh ein Händchen für den Handel entwickelt und schon als Schuljunge mit Nudeln und Konserven gehandelt, die von Lkws gefallen oder im Hafen übrig geblieben waren.

So lernte er früh die Welt der Containerschiffe und des internationalen Handels kennen. Der Vater handelte mit Textilien und Alkohol. Feldmann selbst begann Ende der Sechzigerjahre eine Ausbildung bei einem Rohstoffunternehmen und eignete sich schnell die nötigen Kenntnisse an – das Handelsgen hatte er ohnehin geerbt. In den Siebzigern gründete er sein eigenes Unternehmen und baute durch den Ölhandel sein Vermögen auf. Er machte Geschäfte mit Südafrika, Israel, Russland und China, war im Goldhandel und in der Förderung von Kupfer, Silber und Nickel aktiv. Nach der Gründung der *Portargo* 1997 ernannte er seinen damaligen Assistenten Marco Schindler zum Geschäftsführer und erweiterte die Handelsfelder der Firma über die klassischen Rohstoffe hinaus.

Stand heute war er der reichste Rohstoffhändler weltweit. Dass er 2001 auch eine gemeinnützige Stiftung gegründet hatte, lag angesichts seiner umstrittenen Geschäfte nahe. So war er durchaus auch als gesellschaftlich engagierter Gönner und Wohltäter ins öffentliche Bewusstsein getreten. Erst der Umweltskandal rund um die *Panda* in Nigeria hatte die öffentliche Wahrnehmung gedreht.

Feldmann galt seither als skrupelloser, menschenverachtender Profithai. Aus erster Ehe hatte er zwei Kinder. Seine zweite Frau starb bei einem Autounfall. Die dritte Ehe war erst vor drei Jahren mit der achtunddreißig Jahre jüngeren Russin Swetlana Racheva geschlossen worden.

Zum Mittagessen trafen sie sich wieder beim Mexikaner.

»Gibt's was Neues?«, fragte Sabina.

»Lustenberger und Schärer nehmen gerade die *Portargo* auseinander«, sagte Simon. »Getrennte Mitarbeiterbefragungen mit unterschiedlichen Drehbüchern. Wir wollen einfach herausfinden, ob in der Führung dieser Firma alles okay ist oder ob der Mörder ein Interner sein könnte.«

»Und die Wettbewerber, wer nimmt die in die Mangel?«

»Das kommt danach«, sagte Simon. »Beim Mittagessen gestern hat Haldimann mir durch die Blume klargemacht, dass wir da nicht zu tief schürfen sollen.«

»Hat er?«

»Das Letzte, was wir brauchen, ist ein Krieg zwischen den Unternehmen, die hier ansässig sind, hat er gesagt.«

»Bedeutet?«

»Dass wir da natürlich hingehen, aber dass wir natürlich auch sehr diskret sein werden.«

»Und wenn es doch einen Verdacht geben sollte gegen eine der Firmen?«, meinte Sabina.

»Dann werden wir dem nachgehen. Ich bin Polizist, kein Heimatschützer«, sagte Simon. »Aber dazu müssen wir erst mal abwarten, was sich an den Märkten tut. Ob zum Beispiel ein Wettbewerber diesen Lithium-Deal noch kippen will. Und wo es sonst gerade konkrete Situationen gibt, in denen eine führungsschwache *Portargo* von Vorteil für den Wettbewerb wäre.«

»Diese Art von Wirtschaftskriminalität hatten wir in Graubünden nie«, sagte Sabina.

»Sei froh, denn das alles ist so verworren und bewusst

undurchdringbar konstruiert, dass du als Ermittler durchdrehst.«

»Was meinst du damit?«, fragte Sabina.

Ihre Fajitas, diesmal mit Rind, schmeckten fantastisch.

»Diese Firmen agieren mit dermaßen vielen Sub- und Tochterunternehmen, über derart viele Handelsplätze hinweg, dass du im Nachhinein kaum etwas nachvollziehen kannst. Das ganze Konstrukt läuft darauf hinaus, Arbeitskräfte auszubeuten, Gesetzeslücken auszunutzen, Steuern zu sparen und Gewinne zu verschleiern. Da kommt dir schlicht das Kotzen.«

»Dann lass uns über was anderes reden«, wechselte Sabina das Thema. »Ich werde nachher abreisen. Hab einen Haufen Klienten, die auf Sitzungen warten.«

»Verstehe«, sagte Simon. Seine Mundwinkel zogen einen dezenten Bogen nach unten. »Vielleicht war es ein bisschen überstürzt, dich in die Ermittlungen reinzunehmen.«

»Schon okay, ich wollte mich auch nicht gleich wieder von dir trennen am Samstag. Aber jetzt muss ich mal nach Chur, ich kann grad auch nicht groß helfen bei eurem Fall. Ihr habt das doch alles im Griff.«

»Gut«, sagte Simon. »Und am Wochenende? Sehen wir uns?«

»Es gibt so ein Festival bei uns in Graubünden. *Rheingold* heißt das, ist in der Rheinschlucht unterhalb von Flims. Da können die Kinder Gold waschen und man grillt und zeltet und fühlt sich eben wie ein Goldschürfer früher. Konzert und Lichtshow gibt's auch noch. Kannst du dir die Zeit freischaufeln?«

»Das klingt genial«, sagte er. »Die Kinder haben sicher Lust darauf. Ich muss es Haldimann halt irgendwie sinnvoll verkaufen – vorausgesetzt, es kommt keine neue Dynamik in den Fall.«

»Dann kommt ihr am Freitagabend zu mir nach Donat und am Samstag gehen wir Gold suchen?«

»Deal.«

Nach dem Essen gingen sie noch ein bisschen spazieren. Vor dem Hotel verabschiedeten sie sich.

»Ich freu mich auf euch«, sagte Sabina und küsste ihn.

Sie holte ihren Koffer und ging zum Bahnhof. Bis Thusis waren es via Zürich und Chur fast drei Stunden. Sie hatte sich für die Fahrt einen Roman gekauft.

II.

»Was groß ist am Menschen, das ist, dass er eine Brücke und kein Zweck ist: was geliebt werden kann am Menschen, das ist, dass er ein Übergang und ein Untergang ist.«

Friedrich Nietzsche

11

Die Nacht war sternenklar – und doch bar jeder Romantik. Der Gestank des Mists auf dem Feld war nur ein Vorgeschmack auf das, was sie gleich erleben sollten. Sie stapften über den Acker. Peter drückte sich einen Stöpsel ins Ohr und prüfte die Funkverbindung.

»P an E, bei euch alles okay?«

»Straße frei, keine Bewegungen.«

Als sie vor dem Stall ankamen, hörten sie schon das Grunzen und Schreien. Sie zogen sich Schutzkleidung über und stiegen über den Zaun. Die erste Tür. Verschlossen. Sie gingen zur nächsten. Wieder verschlossen.

»Sollen wir aufbrechen?«, fragte eine von Peters Begleiterinnen.

»Nein, keine Straftat, wir recherchieren nur.«

Die dritte Tür war offen. Peter holte ein Nachtsichtgerät aus seinem Rucksack und überprüfte den Stall. Seine Begleiterin zückte eine Wärmebildkamera. Keine Menschen weit und breit. Weder drinnen noch draußen. Nur das Geschrei der Schweine und ein unerträglicher Gestank.

»Das Ammoniak ist so widerlich«, sagte Peter. Aus den Rinnen, in denen sich der Urin und die Exkremente der Schweine sammelten, stank es fürchterlich. Die Luft stand, trotz schwirrender Ventilatoren.

»Du bleibst bei der Tür und stehst Wache. Du kommst mit«, befehligte er die Begleiter. Die Aktion musste rasch vonstattengehen.

Er holte seine Videokamera aus dem Rucksack und richtete die Infrarotlampe aus. Die Sicht reichte gerade so, um einen scharfen Film zu drehen. Ab jetzt musste er alles ausblenden, was sich in seiner Seele rührte. Denn das, was er jetzt filmte, war jedes Mal aufs Neue so unfassbar, dass es ihm das Herz brach. Vor ihm lag ein Schwein in seinen Exkrementen.

Aus dem After schwoll ein riesiges, fast platzendes Fleischgeschwulst.

»Mastdarmvorfall«, sagte er, seine Begleiterin nickte.

Das Tier daneben hatte eitrige Pusteln. In einer offenen Wunde nisteten Maden. Unter den Augen Insekten. Eine Zelle weiter: Das Tier atmete noch, befand sich im Todeskampf. Ein anderes Schwein knabberte ihm das Ohr an. Es schrie. Die Tiere fraßen sich tatsächlich gegenseitig. Von Wasser und Futter keine Spur. Dafür sah man den Tod in vielen Variationen. Hörte ein Flehen und Wimmern, wie man es von Kleinkindern kennt. Roch einen Gestank, wie er in den tiefsten Kanalisationen nicht steckt. Manche Schweine schrien. Die meisten lagen leblos apathisch in ihren viel zu engen Gittern. Tumore und Hämatome überzogen ihre Körper. Wie sehr die Seelen dieser Tiere litten, konnte man nicht in Bildern festhalten. Aber spüren konnte man es. Es war so würdelos, so jämmerlich, so entsetzlich traurig und empörend.

Peter musste seine Gefühle im Zaum halten. Er durfte jetzt nicht emotional werden. Er musste dieses Video fertigdrehen, den Stall von außen dokumentieren und die Koordinaten auf dem Handy abfilmen. Alles Beweise, die sie brauchten, damit man ihnen glaubte. Dass es hier. In diesem Stall. Aus dem die Würste von Hannes Trenkwalders Firma kamen. So. Zuging.

Er drehte noch zwei weitere Tiere ab und machte dann kehrt.

»P an I, alles frei da draußen?«

»Alles frei«, sagte die Frauenstimme.

Peter filmte die Stallfassade ab und zog sein Handy. Google Maps, aktueller Standort. Er hielt drauf. Dann hörte er ein Hundebellen.

»Schnell«, sagte er und packte alles in seinen Rucksack. Über das Feld rannten sie zurück zum Wald. »P an E, abholen«, funkte er in die Dunkelheit.

Ein dunkler Wagen fuhr vor und nahm die Tierrechtsaktivisten mit. Dass ihnen dieser Coup in einer der Zuliefererfirmen des Fleischunternehmers und Fußballmäzens Hannes Trenkwalder gelungen war, versetzte sie in Euphorie.

12

Sabina saß in ihrer Stube und trank einen Milchkaffee. Sie hatte die Espressomaschine inzwischen seit sieben Jahren. Italienische Wertarbeit, schlicht, funktional, schön. Der Kaffee schmeckte jedes Mal aufs Neue fantastisch. Für den Abend hatte sie bereits ein paar Holzscheite im Kamin angerichtet, unter dem Dach lagen zwei Matratzen für Simons Kinder bereit. Sie hatte die langen Spaghetti im Andeerer Käseladen geholt und ein Pfund frisches Rinderhackfleisch bei Giulia, der Bäuerin ihres Vertrauens. Spaghetti Bolognese schmeckte doch eigentlich jedem Kind. Und auch der Chianti aus dem letzten Italienurlaub für die Erwachsenen passte dazu.

Sie kamen um neunzehn Uhr.

»Hallo, Maurice«, sagte Sabina und begrüßte den Achtjährigen mit funkelnden Augen.

»Hallo«, nuschelte er und wich ihrem Blick aus.

Anders Fiona, die Sabina mit einem herzlichen »Hallo, Sabina« begrüßte und sie anstrahlte.

»Wie gefällt es euch hier bei mir in den Bergen?«

»Gut«, sagte Maurice.

»Da vorne, da auf der Straße«, legte Fiona los, »da wo die Kurve war, Papa.«

Simon hatte kurz aus dem Fenster gesehen.

»Papa«, fauchte sie ihn an, »da in der Kurve vorhin, da wo wir gefahren sind, da war eine Kuh. Mitten auf der Straße. Und hat Kacki gemacht. Pflllll.«

Die Kinder kicherten.

»Wollt ihr kochen helfen?«, fragte Sabina.

»Was gibt's?«, fragte Fiona.

»Spaghetti Bolognese«, sagte Sabina.

»Juhu«, rief Fiona und strahlte über das ganze Gesicht.

»Spaghetti«, nörgelte Maurice und grabschte an Simons Hosentasche. »Darf ich Handy, Papa?«

»Nein«, sagte Simon, »ihr habt schon auf der Fahrt das Handy gehabt. Jetzt spielt doch mal was zusammen.«

»Kommt mit«, sagte Sabina und führte sie nach oben.

»Schaut mal, da sind eure Betten und da sind ganz viele Kissen. Wollt ihr eine Kissenschlacht machen?«

Das Angebot stieß auf offene Ohren.

»Jetzt haben sie Spaß – und wir unsere Ruhe«, sagte Sabina, als sie die Treppe hinunterkam.

»Bis einer sich was anschlägt«, sagte Simon.

Sabina packte das Hackfleisch aus und öffnete das Tomatenmark. Ein paar Zwiebeln lagen zum Schneiden bereit. Simon wusch den Salat, schnitt Tomaten.

»Kochst gern?«, fragte Sabina.

»Zurzeit ist es schwierig. Und du?«

»Ich koch schon gern. Ess viel Salat – mit irgendwas Warmem drauf.«

»Irgendwoher muss das Knackige ja kommen.« Er gab ihr einen Klaps.

»Und mit den Kindern kommst du klar, so allein?«, fragte Sabina.

»Meine Schwiegermutter hilft mir, und meine Schwester.«

»Ja und was macht eigentlich deine Frau, von der du nichts erzählen willst?«

»Meine Frau ist Journalistin. Aber im Moment arbeitet sie nicht.«

»Weil?«

»Weil sie krank ist«, sagte er.

»Aber ihr seid noch verheiratet?«

»Wir sind ...« Er stockte. »Ach Sabina, das ist nicht so leicht. Ich erzähl's dir bald, okay? Aber heute, lass uns den Abend genießen.«

Er sah traurig aus. Und fröhlich zugleich. Es wurde langsam Zeit, dass sie wusste, was los war.

»Findest du nicht, ich sollte wissen, was da Sache ist?«

»Ja, solltest du. Aber nicht jetzt. Und rede bitte nicht vor den Kindern darüber, okay?«

»Ja«, sagte Sabina. Sie konnte sich keinen Reim auf seine Familiensituation machen, respektierte aber vorerst seinen Wunsch, das Thema auf sich beruhen zu lassen. »Und der Fall, wie entwickelt er sich?«, wollte sie wissen.

»Wir kommen voran. An allen Fronten. Ist dir noch was eingefallen? Haldimann hat mich heute nur so früh gehen lassen, weil ich ihm erklärt habe, dass ich mich am Wochenende zum kriminalistischen Austausch mit dir treffe.«

»Ich hab mir noch mal Gedanken gemacht«, sagte Sabina, »aber eher so grundlegende.«

»Und die wären?«

»Ich habe mich bei jedem Mord immer gefragt: Was haben der oder die Täter gemacht, was sie nicht hätten tun müssen, um dieses Verbrechen zu begehen?«

»Und?«

»Das ist in diesem Fall ziemlich viel: Man hätte Feldmann nicht in ein Boot legen müssen, man hätte ihn nicht über den See bringen müssen, man hätte ihn nicht zum Wagner-Museum bringen müssen. Und man hätte ihn nicht dort aufhängen und mit einem Z versehen müssen.«

»Bedeutet?«, fragte Simon.

»Bedeutet: All das, was getan wurde, ohne dass es nötig war, hat eine Bedeutung, ist ein bewusster Mehraufwand. Und aus dem kann man Rückschlüsse auf die Täter ziehen.«

»Die da wären?«

»Das Wagner-Museum ist ein öffentlicher Ort. Es geht also um Öffentlichkeit. Den Tätern musste klar sein, dass dort viele Menschen vorbeilaufen, mit Handy. Ich denke, die Verbreitung der Bilder vom Mord durch Unbeteiligte war einkalkuliert. Hätten sie Feldmann in seinem Garten liegen lassen, wäre davon nie ein Bild nach draußen gedrungen – außer sie hätten es selbst verbreitet.«

»Das klingt plausibel, sehe ich auch so. Ist aber nix Neues.«

»Nichts von dem, was ich für grundlegende Variablen dieses Falls halte, wird für dich neu sein. Ich sage ja nur, was mir aufgefallen ist. So ganz nüchtern, aus der Distanz.«

»Okay, was noch?«

»Haben die Täter das Wagner-Haus gewählt, weil es etwas abseitig liegt und gut mit dem Boot zu erreichen ist? Oder steckt im Ort an sich eine Botschaft?«

»Das frage ich mich auch«, sagte Simon. »Es hätte so viele andere, auch öffentliche Orte gegeben, die noch einsamer sind.«

»Also steckt darin möglicherweise eine Botschaft.« Das Wasser kochte. Sabina legte die Spaghetti in den Topf. »Die nächste Frage ist: Warum wird der Mann aufgehängt, mit einem solchen Aufwand? Worum geht es dabei? Um die Bäume? Um die Höhe? Um die Nacktheit? Um das Z auf seinem Bauch?«

Simon gab die Antwort. »Das Z hätte man ihm auch im eigenen Garten einritzen können. Nackt hätte man ihn dort ebenfalls liegen lassen können. Der Unterschied besteht in der Tatsache, dass er aufgehängt wurde. Weithin sichtbar. In einer Art Kreuzeshaltung.«

»Was schließt du daraus?«, fragte Sabina.

»Ich habe recherchiert, ob es ähnlich gelagerte Fälle schon einmal gab.«

»Und?«

»Erhängte, mit Seilen gefesselte, mit Kleidern oder Kabeln angebunden. Aber ich habe nichts gefunden, bei dem jemand so hoch irgendwo aufgehängt wurde. Nicht in dieser Haltung. Und auch nicht mit einem Z in der Haut.«

»Bedeutet«, sagte Sabina, »es gibt kein Muster, das man von einem bereits überführten Täter aus einem anderen Fall kennt. Man kann aus dem Tatort keine Rückschlüsse durch Analogiefälle ziehen?«

»So ist es.«

»Bleibt die Frage nach dem Opfer und nach dem Motiv«, sagte Sabina. »Das Opfer ist bekannt, prominent, aber nicht weltberühmt. Es war in einem Umfeld tätig, bei dem es um viel Geld, Macht und Einfluss, aber auch um die Missachtung von Werten und Gesetzen geht. Der Mord kann aus persönlicher Betroffenheit begangen worden sein, aber auch um ein allgemeines Exempel zu statuieren.«

»Wir halten das Mordmotiv der Rache aufgrund des Umweltskandals für sehr plausibel«, sagte Simon.

»Ich auch, aber dann wurde der Mord nicht von denen ausgeführt, die Rache nehmen wollten, sondern von beauftragten Mördern.«

»Was du woraus schließt?«

»Wer jemanden aus Rache umbringt, der agiert nicht so theatralisch, der macht sich nicht diesen Mehraufwand. Der will einfach nur Genugtuung.«

»Was wiederum bedeuten würde: Es ist ein Auftragsmord, möglicherweise aus Rache. Es steckt aber noch mehr dahinter, den Mördern wird genau aufgetragen, was mit der Leiche zu tun ist«, schloss Simon.

»So ist es«, sagte Sabina. »Motiv und Ausführung sind in diesem Fall zwei verschiedene Impulse. Das Motiv mag die Rache von jemandem sein, vielleicht auch Hass, Gier oder ein anderer persönlicher Beweggrund. Hinter der Ausführung aber verbirgt sich eine tiefere Botschaft. Und die würde ein normaler Auftragsmörder so nicht ausführen, viel zu aufwendig. Da sind mehrere Menschen beteiligt, die sich in einer Sache einig sind, die bereit sind, dafür viel Aufwand zu betreiben. Wenn wir die Botschaft knacken, die hinter diesem Mord steckt, kommen wir an den Kern heran.«

»Dumm nur, dass es außer den sichtbaren Fakten am Tatort keine Botschaft gibt«, sagte Simon.

»Kein Bekennerschreiben, kein Video?«

»Da lässt uns jemand zappeln. Wir bekommen eine Botschaft, das Z, die Leiche an zwei Seilen zwischen den Bäumen, das Wagner-Haus. Aber wir bekommen nur ein paar Happen – nicht das Ganze.«

»Rechnest du damit, dass noch mehr kommt?«, fragte Sabina.

»Ich würde es nicht ausschließen. Du?«

»Aus dem Bauch raus: ja. Das ist der Auftakt für eine längere Geschichte.« Sabina rührte die Nudeln um und probierte eine. »Noch drei, vier Minuten«, sagte sie.

»Maurice, Fiona«, schrie Simon.

Nach nochmaliger Aufforderung kamen die Kinder die Treppe herunter. Lachend und schreiend, sich gegenseitig kitzelnd und schubsend, sodass sie fast gepurzelt wären.

»Mensch, Maurice«, schrie Fiona.

»Mann, Fiona«, schrie Maurice zurück und touchierte sie mit der Hand.

»Au«, schrie Fiona und bekräftigte die vermeintliche Bosheit der Brudertat gleich noch einmal mit einem noch lauteren »Aaahuuu«.

Simon schien die Theatralik zu durchschauen und beließ es bei einem Aufruf, sich zu Tisch zu begeben. »Immer dasselbe«, sagte er. »Sie necken sich, sie streiten, dann lachen sie wieder. Ruhe hast du praktisch nie.«

»Aber sie sind süß«, sagte Sabina.

Das Essen geriet zu einer recht einseitigen Konversationsrunde, da Fiona das Wort ergriff und alles erzählte, was ihr so in den Sinn kam. Maurice aß schweigend und kommentierte nur gelegentlich die Ausführungen seiner Schwester. Sabina wollte ihm besonders freundlich begegnen und fragte ihn nach seinem Hobby.

»Ich hab gehört, du spielst Fußball, Maurice. Das ist ja saucool. Bist du ein Stürmer, ein Abwehrspieler oder Torwart?«

»Stürmer.«

»Und, schießt du viele Tore?«

»Ja«, sagte er.

Ein Meister des Einwortsatzes. Zumindest schien es ihm zu schmecken. Sabina war ein wenig nervös gewesen angesichts des Besuchs. Was würde es für diese gerade aufkeimende Beziehung bedeuten, wenn sie sich gar nicht mit Simons Kindern verstehen würde?

»Wollt ihr noch ein Eis?«, fragte sie, nachdem die Spaghetti vertilgt waren. Ein doppeltes »Ja« erfüllte die Stube.

Es gab einfach Dinge, die immer funktionierten.

Stunden später, die Kinder waren schon lange im Bett, lag Sabina, in eine Decke gemummelt, auf dem Teppich. Den Kopf hatte sie auf Simons Bauch gelegt. Der Kamin über ihr knisterte.

»Ich hoffe, du weißt, was du tust«, sagte sie.

Er schaute sie fragend an.

»Wegen der Kinder, wegen deiner Frau.«

»Ja«, sagte er und küsste sie.

Sabina hielt die Augen geschlossen und genoss das Knistern des Feuers. Für den Zustand, in dem sie sich befand, gab es eine exakte Beschreibung: Sie hatte sich verliebt!

13

Das *Rheingold-Festival* fand zum ersten Mal statt. Vor der Kulisse der Rheinschlucht versprachen die Veranstalter ein Natur- und Lichtschauspiel gigantischen Ausmaßes. Mehrere Hundert Meter hoch erstreckten sich die weißen Kalkklippen dieser urzeitlich anmutenden Flusslandschaft. Schroff und kantig waren die Felsformationen, karg und wild die Landschaft an ihren Ausläufern. Zwischen den Felswänden bahnte sich der türkisfarbene Vorderrhein seinen Weg. An seinen Ufern lag ein wildes, weites Gesteinsbett. Auf den freien Flächen waren Zelte aufgebaut, Essensstände boten regionale Würste feil. Simon und Sabina suchten sich für ihr Zelt einen Platz etwas abseits des Treibens.

»Hier?«, fragte Simon. Der Platz lag etwa fünfhundert Meter flussaufwärts, nur wenige Meter von einem kleinen Seitenarm des wilden Rheins entfernt.

»Ja«, riefen die Kinder.

Simon packte das Zelt aus.

»Und wie hauen wir hier die Heringe rein?«, fragte Sabina. Der Untergrund bestand aus dicken Steinen, feinem Kies und Sand.

Die Kinder räumten alle großen Gesteinsbrocken weg und schufen eine Kuhle, in der Simon das Zelt ausbreiten konnte.

»Wir müssen es irgendwie ohne Heringe mit den Steinen befestigen«, sagte Simon.

Sabina schaute sich um und fand ein paar Stämme Treibholz.

»Komm, Maurice, wir holen das Holz und binden das Zelt daran fest.«

Gemeinsam hievten sie die Holzstämme zum Zelt. Sabina band die Schnüre daran fest. Zusätzlich beschwerten sie die Stämme mit großen Steinen. So stand das Zelt schon bald in einem Oval aus feuchtem Treibholz und ausgewaschenen

Steinbrocken. Fiona band sich ein Stirnband um und steckte eine Feder daran. Maurice legte seine Decke wie einen Poncho um und schnitzte sich ein Gewehr aus einem trockenen Ast. Als Simon zwei Sets zum Goldwaschen vom Leihstand brachte, kamen die Kinder endgültig im wilden Westen an. Fiona nahm die Schale und rannte sofort barfuß in den Fluss.

»Stopp«, schrie Simon, »zieh dir Gummistiefel an, sonst wird's zu kalt.«

Maurice rannte hinterher. Dass seine Hose nass wurde, störte ihn nicht im Geringsten. Nur gutes Zureden und die Einsicht, dass das Wasser tatsächlich eiskalt war, konnten die Kinder dazu bewegen, sich schließlich Gummistiefel anzuziehen.

Simon erklärte, wie man das Gold waschen musste.

»Erst mit dem Spaten ein bisschen Sand in die Schale geben, aber nicht zu viel, lieber öfter. Und dann müsst ihr die Schale hin und her bewegen und immer wieder ins Wasser damit. So, dass alles weggeschwemmt wird außer dem Gold.«

»Aber dann geht das Gold doch auch weg«, sagte Fiona.

»Mit Gefühl«, sagte Simon, »nicht zu wild, dann bleibt das Gold in der Schüssel, weil es viel schwerer ist als das Wasser.«

Maurice schüttelte seine Schüssel.

»Schau mal«, erklärte Sabina, die schnell verstand, wie das Ganze gehen sollte. »Nur so leicht hin und her bewegen, dann bleibt oben der Sand liegen und du kannst das Wasser unten ablaufen lassen.«

Geduldig wuschen sie das Steine-Sand-Gemisch. Sabina hoffte, dass bald ein Erfolg eintreten würde. Und tatsächlich.

»Gold«, jubilierte Fiona, als sie ein glitzerndes Korn im Sand ihrer Schüssel entdeckte.

»Lass mal sehen«, rief Maurice und entriss ihr die Schale.

»Meins«, schrie Fiona und zerrte daran. Die Schüssel fiel ins Wasser und das Gold war wieder weg.

Simon verdrehte die Augen.

»Blödmann«, sagte Fiona und hämmerte mit der Faust auf Maurice ein.

»Blödfrau«, sagte der.

»Hey«, schrie Simon, »Frieden beim Goldsuchen. Und ab jetzt passt jeder auf seine Schüssel auf und nimmt dem anderen nix mehr weg.«

Wieder und wieder gruben sie mit dem Spaten in den Untergrund und wuschen den Sand. Beim sechsten Versuch hatte Maurice endlich drei Goldpartikel in seiner Schüssel. »Gold!«, schrie er.

»Zeig«, sagte Fiona und machte ein beleidigtes Gesicht, als sie es in der Schüssel des Bruders funkeln sah.

»Ich hatte auch eins und jetzt hast du drei«, schrie sie und weinte. Sie schmiss ihre Schüssel ins Wasser und bockte.

»Ach komm, Fiona«, sagte Sabina, »wir machen zusammen weiter, dann finden wir bestimmt auch welches.«

»Nein«, sagte das Mädchen und drehte sich weg.

Simon erklärte Maurice derweil, wie er das Gold sichern konnte. Er gab ihm ein kleines Glasröhrchen mit Deckel, das voll mit Wasser war. »Wisch mal deinen Zeigefinger ab und tippe auf das Gold in deiner Schüssel. Und dann steckst du den Finger in das Röhrchen. Dann bleibt das Gold im Wasser hier drin.«

Glücklicherweise siebte auch Sabina bald darauf den ersten Goldstaub aus dem Rhein.

»Schau, wir haben Gold«, rief sie.

Fiona strahlte.

Ohne sich über das kalte Wasser zu beschweren, wuschen die Kinder weiter und kamen zusammen auf über zehn Goldstaubglitzer in jedem Glas. Nach anderthalb Stunden hatten sie genug.

Sabina ging hinunter zu den Verkaufsständen. »Ich bräuchte vier Würste, aber ich würde sie gerne roh haben und selbst über dem Feuer grillen.«

»Da kann ja jeder kommen«, tönte eine sonore Stimme hinter ihr.

Sie drehte sich um. »Frido.«

»Sabina«, sagte ein langhaariger Mann mit gemütlichem Bauch und sehr wachen hellblauen Augen.

Fridolin Thaller war einer von Sabinas besten Freunden, rund zwanzig Jahre älter als sie, dabei aber jung im Herzen. Er lebte oberhalb von Donat in einem umgebauten Stall. Sie hatte ihn länger nicht besucht, jedoch schon vor einiger Zeit für seine Geburtstagsfeier am kommenden Wochenende zugesagt.

»Das hätte ich mir denken können, dass du hier bist«, sagte sie. »Wie geht's dir?«

»Großartig, meine Liebste«, sagte er und strich sich über seinen von einem Gummi zusammengehaltenen grauen Bart, der offen sicher einen halben Meter lang gewesen wäre. »Es wird Sommer, Sabina. Die Menschen kommen raus aus ihren Löchern!«

»In der Tat. Ist es nicht fantastisch hier?«

»Du bist, wie ich vermute, nicht allein da, wenn du vier Würste grillen möchtest?«

»Messerscharf, Frido, messerscharf. Ich hab mich verliebt. Und der Gute hat zwei Kinder.«

»Wie romantisch, eine Goldsucherfamilie?«

»Wer weiß.«

»Du kommst nächsten Samstag, Verehrteste?« Frido sprach gern so salbungsvoll, der Schalk blitzte dabei aus seinen Augen.

»Ja, ich komme.«

»Bring den Goldsucher ruhig mit.«

»Werden sehen. Wann beginnt's?«

»Gegen sechs. Es kommt ein Haufen Leute. Ist sicher auch was für dich dabei.«

»Sehr gut, ich freu mich. Aber jetzt lass mich mal meine Würste zu den Goldsuchern bringen.«

»Der Herr empfiehlt sich.« Er verbeugte sich und grinste. Die Fußnägel in seinen Sandalen waren blau, weiß, schwarz und gelb lackiert – die Farben von Graubünden.

Die Hirschwürste grillten sie über dem wilden Feuer und aßen sie mit frisch gebackenem Brot, das Sabina am Morgen noch bei Giulia gekauft hatte. Die Kinder wischten sich die schmutzigen Finger am T-Shirt ab. Als die Sonne hinter den Felsen verschwand, zogen sie ihre Jacken an und trotteten zum Festivalgelände. Dort, vor den riesigen Wänden der Schlucht, sollte mit Einbruch der Dunkelheit eine Lichtinstallation beginnen.

Tatsächlich erfüllten scheinbar aus der Tiefe des Rheins kommende Orchesterklänge die Schlucht. Zu den sinfonischen Wellen von Richard Wagners *Rheingold* breiteten sich auf den Klippen wandfüllende Lichtmuster aus: Tiere, Fabelwesen und Bäume, Kreise, Blitze und Netze. Die Wände der Schlucht gerieten zur Leinwand einer bunten Fantasiewelt, die sich wie Tausend Nordlichter auf dem rauen Fels ausbreitete. Maurice und Fiona saßen schweigend inmitten dieses Märchens, Simon legte den Arm um Sabina. Takt für Takt und Welle für Welle verbanden sich die Klänge mit dem gewaltigen Rauschen des Vorderrheins. Langsam gingen die klassischen Arrangements über in eine moderne Komposition, die das Motiv des *Rheingolds* aufnahm. Ein Beat mogelte sich unter die sphärischen Akkorde und animierte erste Besucher zum Tanzen.

Sukzessive vermischten sich nun Elemente der Ursprungskomposition mit treibenden Beats und Bässen. Die Menge geriet in Wallung, etwas Rauschhaftes, dem sich kaum jemand entziehen konnte, erfüllte die Schlucht. Sabina und die Kinder tanzten, Simon öffnete eine Flasche Rotwein. Sie tranken aus der Flasche, dem Wunsch folgend, diesen Rausch noch zu vertiefen. Als die Lichtshow nach etwa einer Stunde zu Ende war und die Party nur mehr mit Musik weiterging, verzogen sich die Goldsucher wieder zu ihrem Zelt. Fiona wollte noch ein wenig am Feuer liegen und so blieb auch Maurice mit seinem Schlafsack draußen. Als eine gewisse Kühle in die Schlucht zog und die Glut schwächer wurde, trugen Simon und Sabina die Kinder ins Zelt.

Sie legten noch einmal Holz nach und lauschten dem Knistern. Sabina spürte in ihrem Inneren eine Wärme wie lange nicht.

»Ich bin glücklich«, sagte sie.

»Ich auch. Und die Kinder auch«, sagte Simon.

Einen Moment lang starrten sie schweigend ins Feuer, dann konnte Sabina ihre Frage nicht mehr zurückhalten.

»Was ist mit deiner Frau, Simon? Ich kann das nicht mehr ignorieren. Ich muss es wissen.«

Simon atmete tief durch. Er fasste sich an die Nase. Seine Augen schlossen sich. »Ich wollte es dir nicht sagen. Aber ich muss. Du hast recht.«

Sabina starb fast.

»Daniela liegt im Koma.«

Sie pustete die Luft aus.

»Ein Skiunfall. Vor etwas mehr als zwei Jahren.«

»Das tut mir leid«, sagte Sabina, deren Mundwinkel einbrachen. Sie spürte Tränen in den Augen. War es das Mitleid mit ihm oder mit den Kindern? War es ihre eigene Traurigkeit? Sie musste nach Luft schnappen.

Er begann zu erklären. »Ich wusste, dass das alles zwischen uns anders macht. Deswegen wollte ich es dir nicht sagen.«

Sabina versuchte ihre Enttäuschung zu verbergen, doch es gelang ihr nicht. Da hatte sie sich einmal verliebt, spürte Vertrauen. Und dann das. Die Glut des Lagerfeuers loderte auf.

»Besuchst du sie oft?«

»Normalerweise sind wir ein-, zweimal in der Woche da. Daniela spürt uns, das weiß ich. Sie hört uns, sie fühlt uns.«

»Wie verkraften es die Kinder?«

»Für sie schläft die Mama und träumt einen schönen Traum. Sie glauben fest daran, dass sie demnächst wieder aufwacht. Aber wie lange ich ihnen das noch erzählen kann, weiß ich nicht.«

»Und wie schaffst du das alles, neben deinem Job?«

»Ich hab nicht darum gebeten«, sagte er mit einem bittersüßen Lächeln, »ich muss es annehmen. Meine Schwiegermutter hilft mir und meine Schwester.«

»Was sagen denn die Ärzte? Besteht Hoffnung, dass sie bald aufwacht?«, wollte Sabina wissen.

»Hoffnung besteht immer«, sagte Simon, »aber das ist wie mit einem Vulkanausbruch. Der kann jeden Tag kommen oder auch hundert Jahre nicht. Man weiß es einfach nicht. Im Grunde schläft sie einen traumlosen Schlaf, so haben mir das die Ärzte erklärt. Ihr System ist auf null gefahren. Das ist eine Art Schutzfunktion. Manche Menschen wachen nach zwei Wochen wieder auf, manche nach fünf Jahren, manche nie.«

»Und was bedeutet das für uns?« Sabina sah ihn mit traurigen Augen an.

Simon hob entschuldigend die Schultern. »Ich weiß es nicht. Natürlich wünsche ich mir, dass sie aufwacht, aber sogar meine Schwiegermutter hat gesagt, dass das Leben auch ohne Daniela weitergehen muss. Sie hat mich ermutigt, mich mit dir zu treffen.«

»Sie hat was?«

»Ich bin ein Mann.«

»Du wolltest also einfach mal wieder ficken?«

»Ach, Sabina.«

»Das hast du ja hinbekommen.« Sie riss sich los und stapfte in die Dunkelheit. Aber schon wenig später kam sie zurück. »Entschuldigung.«

Simon stocherte mit einem Stock in der Glut herum. »Ich wusste, dass das schwierig wird, aber soll ich deswegen aufhören zu leben? Du merkst doch, dass es mir nicht um einen kurzen Fick ging. Ich konnte doch auch nicht wissen, dass das so reinhaut.«

»Tut es das?«

»Bis tief hier drinnen«, sagte er und deutete auf sein Herz.

»Ich möchte mitkommen«, sagte Sabina plötzlich. »Ich möchte sie sehen.«

Simon stieß die Luft aus. »Von mir aus.«

»Morgen fahren wir zusammen dahin. Wo liegt sie?«

»In Luzern, sie haben sie zu uns verlegt.«

Eine Weile saßen sie schweigend vor der Glut.

»Ich hab es ihr noch nicht gesagt«, sagte Simon.

»Was?«, fragte Sabina.

»Dass ich dich kennengelernt habe. Ich rede immer mit ihr, wenn ich bei ihr bin, und ich lese ihr mein Tagebuch vor. Das haben die Ärzte mir empfohlen. Sie haben gesagt, wenn sie aufwacht, dann ist es gut für sie, wenn sie über die Zeit, in der sie geschlafen hat, ein Tagebuch bekommt. So kann sie die Zeit nachholen, in der sie nicht da war.«

»Also fahren wir morgen hin?«, sagte Sabina. »Wenn ich schon deine Frau mit dir betrüge, dann will ich sie wenigstens kennenlernen – so gut das eben geht.«

»Sabina.«

»Es ist okay. Du hast dich nach Zärtlichkeit gesehnt, du brauchtest Sex oder auch nur Ansprache – und ich glaube dir sogar, dass du mich magst. Aber dein Herz hängt trotzdem woanders.«

»Mein Herz, mein Herz fühlt sich zu dir hingezogen. Das ist doch nicht nur was Körperliches zwischen uns.«

»Ja – und genau das macht es so schmerzlich. Verstehst du? Dass du eigentlich gar nicht frei bist.«

In dieser Nacht liebten sie sich noch heftiger als zuvor. Sabina wollte Simon nicht mehr loslassen.

14

Der kleine Hans Lindemann gedieh prächtig. Schon im zweiten Lebensjahr lernte der blonde Junge die Zahlen. Bei jeder Stuttgarter Straßenbahn, die an ihm vorbeifuhr, fragte er nach der Nummer. Und durch die Vergleiche von Zahlenform und Farbenschild lernte er spielend alle Zahlen bis Einundzwanzig. Diese Begabung für Zahlen kam ihm immer wieder zupass, so auch einmal, als er im Frühjahr auf der Stuttgarter Fastnacht unterwegs war. Früher hatte es in Stuttgart keine Karnevalsbelustigungen gegeben, weil der Leitspruch »No nix narrets« gegolten hatte, doch seit den lebensfrohen Zwanzigerjahren hatte auch dort der Brauch Einzug gehalten, an Fasching einen Umzug zu machen. Der kleine Hans ging mit der Haushaltshilfe Ilse, die gerade erst von der Alb herab nach Stuttgart ins Pfarrhaus gezogen war, in die Stadt und erlebte dort ein wildes Treiben.

Nach nur einer halben Stunde kam Ilse heulend, ohne Kind und völlig außer Atem wieder daheim an: »Frau Stadtpfarrer, i han da Hans verlora.«

Nach dem ersten Schrecken rief die Mutter beim zuständigen Polizeirevier an, um den Verlust zu melden.

»Soso, Sie send's«, sagte der Polizist am anderen Ende der Leitung. »Da sitzt grad oiner bei uns, mir fittrat ihn mit Berliner Pfannkucha ond hättet glei bei Ihne angrufa. Soin Nama hat er net gsagt, aber d Telefonnummer, die woiß er: 29 594.«

Im November 1934 wurde Hans' Schwester Hilde geboren, ein aufgewecktes Kind mit strahlend blauen Augen und einem guten Appetit. Sie nährte sich fürstlich an der Mutterbrust und wuchs zu einem rechten Pummelchen heran.

Jacob Lindemann begann unterdessen mit der Arbeit an einem theologischen Werk, das auch das programmatische Leitbild seiner Predigten bildete. Das Jahr 1936 war gekennzeichnet durch schwere Auseinandersetzungen innerhalb der

Landeskirche. Fragen des Ausschlusses von Judendeutschen wurden genauso diskutiert wie die Gründung einer überkonfessionellen, quasi neuheidnischen Reichskirche. Etliche Theologen forderten die Befreiung von allem Undeutschen aus Gottesdienst und Bekenntnis und eine Befreiung vom Alten Testament mit seiner jüdischen Lohnmoral.

Lindemann positionierte sich mit einem aus dem Protestantischen hervorgehenden christlichen Ansatz für eine einheitliche Reichskirche. Er betonte die Bedeutung des Deutschen in der christlichen Geschichte. Seine Hoffnung auf die nationale Einung des Volkes fokussierte er auf ein Werkzeug Gottes, das als starker Führer und Löser der sozialen Frage in Erscheinung treten werde. Dieses Werkzeug Gottes konnte nur Adolf Hitler sein.

Im März 1936 wurde Lindemanns zweiter Sohn Hartmut geboren, der bereits an seinem zehnten Lebenstag wegen schweren Magenpförtnerkrämpfen operiert werden musste. Jacob Lindemann schrieb im August 1936 in sein Tagebuch:

> *Mit unserem Hartmut tritt wieder ein ganz anderer Lindemann in Erscheinung. Er wurde in das wegen der Kämpfe in der Kirche so unruhige Jahr 1936 geboren und ist sicher weithin ein Opfer dieser Kämpfe. Das zarte Bürschlein hat schon im Mutterleibe all die seelischen Spannungen als Erbe mitbekommen, unter denen vor allem die Mutter so leidet. Sie, die immerzu doch nur den Armen und Schwachen helfen will, leidet am meisten unter den Kämpfen der Theologen. Sosehr sie das Deutsche liebt und an die Überlegenheit des Arischen glaubt, so wenig kann sie verstehen, dass darüber ein solch erbitterter Kampf in unserer Gemeinde und in den anderen Gemeinden geführt wird. Nun werde ich sie im September zum Reichsparteitag nach Nürnberg schicken und hoffe, dass sie von dort, unter ihresgleichen*

bei den Frauen des Reiches, gestärkt zurückkommen möge – als deutsche Mutter und aufrechte Pfarrfrau der Deutschen Christen.

Der kränkliche Hartmut zog die ganze Liebe der Mutter auf sich. Nachdem der Jüngste seine Operationen gut überstanden hatte, sollten für die Zeit des Parteitags im September nun alle Kinder vorübergehend bei Verwandten untergebracht werden, um der Mutter Erholung zu gewähren. Hilde und Hartmut sollten zu den Schwestern des Vaters auf den Bauernhof nach Maulbronn, während Hans zum Bruder der Mutter nach Heidelberg kommen sollte. Hermann Köth, Emma Lindemanns Bruder, war mittlerweile ein angesehener Arzt und Wissenschaftler. Seine Leitungsfunktion an den Bodelschwingh'schen Anstalten in Bethel hatte er aufgegeben und war mit seiner Familie von Bielefeld nach Heidelberg gezogen. Als Professor und Direktor der Psychiatrisch-Neurologischen Klinik an der Universität Heidelberg und Dekan der Medizinischen Fakultät stand er im Ruf, ein herausragender Wissenschaftler zu sein. Seit er der NSDAP angehörte, war sein beruflicher Aufstieg unaufhaltsam.

Jacob Lindemann war voller Vorfreude, als er am 8. September 1936 in seinem neuen Volkswagen mit dem jungen Hans nach Heidelberg fuhr, um den Sohn für zwei Wochen bei den Köths zu lassen. Die Familie wohnte in einem prächtigen Herrenhaus mit stattlichem Garten über dem Neckartal. Die vier älteren Kinder tollten auf der Wiese herum, der erst einjährige Wolfgang saß dazwischen in einem Wagen, besonders geschützt vor der Sonne. Sofort mischte sich Hans unter die älteren Cousinen und Cousins. Er fühlte sich ab der ersten Sekunde wohl.

»Mein lieber Jacob«, sagte Köth, »schön, dass du uns besuchst. Ich wollte schon lang mal mit dir über die nationale Revolution sprechen und was du als Pfarrer und Theologe für uns tust.«

»Ich freue mich, dich zu sehen, Hermann. Anscheinend sind alle Kinder wohlauf. Besten Dank, dass du unseren Hans für zwei Wochen aufnimmst. Emma war doch arg in Nöten mit dem kranken Hartmut und nun denke ich, dass ihr der Aufenthalt in Nürnberg gut tun wird.«

»Hartmut – was für ein wunderbarer Name. Der Feigen gibt es schon zu viele. Hartmut, welch ein wunderbarer Ausdruck deutscher Kraft und Stärke. Was hat er denn gehabt, der Kleine?«

»Krämpfe am Magenpförtner waren's. Er wurde ja gleich nach der Geburt operiert. Danach hat er doch eine Weile gebraucht, um zu Kräften zu kommen.«

»Na, das setzt der Mutter zu, das verstehe ich. Also Krämpfe am Magenpförtner hat er gehabt?«

»Ja, es war ein arges Leiden, er hat ganz jämmerlich geschrien.«

»Jacob, das ist eine typische Intelligenzkrankheit. Wirst sehen, an dem Buben wirst du noch viel Freude haben.«

»Dein Wort in Gottes Ohr, Hermann.«

Köths Frau reichte den Männern Kaffee und Kuchen, während im Garten die Kinder spielten.

»Nun, Jacob, ich höre, in Stuttgart tobt auch der Kampf zwischen den Bekennenden und den Deutschen Christen?«

»Ja«, sagte Lindemann, »die Zeiten sind unruhig, die Spannungen sind groß.«

»Und, mein lieber Schwager, zu welchem Glauben bekennst du dich?«

»Ich bin auf der Seite der Deutschen Christen, Hermann. Die nationale Einung kann nach meinem Dafürhalten nur gelingen, wenn wir eine starke christliche Kirche sind und einen deutschen Heiland predigen.«

»Eine kluge Haltung, Jacob. Der neue Staat kann nur in der lebendig getätigten Gesinnungsgemeinschaft aller Staatsangehörigen leben. Wer dieser Gesinnungsgemeinschaft zuwiderhandelt oder ihr keinen Nutzen bringt, der ist es nicht wert, in ihr zu leben. Das gilt, lieber Jacob, für uns alle – für dich, für mich, für jeden. Und so, wie ich in meinem Beruf dafür zu sorgen habe, dass immer nur Menschen für unsere Rasse nachwachsen, die dieser lebendigen Gemeinschaft fähig sind, so ist auch von deiner ganzen Persönlichkeit, ein hundertprozentiger Einsatz für das Gemeinwohl gefordert.«

»Recht hast du, Hermann«, sagte Jacob Lindemann, »wenn du den vollen Einsatz für Rasse und Volk forderst – und diesen bin ich bereit zu geben. In der Predigt, in der Seelsorge und in meinen Büchern. Was aber bedeutet das Völkische für dich in theologischen Dingen?«

»Dass der Heiland deutsch ist«, ereiferte sich Köth. »Dass er ein Juden verachtender arischer Held ist, der von dieser Unterrasse ans Kreuz genagelt wurde. Und dass nun ein neues Werkzeug Gottes kommt, um unsere Rasse zu erheben über alle anderen auf Erden. So erwarte ich, dass ihr predigt in den Kirchen, Jacob: national, rassisch und völkisch.«

»Was ist mit den liebenden Aspekten unseres Glaubens? Mit dem Mitgefühl?«, fragte Lindemann. »Du kennst deine Schwester. Sie lebt ganz mit dem Herzen, nicht mit dem Kopf. Sie fragte mich jüngst nach dem Gleichnis vom barmherzigen Samariter und ob ein solcher heute dem Juden helfen würde, der am Straßenrand liegt.«

»Schreibt nicht der Führer: ›Indem ich mich des Juden erwehre, erfülle ich das Werk des Herrn‹? Das Mitleiden ist auch Teil meiner Arbeit, Jacob. Entscheidend ist aber, was eine Kreatur der Gemeinschaft an Nutzen stiftet. Und was sollte ein Jude der Gemeinschaft bringen, als dass er sich an ihr bereicherte?«

»Da hast du wohl recht«, sagte Lindemann. »Und die Kranken, Irren und Schizophrenen, was bringen die der Gesellschaft?«

»Ich erziehe sie zur Arbeit, mein Lieber. Nicht allein die

Beobachtung und Beschreibung ihrer Zustände reicht mir. Ich möchte sie nutzbar machen für die Gemeinschaft. Meine Arbeitstherapie soll das Leben der Kranken mit Tätigkeit erfüllen, soll ihnen menschliche Befriedigung gewähren. Sie soll ihnen durch den Nutzen eigener Arbeit objektiven Wert verschaffen und die Ausschaltung aus der Arbeitsgemeinschaft der Gesunden minder fühlbar machen.«

»Das ist ein Ansatz, aus dem ich tiefes Mitleid höre«, stimmte Lindemann zu. »Das werde ich Emma erzählen und sie wird stolz sein auf ihren Bruder. Denn Emma, wie mir, liegt sehr daran, dass wir Gutes tun für unsere minderen Brüder und Schwestern.«

»Mitleid ist es, das wir jedem Kranken entgegenbringen müssen als Arzt«, sagte Köth, »und wohl auch als Pfarrer. Aber es ist ein Mitleid um einer höheren Sache willen. Ich habe die ganze Klinik mit der Arbeitskraft der Kranken umgebaut. Sie erledigen das, wofür ich kein Geld bekomme. Und so kann ich zeigen, dass viele Glieder der Gesellschaft Nutzen bringen können, wenn man sie nur richtig anleitet und erzieht.«

»Vielleicht könnten auch wir die Armen und Schwachen sinnvoll einbeziehen ins Wirken der Gemeinde?«, überlegte Lindemann.

»Ganz sicher, Jacob. Lasst sie im Garten arbeiten, lasst sie die Kirche renovieren oder gebt ihnen andere würdevolle Aufgaben. Es muss das ganze Volk zum Ganzen beitragen. Nur das stiftet Einheit und den Glauben an einen höheren Sinn.«

»Der Ansatz gefällt mir, Hermann, ich werde deine Gedanken zu nutzen wissen. Auch halte ich es für fortschrittlich und zutiefst christlich, so würdevoll über die schwächsten Glieder der Gesellschaft zu denken.«

»Nur eines dürfen die Irren und Schwachsinnigen nicht«, erhob Köth die Stimme und seinen Zeigefinger. »Sie dürfen sich nicht fortpflanzen. Unsere Rasse muss Stufe um Stufe reiner werden, Jacob. Wir müssen sie befreien von erblichen

Flecken. Daher sind sie zu sterilisieren, die Irren und Kranken.«

»Du sprichst mir aus der Seele, Hermann. Unser Volk muss frei werden von erblichen Mängeln. Ganz so verstehe ich die Vererbungslehre und Hitlers Gesetze. Und welches wenn nicht unser arisches Volk wäre ausersehen dazu, das reinste Volk vor dem Herrn zu sein?«

»So gefällst du mir, Jacob. Die Gesinnung unserer Zeit, mein lieber Schwager, wird nicht geändert durch Bedenklichkeit, sondern nur dadurch, dass man sich in den Dienst des neuen Staates und seiner Gesetze stellt. Wenn ich Bedenken, die ich früher hatte, heute zurückstelle, dann ist das eine entschiedene Wendung aus innerer Haltung. Rationale Wissenschaft und irrationaler Glaube stehen nicht mehr im Gegensatz. Die nationale Revolution ist das Ziel der Evolution – und wir sind ihre Vollstrecker, Jacob. Darauf trinken wir!«

Hermann Köth holte eine Flasche besten Badener Weins aus dem Keller und entkorkte ihn auf der Terrasse. Die beiden Männer erfreuten sich am heiteren Treiben der Kinder, lobten die Schönheit des Neckars und stießen feierlich auf die nationale Revolution an.

»Nun, da wir uns unserer gemeinsamen Gesinnung versichert haben, lieber Schwager, möchte ich dich einladen, als einer von zwölf Auserkorenen – als Vertreter der Theologie – teilzuhaben an der Gründung einer geheimen Gesellschaft.«

»Worum handelt es sich?«, wollte Lindemann wissen.

»Es ist eine Vereinigung zur Gründung einer neuen Rasse, die alles unter sich lassen wird, was es je auf Erden gab. Wir werden aus deutschem Blute und deutschem Fleische den Übermenschen erschaffen. Wir werden Nietzsches Vision Wahrheit werden lassen und mit unserer Züchtung über alles hinauswachsen, was je die Erde bevölkert hat. Nimmst du die Einladung an, Jacob?«

»Das klingt mir nach großer Ehre. Wann und wo soll die Versammlung stattfinden?«

»Am 15. Oktober, dem Geburtstag Nietzsches, in Weimar. Wir erwarten prominente Wissenschaftler. Biologen, Physiker, Ärzte und Ingenieure. Jede Wissenschaft soll dazu beitragen, dass das Experiment gelinge. Wirst du mir also die Freude machen? Wir könnten gemeinsam anreisen in meinem neuen Wagen. Und du könntest das Manifest zum arischen Übermenschen aus Sicht der völkischen Theologie schreiben.«

»So machen wir es, Hermann. Auf die höchste Rasse unter Gottes Himmel.«

»Auf den Heiland Deutsch. Heil Hitler. Prost!«

15

Sabina hasste Krankenhäuser. Sie hatte sie schon als Kind nicht gemocht. Die langen Klinikaufenthalte ihrer Mutter hatten es nicht besser gemacht.

Mit gewaltigem Herzrasen betrat sie das Zimmer, in dem Daniela Arnold lag, Simons Frau. Eine wunderschöne Person, dunkelhaarig, mit feinen Gesichtszügen. Die Augen geschlossen. Tief schlafend – und doch wirkte sie nicht gänzlich abwesend.

»Hallo, Daniela«, sagte Simon und nahm ihre Hand.

»Hallo, Mama«, sagte Fiona und nahm die andere.

Maurice stand schweigend daneben und legte die Hand vorsichtig auf ihren Bauch. Der Herzschlag auf dem Elektrokardiogramm erhöhte sich leicht, in Danielas Gesicht war keine Bewegung wahrzunehmen. Sabina hatte einen Kloß im Hals.

»Wir haben jemanden mitgebracht«, sagte Simon. »Das ist Sabina, Daniela, sie arbeitet mit mir und hilft mir ein bisschen mit den Kindern. Sie wollte dich unbedingt kennenlernen.«

»Hallo, Daniela«, sagte Sabina mit gedämpfter Stimme. Sie brauchte eine Weile, um den Kloß im Hals loszuwerden. »Simon hat recht gehabt, dass du eine wunderschöne Frau und Mutter bist.« Sabina nahm ihre Hand. »Ich wollte dir nur sagen, dass auch ich mich gut um Simon und die Kinder kümmern werde.«

Simon wischte sich eine Träne aus dem Auge. Fiona lächelte, Maurice schaute traurig zum Fenster hinaus. Nach einigen Minuten verließen sie das Zimmer.

Sabina fühlte sich dieser schlafenden Frau im Koma sonderbar nah. Gleichzeitig machte sie ihr den Mann streitig. Der Kampf war ungerecht und konnte nur Verlierer kennen. Daniela lag da wie ein Opfer. Aber Sabina fühlte sich nicht wie eine Siegerin.

Wie sollte das weitergehen? Es hatte sich so gut angefühlt. So richtig. Bis zu dem Moment, als Simon ihr die Wahrheit gesagt hatte.

Die Kinder rannten durch den langen Krankenhausflur, vorbei am Empfang. Draußen war ein Spielplatz. Sabina und Simon setzten sich auf eine Bank, doch schon kam Fiona und wollte Verstecken spielen.

»Später«, sagte Simon, dem nach ein bisschen Ruhe zumute war.

»Nein, jetzt«, sagte Fiona und zerrte an seiner Hand.

Er widersprach nicht, denn er kannte seine Tochter und wusste, wohin es führte, wenn man sich ihren Vorstellungen widersetzte.

Simon zählte bis zwanzig, die Kinder und Sabina versteckten sich. Fiona duckte sich hinter eine Bank, Maurice wählte ein Versteck hinter den Mülleimern. Sabina verkroch sich in einer Hecke. Die Kinder waren bald gefangen. Sabina suchte er vergeblich. Mit einem beherzten Antritt sprang sie aus ihrer Hecke und rannte zu den Kindern. Befreit! Alle lachten. Für einen Außenstehenden wäre klar gewesen, dass hier eine glückliche Familie beisammen war, im Inneren fühlte es sich anders an.

Sie gingen zum See hinunter und fütterten die Enten und Schwäne.

»Wie geht es jetzt weiter?«, fragte Sabina.

»Ich möchte, dass wir uns sehen«, sagte Simon. »Du kannst zu uns kommen, wir können zu dir kommen. Ich kann die Kinder auch mal zur Schwiegermutter geben.«

»Und die findet das gut, dass ihr Schwiegersohn eine fremde Frau vögelt?«

»Sei doch nicht so zynisch.«

»Ich bin nicht zynisch. Die Situation ist so.«

In der Nähe des Bahnhofs setzten sie sich in ein kleines Café-Restaurant über dem Wasser. Sabina aß eine Wurst, die Kinder einen Burger. Simon hatte keinen Hunger.

»Burger«, sagte Maurice.

»Rumpelstilzchen«, sagte Sabina.

»Nase«, sagte Maurice.

»Esel«, sagte Sabina.

Der letzte Buchstabe des vorherigen Wortes musste der Anfangsbuchstabe des nächsten sein.

»Luzern«, erwiderte Maurice.

»Nachtigall«, sagte Sabina.

»Lego.«

»Ohr.«

»Rheingold.«

Maurice kramte das Glasröhrchen mit dem Goldstaub aus seiner Tasche und hielt es gegen die Sonne.

Sabina lächelte. »Da gehen wir mal wieder hin, hm?«

»Ja«, sagte er. »Wir sind die besten Goldsucher.«

Als sie sich am Bahnhof verabschiedeten, sah Maurice traurig aus.

»Wollen wir Sabina bald wiedersehen?«, fragte Simon.

»Ja«, riefen die Kinder.

16

»Ich geh noch mit Rocky raus«, sagte Hannes Trenkwalder zu seiner Frau Johanna.

»Mach das, Schatz, aber bleib nicht zu lang.«

Trenkwalder liebte die Wege hier in Tirol – die saftigen Wiesen, die urtümlichen Wälder. Sobald der Frühling da war, verbrachte er mehr und mehr Zeit mit seiner Frau in ihrem Ferienhaus im Stubaital. Für ihn als Jäger war die Natur ein Traum – voller Gämsen, Füchse und Rehe. Oft verließ er am Morgen das Haus, bevor die Sonne aufging. Und auch abends drehte er gern noch eine Runde in der Dämmerung. Das Handy ließ er bei seinen Spaziergängen stets zu Hause. Trenkwalder liebte seinen Hund, einen Deutschen Schäferhund, seinen Rocky. Die Geschäfte liefen prächtig und die Saison war erfolgreich beendet worden. Mit seiner Fleisch- und Wurstfabrik verdiente er Jahr für Jahr Millionen. Viele davon steckte er in seinen Fußballklub. Manche liebten diesen Klub, die meisten hassten ihn. Mehr und mehr zog sich Trenkwalder deshalb aus der Öffentlichkeit zurück. Das Ferienhaus im Stubaital war der ideale Ort, um auch einmal an etwas anderes zu denken als das Geschäft.

Die Dämmerung war längst hereingebrochen. Trenkwalder liebte diese Stunde, wenn der Tag sich verabschiedete und die Nacht hereinbrach. War er tagsüber unterwegs, so traf er oft Leute, die ihn erkannten. Das schmeichelte ihm durchaus, nervte aber auch manchmal. Zumal er bisweilen sogar beschimpft wurde. Ein ›Retortenverein‹ sei sein Klub, ein traditionsloses Plastikkonstrukt, der Untergang der Fußballkultur.

Hier in den Bergen, am Abend, wenn niemand ihn störte und niemand etwas von ihm wollte, war Trenkwalder ganz bei sich – nur sein Hund durfte diesen Seelenzustand mit ihm teilen. Als er auf einem schmalen Pfad das letzte Stück durch den Wald ging, hörte er plötzlich einen Schuss. Rocky stolperte zu Boden und winselte. Trenkwalder beugte sich entsetzt zu seinem Hund. »Rocky, Rocky.«

Noch ehe er verstand, was passiert war, bekam er von hinten einen Knebel in den Mund geschoben und wurde brutal zu Boden gedrückt. Sein Gesicht prallte auf die Erde, in seinem Rücken spürte er ein heftig drückendes Knie. Seine Hände gekreuzt und gefesselt. Trenkwalder stöhnte. Er bekam kaum Luft, so fest steckte der Knebel im Mund.

»Na, wie fühlt sich das an?«, sagte eine grobe Männerstimme. »Wenn das Tier so vor den eigenen Augen in die Knie geht und winselt? Fühlt sich das gut an? Schmeckt das dem Herrchen?«

Noch begriff Trenkwalder nicht, was vor sich ging. Wohl aber begriff er, dass es ernst war. Es waren mindestens zwei Männer. Sehen konnte er sie nicht. Sein Gesicht lag im Dreck.

»Steh auf, Dicker«, sagte der Mann, der das Wort führte. »Wir wollen sehen, wie viel Mitgefühl du hast.«

Mit Mühe stand Trenkwalder auf. Die Männer waren schwarz gekleidet und trugen Strümpfe über dem Kopf.

»Wir wollen zu einem kleinen Stall fahren. Du kennst doch Ställe, oder?«

Trenkwalder wurde in einen VW-Bus verladen. Sie schmissen ihn hinein wie einen Sack, er stieß sich den Kopf und stöhnte. Den Hund legten sie sorgsam auf die Rückbank und strichen ihm sanft über den Kopf.

»Schön, so ein Transport, hm?«, sagte der Mann. »Wenn man nicht weiß, was passiert, wenn man nicht weiß, wohin man kommt. Aber wenn man irgendwie spürt: Es wird scheiße werden!«

Trenkwalders Schreie endeten dumpf im Knebel. Er rieb die Handgelenke aneinander, trat mit den Füßen. Doch das ließ nur seine Herzfrequenz nach oben schnellen und führte dazu, dass er am ganzen Körper schwitzte.

»Wollen wir ihn betäuben?«, sagte der Mann am Steuer, um sich dann selbst die Antwort zu geben: »Ach nein, warum den Aufwand? Es soll ihm ruhig gehen wie seinen Schweinen.«

Trenkwalder schrie wieder in seinen Knebel. Tränen rannen aus seinen Augen, seine Poren öffneten sich.

»Wir sind daha«, säuselte der Mann nach einer Weile.

Trenkwalder hatte jedes Gefühl für Orientierung verloren. Gemeinsam packten sie ihn und warfen ihn in ein altes Heustadel. »Wir haben extra für dich ein Kino aufgebaut«, sagte der Mann. »Hier, nimm Platz.«

Sie zogen ihn an einen Heuballen und brachten ihn in eine aufrechte Position. Trenkwalders Rücken schmerzte, sein Knie war blutig. Vor ihm baute der Wortführer einen Laptop auf.

»Film ab. Schau gut zu und hör's dir an!«

Trenkwalder sah einen Schweinestall. Sah Tiere, denen kopfgroße Geschwulste aus dem After wuchsen. Offene Wunden, Hämatome, Tumore, Maden in eitrigen Wunden, Eiterpusteln, abgeknabberte Ohren. Schweine, die sich gegenseitig auffraßen. Er musste würgen.

»Aus denen machst du deine gute Wurst«, sagte der Mann. »Lecker, hm? Die schmeckt soo gut und macht soo reich!«

Trenkwalder wollte etwas sagen. Der Mann schlug ihm mit der Faust auf den Mund.

»Willst du etwas sagen? Willst du dein Leid klagen? Wir hören nichts, wir hören nichts. Wir sind tahaub!«

Trenkwalder ließ den Kopf hängen. Sein Herz raste, er spürte ein Kribbeln in den Beinen, er zitterte, seine Hose war nass. Um sein Herz spürte er einen gewaltigen Druck. Die Arme schmerzten, sein Hals wurde enger und enger. Sein Körper schien zu brennen. Als er sich übergeben musste, bekam er keine Luft mehr. Der Mann löste den Knebel, Trenkwalder hustete und kotzte. Der Knebel kam zurück. Noch fester, noch tiefer. Trenkwalder würgte. Sein Hemd war schweißnass und vollgekotzt. Seine Hose voller Urin.

»Sieh nur, wie er daliegt, in seiner eigenen Pisse und Kotze. Ach Gott, Mitleid? Hat er Mitleid? Mit sich selbst? Oder mit den Tieren? Da schau hin. So geht es ihnen.«

Inzwischen sah man Bilder aus einem Schlachthof. Ferkel, denen bei vollem Bewusstsein die Schwänze abgeschnitten wurden. Trenkwalder nahm die Bilder kaum mehr wahr.

»Na, dann wollen wir mal zur Schlachtung schreiten«, sagte der Mann. Er riss Trenkwalder das Hemd auf und legte ein Messer auf seinen Bauch. »Wollen wir ihn betäuben? Oder wollen wir ihn bei lebendigem Leibe aufschneiden?«

Trenkwalder warf wild den Kopf hin und her und schrie.

»Aufschneiden?«

Trenkwalder wehrte sich.

»Betäuben?«

Trenkwalder nickte heftig. Das Gewinsel in seinem Knebel war kaum mehr zu vernehmen.

»Ja, das machen wir, sonst gibt es eine solche Sauerei, wenn wir ihn schlachten.«

Der andere Mann kam mit dem Betäubungsgewehr. Er schoss Trenkwalder ins Bein, in den Arm und in den Bauch. Der letzte Schrei seines Lebens verendete dumpf in dem Knebel, der in seinem trockenen Mund steckte.

Als die Nacht weiter vorangeschritten und Trenkwalder bereits tot war, verluden ihn die Männer in den VW-Bus. Sie deckten ihn so zu, dass man von außen nichts erkannte, und fuhren los. Kurz nach der Abzweigung zu den Sillwerken schraubten sie die Kennzeichen des Busses ab und machten die Lichter aus. Als sie im Tal ankamen, stellten sie das Fahrzeug ab und lauschten. Nichts, außer dem Rauschen des Flusses. Die wenigen Menschen, die hier wohnten, schliefen. Die Männer trugen den leblosen Körper direkt unter die Brücke und warteten auf das Seil.

»Wir sind so weit«, funkte der Wortführer nach oben.

»Seil kommt«, antwortete eine Stimme.

Schon flog ein zweihundert Meter langes Seil von der Brücke herab. Sie banden den entkleideten Trenkwalder daran fest. Dann ritzte der Wortführer ein Z in seinen Bauch und gab das Signal zum Hochziehen. Es war drei Uhr in der Nacht. Am Hang, der den besten Blick auf die Brücke bot, hatten sie zwei Kameras installiert. Sie prüften noch einmal den Kameraausschnitt und schalteten den Timer auf vier Uhr dreißig.

Das Bild von Hannes Trenkwalder, der im Licht der aufgehenden Sonne an einem Seil kopfüber an der Europabrücke der Brennerautobahn hing, sollte um die Welt gehen.

17

»Er war bestimmt a rechts Arschloch, aber dass er so endet, des gönnt mer keim.«

Ernst Mauracher hatte in seinem Berufsleben schon viele Leichen gesehen und viele Tatorte inspiziert. Einen solchen aber hatte er noch nie erlebt. Um 05:07 Uhr war der Anruf eines holländischen Urlaubers eingegangen, der am Rastplatz Europabrücke haltgemacht hatte. Da hänge ein Mensch an einem Seil von der Brücke. Sicher fünfzig Meter über dem Boden. Er bewege sich nicht. Nachdem Polizisten das Seil von der Bungeesprunganlage an der Brücke gelöst und den Leichnam im Tal der Sill geborgen hatten, bestand Gewissheit: Der Tote, der da nackt an der Europabrücke zwischen Innsbruck und dem Brennerpass gehangen hatte, war der weithin bekannte Fleischproduzent und Fußballmäzen Hannes Trenkwalder.

»Das wird einen rechten Presseauflauf geben«, sagte Mauracher und zündete sich eine Zigarette an. »Und ein Haufen Deutsche werden sich einmischen.«

Sein jüngerer Kollege Roman Gabelsberger schaute ihn schweigend an.

»Ja, da schaust«, sagte Mauracher, »das habt ihr nicht gelernt auf der Polizeischule, hm? Was man macht, wenn so ein Promi am Seil hängt.« Mauracher stapfte an dem kleinen Gebirgsfluss entlang, über den vor über fünfundfünfzig Jahren die Europabrücke gebaut worden war. »Ich sag's dir: Wir behandeln den Fall wie jeden anderen Mord auch. Wir lassen uns von dem ganzen Chichi, das jetzt kommt, nicht verrückt machen.«

»Müssen wir nicht aufpassen mit der Zigarette?«, sagte Gabelsberger, dem die Unsicherheit in der Zusammenarbeit mit dem erfahrenen Mauracher anzumerken war.

»Die Zigarette?«, raunzte der Kommissar. »Da, pack's ein.«

Er reichte dem jüngeren Kollegen die Zigarette. »Auf die Kippe kommt's jetzt auch nicht an.«

Die Kollegen hatten das über eine Privatstraße zugängliche Gelände zwischen der Brennerstraße, dem Sillwerk und der Gemeinde Patsch bereits großflächig gesichert. Mauracher und Gabelsberger stapften in ihren Schutzanzügen unter der Brücke umher.

»Was soll mer finden?«, grantelte Mauracher. »Die werden ihn nicht hier umgebracht haben, sein Ferienhaus ist ja drüben im Stubaital.«

»War das bekannt?«, fragte Gabelsberger.

»Von dem war doch alles bekannt«, sagte Mauracher. »Seit er diesen Verein im Niemandsland übernommen und mit seinen Fleischmillionen an die Spitze geführt hat, hat den doch jeder gekannt.«

»Glauben Sie, dass ihn Fußballfans ermordet haben?«

»Um Gottes willen«, sagte Mauracher, »bringen sie sich jetzt auch schon um wegen dem blöden Gekicke?« Er zündete sich eine weitere Zigarette an. »Sein kann's allemal. Besonders beliebt war er nicht.«

»Ein paar Firmen hat er auch gehabt«, sagte Gabelsberger. »Vielleicht ist das ein Ansatz?«

»Ja, Ansätze gibt's natürlich genug, du Klugtuer. Und ich weiß schon jetzt, dass sie uns mit Fragen löchern werden heute Mittag.«

»Wer?«

»Na, die Journalisten. Das hast du noch nicht gesehen, was da los sein wird.«

»Und was können wir denen präsentieren in der Zeit?«

»Ja nix«, sagte Mauracher. »Nix, garniert mit einer Gurke und einem Salatblatt – und einem von seinen Würstchen. Jetzt können wir mal zu seinem Haus fahren und schauen, ob jemand da ist. Vielleicht weiß seine Frau was.«

Die beiden Polizisten vom Landeskriminalamt Tirol verließen den Tatort und fuhren über die Brennerstraße zurück Richtung Innsbruck, vor Innsbruck-Süd bogen sie ins Stubaital ab.

»Schöne Hütte«, sagte Gabelsberger, als sie vor Hannes Trenkwalders Anwesen ankamen.

»Der hat ein paar Euro verdient in seinem Leben«, sagte Mauracher.

Das alpenländisch anmutende, großzügige Haus war von einer weißen Mauer umgeben. Als die Polizisten klingelten, dauerte es eine Weile, bis sich jemand rührte.

»Bitte?«

»Mauracher, LKA Tirol. Frau Trenkwalder?«

»Ja.«

»Es geht um Ihren Mann.«

»Der ist nicht da, vermutlich mit dem Hund unterwegs.«

»Deswegen kommen wir, Frau Trenkwalder, lassen Sie uns bitte rein?«

Die Gartentür wurde entriegelt. Die Polizisten gingen durch einen gepflegten Vorgarten mit Teich und Blumenbeeten hinauf zum Haus.

»Sie weiß es noch nicht«, sagte Mauracher. »Das wird jetzt ein Drama, mach dich auf was gefasst.«

Die Polizisten traten ein, die Eingangshalle hing voller Jagdtrophäen.

»Sieh an, ein Jägerhaus«, sagte Mauracher.

»Ja«, sagte Johanna Trenkwalder, der die Sorge anzusehen war. »Was ist passiert? Warum sind Sie hier?«

»Frau Trenkwalder«, sagte Mauracher. »Wir haben Ihren Mann leider tot aufgefunden. Wir müssen von einer Kriminaltat ausgehen.«

Sie musste sich setzen. »Nein, mein Hannes. Nein. Das hat keiner gewagt!«

Mauracher nahm die Frau am Arm und geleitete sie ins

Wohnzimmer, wo auch für die Polizisten ein Platz zum Sitzen war. »Ich weiß, dass das jetzt ganz schwierig ist für Sie, aber bitte teilen Sie uns mit, wann Sie Ihren Mann zum letzten Mal gesehen haben und was zuletzt passiert ist.«

Johanna Trenkwalder war auf einen Schlag fünf Jahre älter geworden, sie wirkte konfus. »Er war gestern Abend unterwegs mit dem Hund«, sagte sie, »das war so um halb neun, neun, denk ich. War fast dunkel. Er geht oft abends noch raus, manchmal setzt er sich auf einen Jägersitz. Da kommt er dann spät heim. Er liebt den Wald doch so sehr.«

»Und Sie haben ihn nicht bemerkt, als er zurückgekommen ist?«, fragte Gabelsberger.

»Nein. Ich bin um halb zehn ins Bett, da war er noch nicht wieder da.«

»Und heute Morgen? Ist Ihnen nicht aufgefallen, dass das Bett leer war?«

»Doch, aber ich dachte halt, er wär schon unterwegs mit dem Hund. Der ist ja auch nicht da.«

»Frau Trenkwalder, wissen Sie, welche Runde Ihr Mann normalerweise ging?«

»Ja, schon. Soll ich sie Ihnen zeigen?«

»Das wäre überaus liebenswürdig«, sagte Mauracher.

Sie zog sich an und ging mit den Polizisten über den hinteren Teil des Anwesens durch ein Türchen in der Mauer auf die freien Bergwiesen. Der Weg hob steil an und führte dann in den Tannenwald. Mauracher beobachtete den Boden mit Argusaugen. Als sie einen kleinen Pfad durch dichtes Gestrüpp entlanggingen, hob Mauracher die Hand.

»Da«, sagte er.

Am Boden klebte Blut, darin Hundehaare. Mauracher zückte sein Funkgerät und gab den Standort durch. »Ein Spurensicherungsteam, volle Ausrüstung.«

»Frau Trenkwalder, ich werde hier warten, möchten Sie mit meinem Kollegen mitgehen, zurück zum Haus?«

»Was, was ist passiert?«, sagte sie nur ungläubig und brach in Tränen aus.

Mauracher nahm seinen jüngeren Kollegen zur Seite. »Du wartest, bis ich wieder bei euch bin. Geht's langsam zurück, unterhaltet's euch ein bisschen.«

Gabelsberger nickte.

»Offenbar ist Ihr Mann mit dem Hund überfallen worden. Hatte er Geld bei sich?«, fragte Gabelsberger.

»Das glaube ich nicht«, sagte die Frau, »hier oben braucht man kein Geld.«

»Ich glaube auch nicht, dass es um Raub geht«, sagte Mauracher.

Gabelsberger und die Frau des Toten gingen zurück zum Haus.

Als Mauracher nach etwa zwanzig Minuten zurückkam, lag sie abwesend auf dem Sofa und blickte ihn mit glasigen Augen an.

»Haben Sie nachgedacht?«, fragte Mauracher.

»So gut es halt geht«, sagte sie mit zittriger Stimme. »Kann ich ihn sehen?«

»Hm«, druckste Mauracher, »ich denke, er wird erst untersucht werden, aber Sie müssen Ihren Mann ohnehin identifizieren.«

»Sie haben ihn also an der Europabrücke gefunden?«, fragte die Frau.

Mauracher warf Gabelsberger einen bösen Blick zu. »Äh ja, da an der Brücke«, sagte er. Gabelsberger hatte offenbar nichts Genaueres erzählt. »Frau Trenkwalder, sollen wir jemanden vorbeischicken, der Sie betreut?« Die Frau wirkte sehr angeschlagen.

»Ja, bitte. Wissen Sie, mein Mann ist so oft angefeindet worden. Ich möchte jetzt nicht allein hier sein. Die sind ja bestimmt noch irgendwo.«

»Wer hat Ihren Mann denn angefeindet?«, fragte Mauracher.

»Na, die Fußballfans. Plakate haben sie hochgehalten, auf denen er gehängt war.«

»Gehängt?«, fragte Mauracher.

»Ja«, sagte Gabelsberger, der sich im Gegensatz zu seinem Kollegen für Fußball interessierte. »Herr Trenkwalder war bei vielen Anhängern der traditionellen Fußballkultur unbeliebt.«

»Was ist denn traditionelle Fußballkultur?«, fragte Mauracher.

»Alte Vereine, Traditionsklubs, echte Liebe«, sagte Gabelsberger.

»Ah, lieben kann ich a Frau, a Kind, vielleicht an Hund, aber doch kein Verein«, raunzte Mauracher.

»Das empfinden viele anders«, sagte Gabelsberger.

»Warum tun sich die Leut so schwer damit, dass es Veränderungen gibt?«, fragte Mauracher. »Heut regieren Amazon und Google die Welt. Da tut sich halt auch im Fußball was.«

»Aber genau da passt es vielen halt nicht«, sagte Gabelsberger. »Gerade im Fußball hängen die Leute in unserem Kulturkreis eben an ihrer Tradition – warum auch immer.«

»Jetzt mal zurück zum Thema. Hat Ihr Mann auch Drohungen erhalten? War mal was am Haus?«, fragte Mauracher.

»Sie meinen hier?«, fragte Johanna Trenkwalder. »Nein, hier war nie jemand. Aber Briefe hat er bekommen, anonyme E-Mails. Und im Internet, da ist er bedroht worden.«

»Haben Sie das gesammelt, haben Sie das gemeldet?«

»In Deutschland, ja. Mein Mann hat das an seinen Anwalt weitergeleitet und der hat auch mit der Polizei geredet.«

»Ja und, was haben die deutschen Kollegen dazu gesagt?«, fragte Mauracher.

»Die haben das nicht als akute Bedrohung gewertet«, sagte sie. »Bei so Fußballsachen sei das meistens mehr ein abstrakter Aggressionsabbau, haben die gesagt, der sich auf bestimmte Personen fokussiert. Aber da wird nix passieren, ham sie gesagt.«

Abstrakt war das vorhin nicht, dachte Mauracher.

»Die Polizei hat sogar die Bedrohungen aus der Tierschutzecke für gefährlicher gehalten als die Fußballhetze.«

»›Tierschutzecke‹?«, fragte Mauracher.

»Sie haben Videos gedreht«, sagte Johanna Trenkwalder, »in den Ställen und in den Schlachthöfen. Und sie haben die Firma meines Mannes dazu aufgefordert, das nicht zuzulassen. Sonst würden sie das alles veröffentlichen. Das ging auch durch die Presse. Eine Supermarktkette ist sogar abgesprungen.«

Gabelsberger nickte.

»Hat Ihr Mann sich das zu Herzen genommen? War er interessiert an den Zuständen in den Ställen?«

»Mein Mann mag Tiere«, sagte sie, »er hat seinen Hund geliebt.«

»Hat er also dafür gesorgt, dass bei seinem Fleisch alles mit rechten Dingen zuging?«

»Bestimmt«, sagte sie, »er hat das seinem Management gesagt. Ich habe mich da nie eingemischt. Ich war nur für ihn da, wenn von außen zu viel auf ihn eingestürzt ist.« Sie weinte.

»Ich halte auf jeden Fall fest: Es gab Drohungen von Fußballfans und es gab Auseinandersetzungen mit Tierschützern. Korrekt?«

»Ja«, sagte die Frau.

»Können Sie mir bitte die Kontaktdaten Ihres Anwalts geben?«, sagte Mauracher. »Wir werden sicher Fragen an ihn haben.«

»Natürlich«, sagte sie.

»Nur noch ein paar Fragen«, sagte Mauracher, der merkte, dass die Frau in ihrer Konzentration nachließ. »Hatte Ihr Mann auch Feinde in der Firma, in der Familie, in der Nachbarschaft?«

Sie überlegte. »Nein, er war ja nicht mehr sehr aktiv in der Firma, hat das alles ans Management übergeben.«

»Und, verzeihen Sie die Frage, gab es Affären oder eine andere Frau möglicherweise?«

»Mein Hannes?«, sagte Johanna Trenkwalder. »Bestimmt ist ihm mal ein Flittchen hinterher, aber wir sind seit fünfundvierzig Jahren verheiratet. Ich glaube nicht, dass es eine andere Frau gab. Wir ...« Sie brach in Tränen aus.

»Danke, Frau Trenkwalder, und mein Beileid«, sagte Mauracher und drückte ihre Hand.

»Die Kollegin, die ein bisschen bei ihnen bleibt, wartet schon draußen«, sagte Gabelsberger. »Soll ich sie reinholen?«

Die Frau nickte.

Am Ende sind es Menschen wie du und ich, dachte Mauracher. Mit ganz normalen Gefühlen und ganz normalen Ängsten und Sorgen. Er verließ das Haus, wenn auch nicht für lange, wie ihm klar war. Die Untersuchung der Firma und die Analyse der diversen Bedrohungen würden ihn sicher noch öfter herführen. Zu diesem Zeitpunkt, so viel stand für Mauracher fest, gab es noch keinen eindeutigen Ansatz, aus welcher Ecke die Täter kamen.

18

»Hast du das gehört?«, fragte Sabina. »Die haben Hannes Trenkwalder an die Europabrücke bei Innsbruck gehängt.«

»Hat mir vorhin ein Kollege im Netz gezeigt«, sagte Simon. »Erinnert ein bisschen an unseren Fall. Aber ich kenne noch keine Details.«

»Kannst du die bekommen?«, fragte Sabina.

»Wir haben schon einen Kooperationsantrag gestellt. Wenn dem zugestimmt wird, fahre ich heute noch nach Innsbruck. Und dann werden wir sehen, ob da was dran ist. Er war wohl nackt, er hing an einem Seil. Klingt schon verdammt ähnlich.«

»Fehlt nur noch ein Z auf dem Bauch«, sagte Sabina. Sie hörte ein Nuscheln auf der anderen Seite der Leitung.

»Meine Kollegen haben gerade was entdeckt«, sagte Simon. »Ich schick dir das mal durch.«

Tatsächlich kursierte ein Video im Netz, auf dem der tote Trenkwalder zu erkennen war, wie er an der Brücke hing. Auf seinem Bauch war, nachdem die Kollegen es vergrößert hatten, deutlich ein eingeritztes Z zu erkennen. Sabina betrachtete die zwei Screenshots auf ihrem Smartphone.

»Unfassbar«, sagte sie.

»Ich bin dann mal unterwegs nach Innsbruck«, sagte Simon. »Jetzt ist das Ding eine internationale Ermittlung.«

»Halt mich auf dem Laufenden«, sagte Sabina.

Sie betrachtete die Bilder und schüttelte den Kopf. Hannes Trenkwalder. Das war noch mal eine ganz andere Kategorie als Feldmann. Das war ein international bekannter Prominenter. Eine öffentliche Person aus dem Fußballbusiness. Was ging hier ab?

Sie drückte auf die Facebook-App. Eine der ersten Nachrichten im Newsfeed kam von ihrem Bruder aus Hamburg. Er hatte ein Video aus einem von Trenkwalders Zuliefererställen gepostet. Dabei stand der Kommentar: *So ging es seinen Schweinen. RIP Hannes Trenkwalder.*

Sabina konnte es nicht fassen.

»Sag mal, spinnst du?«, schrie sie ins Telefon.

»Was ist denn los, Sabina?«

»Tickst du jetzt völlig aus mit deinem Veganerscheiß?«

»Was denn?«

»Ey, du postest ein Video von Trenkwalders Schweinestall und schreibst so 'n Scheiß drunter? Das ist praktisch die Gutheißung eines Mordes.«

»Der hat's doch nicht anders verdient, der Drecksack.«

»Tom, das ist jetzt nicht dein Ernst?«

»Weißt du, wie diese Schweine leiden müssen? Damit das Arschloch sich die nächste Villa und das nächste Flugzeug leisten kann?«

»Jetzt bitte, vermisch doch nicht tausend Dinge«, sagte Sabina.

»Na, dir ist das ja egal«, ätzte der Bruder durchs Telefon. »Du frisst weiter schön dein Filet, weil es von glücklichen Kühen kommt. Und findest Spanferkelgrillen romantisch.«

»Ich hab seit dreißig Jahren kein Spanferkel mehr gegessen«, sagte Sabina. »Ich glaube, wir müssen mal *face to face* miteinander reden.«

»Von mir aus«, sagte Tom.

»Bist du in Hamburg?«

»Ja.«

»Kann ich bei dir schlafen?«

»Klar, aber komm als Schwester, nicht als Klugscheißerin.«

»Bäbäbä«, machte Sabina. »Ich schau nach 'ner Verbindung. Aber bitte – und wenn's Klugscheißen ist: Lösch dieses Video und diesen Kommentar wieder. Du bringst dich ja geradezu in Verdacht, etwas mit dem Mord zu tun zu haben.«

»Nu lass mal die Kirche im Dorf«, sagte Tom. »Wir ham immer noch so was wie Meinungsfreiheit.«

Tatsächlich war Sabinas Bruder bei Weitem nicht der Einzige, der Trenkwalders Tod im Netz sarkastisch oder gar euphorisch kommentierte. Sabina packte ihre Sachen und fuhr nach Chur.

Sie besprach sich mit den therapeutischen Kollegen und vereinbarte, ihre Klientenbetreuungen für ein paar Wochen ruhen zu lassen. Zum einen wollte sie mehr Zeit für Simon haben, zum anderen stand demnächst das Familientreffen in Italien an, das sie mit einer ausgiebigen Urlaubsreise verbinden wollte. Nach Hamburg zu fahren und mal wieder ihren Bruder zu sehen, erschien ihr wie ein willkommener Startschuss für einen Sommer, der nicht nur von Arbeit bestimmt sein sollte. Vom Hauptbahnhof aus ging um kurz vor zehn eine Direktverbindung in Deutschlands Norden. Fast neun Stunden dauerte die Fahrt mit dem Zug. Zum Glück hatte Sabina wieder mit dem Lesen begonnen.

Hamburg zeigte sich von seiner schönsten Seite. Sie traf ihren Bruder bei Abendsonne in der Marktstraße zwischen St. Pauli und Sternschanze.

»Ich freu mich, dich zu sehen, Tom.«

»Ich mich auch, Sabina. Wie läuft's?«

»Hab 'n Mann kennengelernt. Ein Polizist. Witzig, oder?«

»Und wann wird geheiratet?«

»Boah, glaube, da ist noch einiges zu klären. Aber es tut gut. Ne Sexualtherapeutin, die keinen Sex hat, das ist einfach nix.«

»Das Problem hab ich nun wirklich nicht«, meinte er lachend.

»Ja, ihr Schwulen«, sagte Sabina.

Sie wollte die Problematik ihrer neuen Beziehung nicht diskutieren. Es reichte, wenn Tom wusste, dass es jemanden in ihrem Leben gab. Sie gingen in ein veganes Restaurant.

»Wo ist die Karte für die Steaks?«, fragte Sabina.

Tom lachte. Sie bestellte Rote-Beete-Falafel in einer süß-sauren Kokossahnetomatensauce.

»Und, was macht das Studium, biste fertig?«

Ihr Bruder war bald fünfunddreißig und studierte seit Jahren wechselnde Fächer.

»Denke schon, dass ich demnächst mal was abschließe. Arbeite gerade viel bei *Animal Soul.*«

»Hand aufs Herz, Bruder: Habt ihr was mit diesem Mord zu tun?«

Er lachte. »Womit?«

»Mit dem Mord an Trenkwalder«, sagte Sabina.

»Spinnst du?«

»Ich spinne nicht. Aber möglicherweise spinnen ja die Leute, denen Tiere wichtiger sind als Menschen.«

»Warum sollten Menschen wichtiger sein als Tiere?«, fragte Tom.

»Ist das dein Ernst?«, sagte Sabina.

»Ich mag Tiere eigentlich alle. Menschen mag ich nicht alle.«

»Warst du bei dem Video dabei?«, wollte Sabina wissen.

»Bei welchem Video?«

»Das du gepostet hast«, sagte Sabina.

Der Bruder nippte an seiner Limonade. Er nickte.

»Alter Scheiß«, sagte Sabina, »hast du das eingestellt?«

»Nein, kam anonym, von 'nem offenen WLAN aus. Ich hab es nur geteilt.«

»Wie viele seid ihr eigentlich in dieser Szene?«, fragte Sabina.

»Ich glaube, wir sind die am besten kooperierende Subkultur in Europa. Das sind viele. Vieeeeele.«

»Also hat jemand aus eurer Szene Trenkwalder umgebracht?«

»Das weiß ich nicht.«

»Du weißt es nicht oder du willst es mir nicht sagen?«, fragte Sabina.

»Ich weiß es nicht. Die Szene ist groß. International. Schon möglich, dass jemand eine neue Eskalationsstufe einläutet.«

»Ihr habt also über solche Sachen gesprochen? Gewalt anzuwenden? Menschen zu ermorden?«

»Die Idee, es Tierquälern und Systemgewinnlern heimzuzahlen, ist so alt wie die Szene.«

»Und, findest du das gut?« Sabina fixierte ihren Bruder.

»Ich bin mir nicht sicher, wie man Dinge verändern kann«, sagte er. »Aber nur mit schockierenden Bildern oder indem wir zeigen, wie ähnlich uns Tiere in ihren Gefühlen sind, scheint es nicht zu funktionieren.«

»War Trenkwalder ein konkretes Hassobjekt in der Szene?«

»Trenkwalder ist bei allen ein Hassobjekt, oder?«

»Du meinst die Fußballer?«, fragte Sabina.

»Na klar, den haben doch alle gehasst.«

»War da was geplant aus eurer Szene?« Sabina war jetzt ganz Polizistin.

»Sag mal, warum steigerst du dich da eigentlich so rein? Sind wir jetzt im Verhör oder wie?«, erwiderte Tom. »Chill halt mal 'n bisschen. Du tust grad so, als wär der dein Nachbar gewesen.«

»Ich bin neulich zufällig in einen Mordfall verwickelt worden«, sagte Sabina. »Die Sache mit Trenkwalder trägt dasselbe Muster, deswegen interessiert mich das so.«

»Aha«, sagte Tom, »dann bist du jetzt also wieder Polizistin, so im Geiste? Genug von den beziehungsgestörten Pärchen?«

»Alles in Ordnung«, sagte Sabina. »Ich bin da einfach reingerutscht. Also noch mal: Kennst du die, die das gemacht haben?«

»Ich weiß nur, dass Trenkwalder unter Beobachtung stand. Es war bekannt, dass er nachts immer seine Runden um sein Ferienhaus dreht. Aber dass ihn jemand umbringen will, davon war nie die Rede. Ihm eins auswischen, seinen Hund mal wegnehmen, damit er an der Gefühlsseite getroffen wird und über das Seelenleben von Tieren nachdenkt. So was, ja. Aber Mord?«

»Kannst du mir das versichern?«, fragte Sabina.

»Dass ich nicht mehr weiß? Ja.«

»Könntest du Recherchen anstellen?«

»Soll ich in der Szene rumschnüffeln, oder wie?«

»Na ja, es geht um einen Mord.«

»Das mach ich nicht«, sagte Tom. »Bei den Tieren geht es auch um Mord. Ich kann nicht die Arbeit der Organisation torpedieren, bei der ich angestellt bin. Du würdest auch nicht für die Gegenseite schnüffeln, wenn du noch bei der Polizei wärst.«

»Du stellst also die Verdunkelung dieses Mordes höher als die Aufklärung?«

»Für mich ist ein Tierleben genau so viel wert wie ein Menschenleben. Und ich glaube nicht, dass wir hier mit abstrakten Diskussionen über Moral oder Rechtstaatlichkeit weiterkommen.«

»Sondern?«, fragte Sabina.

»Wir sind an einem Punkt, nicht nur bezüglich des Tierschutzes, an dem Grenzen seitens der Machthaber überschritten werden. Es ist nur folgerichtig, dass auch die Gegenbewegung Grenzen verschiebt.«

»So beginnen Kriege«, sagte Sabina.

»Im metaphorischen Sinne sind wir im Krieg. Und du kannst mir sagen, was du willst: Der Feind ist das Kapital.«

»Den Bart für den neuen Marx hast du ja schon.«

Tom fasste sich in den Bart und legte seine Haare zurecht.

»Ich kann mir nicht vorstellen, liebe Schwester, dass wir da so weit auseinander sind. Du magst dich mit der Polizei und dem Recht identifizieren, aber tief drinnen lehnst auch du das System ab.«

»Ich bin ausgestiegen, auf meine Weise. Aber ich glaube nicht, dass Gewalt ein Weg ist.«

»Gewalt, keine Gewalt«, sagte Tom. »Die Frage ist, ob man was ändern kann am Lauf der Dinge.«

»Kann man?«, fragte Sabina.

»Ich denke schon – Gandhi, Salzmarsch.«

»Und welchen Marsch willst du machen?«

»Wir lassen einfach nicht locker«, sagte Tom.

»*Fair enough*«, sagte Sabina.

Das Essen schmeckte ihr fantastisch – bis auf den Käseersatz, mit dem die Falafel überbacken waren.

»Schmeckt alles ganz wunderbar«, sagte Sabina. »Aber wie soll Käse ohne Milch gehen?«

»Bisschen Fantasie, Schwesterchen«, sagte Tom.

»Meine Fantasie endet am Gaumen. Der Rest schmeckt klasse. Aber Sojakäse, als Schweizer. Findest du das nicht irgendwie – kulturlos?«

»Lassen wir's«, sagte Tom, »da kommt Carsten.«

Als Toms Freund dazustieß, schwappte das Gespräch in eine andere Richtung. Sabina sah einen fröhlichen, glücklichen Bruder. Das war nicht immer so gewesen.

»Hast du gerade ferngesehen?«, fragte Simon, als er Sabina gegen zweiundzwanzig Uhr vor einer Kneipe im Schanzenviertel erreichte.

»Nee, warum?«

»Wir haben ganz spontan den Fall bei *Aktenzeichen XY* unterbringen können.«

»Warte kurz, ich geh mal in einen Hinterhof«, sagte Sabina und verschwand. »Also was jetzt, *Aktenzeichen XY*?«

»Ja«, sagte Simon. »Die Straße unter der Europabrücke ist eine Privatstraße. Da fahren wohl ständig Touristen runter, deswegen hat einer der Anwohner eine Kamera installiert, um die Kfz-Halter anzuzeigen, die dort unerlaubterweise Fotos machen.«

»Das bedeutet, ihr habt ein Auto?«

»Ein Modell. Das Nummernschild war abgeschraubt und die Bildqualität ist wegen der Dunkelheit sehr schlecht, aber es handelt sich zweifelsfrei um einen schwarzen VW-Bus, Modell T5.«

»Ein schwarzer T5?«, wiederholte Sabina.

»Ja, wir haben den Film im Fernsehen abgespielt. Man erkennt nicht viel und die Täter sind vermummt, aber es kann natürlich gut sein, dass jemandem der Bus irgendwo in der Nähe aufgefallen ist. Wenn wir eine Autonummer oder zumindest Teile davon rauskriegen, wäre das ein Riesenschritt.«

»Was ist mit den Autobahnen? Werden die nicht gefilmt?«

»Was meinst du, wie viele schwarze VW-Busse um die Jahreszeit an einem Tag über den Brenner fahren?«, sagte Simon. »Und glaubst du wirklich, dass die Täter das auch gemacht haben?«

»Vermutlich nicht«, sagte Sabina.

»Aber die Österreicher sind dran.«

»Was sagen sie sonst?«

»Der Kollege geht da sehr nüchtern ran«, sagte Simon. »Öffentliche Person mit erheblichem Anfeindungspotenzial aus diversen Gesellschaftsmilieus, dazu wirtschaftlich erfolgreich in einem engen Wettbewerb. Extrem dominant, bisweilen verletzend in seinem Auftreten. Also tausend Gründe für einen Mord. Militante Veganer, radikale Fußballfans, übervorteilte Geschäftspartner, gekränkte Mitarbeiter, Neider.«

»Einen konkreten Verdacht haben die Österreicher also nicht?«

»Nein, überhaupt nicht. Was uns wirklich alle stutzig macht, ist die formale Nähe des Mordes zu unserem Fall. Das sieht nach einer blutigen, internationalen Weltverbesserungstour aus. Erst der globale Rohstoffhändler, dann der Massentierhaltungsmogul und Fußballmillionär.«

»Ja, da möchte jemand was ändern am Lauf der Dinge«, sagte Sabina.

»Aber mit welchem Ziel? Mit welcher *message*?«, fragte Simon.

»Die *message* ist Z«, sagte Sabina.

»Großartig«, sagte Simon, »und was will uns Z sagen?«

»Ich bin mir sicher, dass da noch mehr kommt. Denen geht es erst mal um Aufmerksamkeit. Um die Schockwelle. Die werden sich schon noch genauer äußern. Immer noch kein Bekennerschreiben, kein Video aus dem Täterkreis?«

»Das Video von der Europabrücke, das im Netz kursiert, wurde anonym eingestellt. Offenes WLAN, neues Smartphone. Schwer nachzuvollziehen. Dazu kursiert ein weiteres Video im Darknet.«

»Nichts an der Sache ist Zufall«, sagte Sabina. »Und auch diesmal müssen wir uns fragen: Was haben die Täter zusätzlich zu dem getan, was sie hätten tun müssen, um Trenkwalder zu töten?«

»Und wieder ist die Antwort: ziemlich viel«, sagte Simon. »Sie sind nicht nur das Risiko eingegangen, dass ihr Auto erkannt wird, sie haben es auch in Kauf genommen, auf einer Autobahnbrücke gesehen oder sogar angehalten zu werden.«

»Wurden sie gesehen?«, fragte Sabina.

»Ja, natürlich. Autofahrer haben bemerkt, dass jemand auf der Brücke lief, mit Helm auf. Aber es gibt auch einen Fußweg. Zu der Stelle, von der aus mit dem Bungeeseil gesprungen wird, gehen öfter Leute.«

»Ist die etwa offen zugänglich?«, fragte Sabina.

»Nein«, sagte Simon, »wurde aufgebrochen.«

»Und das Seil?«

»Mitgebracht.«

»Und dann einer unten, einer oben?«, schloss Sabina.

»Zwei oben, laut Zeugenaussagen. Unten hat niemand die Täter gesehen. Aber im Bus saßen zweifelsfrei mindestens zwei.«

»Fußspuren?«, fragte Sabina.

»Zwei Personen. Beim Tragen der Leiche haben sie minimale Spuren hinterlassen.«

»Also insgesamt vier Leute?«

»Wie schon in Luzern«, sagte Simon. »Die Wahrscheinlichkeit ist hoch, dass es dieselben Täter sind. Die Fußabdrücke werden gerade abgeglichen.«

»Und die österreichischen Kollegen, wie sind die drauf?«

»Na ja, rauer Charme«, sagte Simon. »Ich glaube, noch mehr als über den Schweizer hat er sich über die vielen Deutschen aufgeregt, der gute Herr Mauracher. Ist ein alter Hase. Zynisch. Bisschen grantig. Klarer Blick. Eher ein Solospieler.«

»Habt ihr vollen Einblick in den Fall?«, fragte Sabina.

»Ja«, sagte Simon, »wir kooperieren zu hundert Prozent.«

Sabina erzählte von ihrem Bruder und der Tatsache, dass er das Video aus Trenkwalders Stall geteilt hatte.

»Hängt er da mit drin?«, fragte Simon.

»Ich glaub's nicht«, sagte Sabina. »Aber ganz sicher bin ich mir nicht. Er ist schon ein bisschen radikalisiert auf seine Weise.«

»Hat er auch was mit der Rohstoffgeschichte zu tun?«

»Weiß ich nicht, aber Tierrechte, Globalisierungskritik, Rohstoffausbeutung – das ist doch irgendwie eine Gesinnung, die da zum Ausdruck kommt.«

»Können wir deinen Bruder für die Ermittlungen nutzen?«

»Das hat er abgelehnt«, sagte Sabina.

»Schade, dann müssen wir über andere Wege in diese Szene schauen.«

»Das ist eine gut organisierte, internationale Szene.«

»Ich weiß«, sagte Simon. »Kamen nicht die größten Chaoten beim G20-Gipfel in Hamburg sogar aus der Schweiz?«

»Ja. Gut möglich, dass wir es auch hier mit einer internationalen Gruppe zu tun haben und dass verschiedene Landeszellen was beitragen zum Ganzen.«

»Ich hab den Verfassungsschutz in Deutschland, Österreich und der Schweiz kontaktiert«, sagte Simon. »Das Ding ist größer als zwei regionale Polizeidirektionen.«

»So sieht es aus. Aber seien wir ehrlich, wir fischen ziemlich im Trüben, vor allem jetzt, nach dem zweiten Mord.«

»Wir müssen einfach weiter an allen Strängen dranbleiben, die irgendwie zu einem Netzwerk führen. Es gibt auch interessante Neuigkeiten im Fall Feldmann.«

»Was denn?«, fragte Sabina.

»Die Haushälterin wurde inzwischen gefunden und von den Kollegen in Peru verhört.«

»Und?«

»Die Frau hat vor einem Jahr bei einem Grubenunglück in einer Kupfermine ihren Mann und ihren neunzehnjährigen Sohn verloren.«

»Eine Grube, an der *Portargo* beteiligt ist?«, fragte Sabina.

»Ja«, sagte Simon. »Genaueres wissen wir noch nicht. Ist bisschen schwierig, die Ermittlungsarbeit über den Pazifik mit sehr schlecht Englisch sprechenden Kollegen in Peru voranzutreiben.«

»Trotzdem ein interessantes Detail«, sagte Sabina. »Das könnte bedeuteten, dass es gar nicht konkret um den Giftmüllskandal in Afrika ging.«

»Die Frage ist halt, was das nun wieder mit Trenkwalder zu tun hat. Kommt mir bisschen absurd vor, dass so eine einfache Andenfrau gleich an zwei hochkomplexen Morden in Europa beteiligt sein soll.«

»Ja, da muss irgendeine andere Kraft hinterstecken.«

»*But who*?«, sagte Simon.

»Z«, sagte Sabina, »*whatever it means.*«

19

Für Ende Mai war es außergewöhnlich warm. Tom war zum Einkaufen unterwegs, Sabina zog ihre Laufsachen an. Sie joggte durch die bunte Marktstraße mit ihren alternativen Shops, Klamottenläden und Restaurants. Von den Häusern grüßten Graffitis, Kinder spielten in Hinterhöfen. Durch das Karoviertel wehte eine weltstädtische, auf ihre Weise frische Luft. Sabina lief an der Untersuchungshaftanstalt vorbei und überquerte die Straße zum Park Planten un Blomen. Ein Teil der Anlage war im japanischen Stil angelegt. Eine aufgeräumte Kunstlandschaft aus Bäumen, Bächen und Felsen lud zum Verweilen ein, während Rhododendren und Blumenbeete üppige Farbtupfer setzten. Sabina drehte ein paar Runden um den großen See in der Parkmitte und setzte sich dann vor das japanische Teehaus, das an einem kleinen Teich lag. Sie legte sich auf den Rücken und atmete tief ein und aus. Die angezogenen Beine abwechselnd nach rechts und links drehend, startete sie ihr Yogaprogramm. Ein Rabe umkreiste sie, auf dem Teich planschte eine Entenfamilie.

»Und, warst fleißig?«, sagte Tom, der frisches Obst geschnitten und einen Kaffee aufgesetzt hatte.

»Der Park ist fantastisch«, sagte Sabina, »da macht der Morgen richtig Spaß.«

»Was darf's sein: Joghurt, Quark, Milch?«

»Wo sind die Eier? Schinken? Speck?«

Tom gab ihr einen zärtlichen Faustschlag auf den Oberarm.

»Ich probier das alles«, sagte Sabina. Beim Soja-Joghurt verzog sie das Gesicht. »Also jetzt mal ehrlich, schmeckt dir das?«

»Man gewöhnt sich dran.«

»Daran will ich mich nicht gewöhnen«, sagte Sabina. »Trotzdem danke fürs Frühstück. Das Obst ist lecker.«

»Wenn du Lust hast, nehmen wir nachher die Räder und fahren ein bisschen an die Elbe. Was meinst du, Schwesterchen?«

»Lust?«, sagte Sabina. »Aber so was von.«

Kreuz und quer nahmen sie ihren Weg hinunter zur Elbe und fuhren am Fluss entlang, vorbei an alten Hafenhallen und modernen Bürogebäuden. Bei den Fischerhäusern von Övelgönne schoben sie die Räder, ehe sie unterhalb der Elbchaussee nach Blankenese radelten.

»Hier wohnen die besseren Leute«, sagte Tom.

»Da würde ich auch wohnen wollen«, sagte Sabina.

Auf der Elbe fuhren riesige Tanker vorbei, am anderen Ufer sah man die Hallen des Flugzeugbauers *Airbus*. Dahinter schien die Welt aufzuhören. Ein typisch nordisches Gefühl von Freiheit.

»Du hast dir da schon 'ne ziemlich komplette Stadt ausgesucht«, sagte Sabina. »Hier gibt's eigentlich alles außer Berge.«

»Danke für die Erinnerung, ist mir noch gar nicht aufgefallen.«

»Was hast du eigentlich mit deinem Haus vor?«

»Gute Frage«, sagte Tom.

Er vermietete sein geerbtes Haus in Donat nur selten an Feriengäste. Sabina übergab dann den Schlüssel und übernahm die Reinigung.

»Ich könnte eigentlich mal wieder runterfahren.«

»Komm halt mit. Am Wochenende feiert Frido seinen sechzigsten Geburtstag.«

»Frido?«, sagte Tom. »Ich komme mit.«

Spontaneität war schon immer Toms Stärke gewesen. Er wusste die Wendungen des Lebens zu nehmen und surfte stets auf der Welle, die gerade vorbeischwappte.

»Ich fahr heut noch mal ins Büro, dann kann ich morgen blaumachen«, sagte er.

»Was ist denn dein Schwerpunkt im Moment?«, fragte Sabina.

»Soja als Milchersatz.«

Sie lachte. »Für diesen ekligen Joghurt?« Sie wusste, dass der Bruder die Provokationen ertragen konnte.

»Durch die Verfütterung von Soja an Kühe hat es ein extrem schlechtes Image bekommen, weil dafür viel Regenwald abgeholzt wird. Aber das ist Soja, das für die Milchkuhhaltung verwendet wird. Das Soja, das für Milchersatzprodukte genutzt wird, kommt meistens aus Europa oder Kanada und dafür werden überhaupt keine Wälder gerodet. Da wird viel zusammengeschmissen in der Öffentlichkeit.«

»Und du arbeitest an einer Studie mit?«, fragte Sabina.

»Ich sammle Daten und bereite sie auf. Aber das ist nur ein kleiner Teil meiner Arbeit. Wir gehen auch viel in die Ställe, drehen Videos, reden mit Politikern, machen Aktionen in Supermärkten.«

»Ich finde das gut«, sagte Sabina. »Bin stolz auf dich, mein Bruder. Auch wenn ich lieber richtigen Joghurt esse als diese Sojapampe.«

Tom strahlte. Er hatte in seiner Kindheit und Jugend nicht allzu viel Lob abbekommen.

»Wie wär's mit 'nem kleinen Bierchen?«, fragte er.

Gemeinsam radelten sie zurück Richtung Hafen und stellten die Räder auf Höhe der *Strandperle* ab. Sie zogen ihre Schuhe aus und streckten die Füße in den Sand.

Während Tom seine Büroarbeiten erledigte, spazierte Sabina um die Außenalster und bewunderte die Bäume. Wie grün und natürlich man diese Großstadt erleben konnte, wenn man sich nur die richtigen Stellen herauspickte. Sie schlenderte versonnen am Ufer entlang und summte vor sich hin.

Später am Abend ging sie mit Tom durch den Kiez, wo Hamburg ganz Weltstadt war.

»Das ist also diese Rote Flora, vor der die Autos gebrannt haben beim G20-Gipfel?«, fragte Sabina.

»Das war heftig«, sagte Tom. »Da gingen profunder Protest und blinde Gewalt wild durcheinander. Am Ende hieß es natürlich wieder, die linken Chaoten hätten Hamburg angezündet. Aber das war nur eine kleine Gruppe. Es gab viele kluge Veranstaltungen.«

»Du hast halt schnell die öffentliche Meinung gegen dich, wenn Gewalt im Spiel ist.«

»Und die Industriestaaten üben keine Gewalt aus?«, sagte Tom. »Ich finde es auch nicht besonders intelligent, willkürlich Autos anzuzünden. Aber Widerstand ohne Zähne wird nichts reißen.«

»Und deswegen musste man jetzt den Trenkwalder ermorden, oder wie?«

»Ich weiß nicht, wer das getan hat«, sagte Tom, »aber es ist ein Zeichen. Oder glaubst du nicht, dass manche jetzt ins Denken kommen, die in diesem Fleischgeschäft mit drinhängen?«

»Vielleicht hier in Europa«, sagte Sabina. »Aber was juckt das die Chinesen oder die Brasilianer?«

»Irgendwo muss man anfangen«, sagte Tom.

»Von mir aus. Aber diese Radikalisierung gibt es ja an allen Ecken und Enden. Die einen verschärfen den Kampf für dies, die anderen den gegen das. Letztlich landest du als Gesellschaft in einer Gewaltspirale. Wenn einer Gruppe zum Beispiel die Zuwanderer nicht passen, bildet sie Bürgerwehren. Die sagen auch: Wir müssen Zähne zeigen. Willst du in einem Zustand des ständigen Kampfes leben, in dem jeder sich radikalisiert?«

»Ich glaube schon, dass wir für die linke Sache kämpfen müssen. Gerade, weil auch die rechts sich organisieren und das Kapital sowieso organisiert ist. Ich möchte meinen Teil beitragen zu einer Welt, die ich für lebenswert halte. Und wenn ich dafür kämpfen muss – dann kämpfe ich.«

»Ich sehe mich gerade nicht als Teil einer größeren Bewegung«, sagte Sabina. »Das ist mir alles zu unkontrollierbar.«

»Kontrollfreak Sabina. Das ist ja nichts Neues. Und außerdem geht es uns allen noch zu gut.«

»Mir ist Kontrolle nun mal wichtig. Ich möchte nicht instrumentalisiert werden oder mich vor einen Karren spannen, von dem ich nicht weiß, welche Richtung er nimmt und was er letztlich geladen hat.«

»So viel Angst, dass es beim Protest in eine falsche Richtung geht?«

»Ich glaube einfach, dass es heutzutage schwer ist, sich als Organisation auf klare Richtlinien zu einigen. Die Meinungsvielfalt, selbst innerhalb kleiner Gruppen, ist brutal.«

»Genau deshalb gibt es ja so wenig wirkungsvollen Widerstand gegen den Lauf der Dinge«, sagte Tom. »Weil man zwar für Sache A auf die Straße gehen würde, aber bei Sache B schon wieder ganz anderer Meinung ist. Und ein bisschen Platz für Zynismus und schwarzen Humor muss auch noch sein. Man kann ja den Untergang des Planeten nicht ernst nehmen. Kann man nicht machen, wäre ja humorlos und unlocker.«

»So ist es leider«, sagte Sabina. »Trotzdem finde ich es gut, dass es Widerstand gibt. Ich sag ja, ich bin stolz auf dich.«

»Dann mach mit«, sagte Tom.

»Wer waren denn die großen Widerstandskämpfer im Dritten Reich? Waren das riesige Gruppen? Nein, es waren Einzeltäter wie Georg Elser oder überschaubare Zirkel wie die Weiße Rose oder die Leute um Stauffenberg.«

»Also schwebt dir ein kleiner Zirkel vor?«, sagte Tom. »Nur zu, Schwesterchen, ich bin dabei.«

»Man weiß doch gar nicht, gegen wen oder was man kämpfen soll«, sagte Sabina.

»Dieser Satz!«, entfuhr es Tom. »Fairer Handel, Menschenrechte, Tierrechte, Wasser für alle, das Ende der Steinkohle.

Es gibt so viel, für das man sich konkret einsetzen kann. Man muss es nur tun – und das ist halt Arbeit!«

»Und dann wird einer umgebracht, wie dieser Feldmann in Luzern«, sagte Sabina, »oder wie Trenkwalder. Und das soll ich dann gut finden und daran glauben, dass das den globalen Lauf der Dinge ändert?«

»Man kommt zumindest ins Denken.«

»Natürlich kommt man ins Denken. Aber ich glaube auch an den Rechtsstaat als ordnende Kraft und an den Sinn von Gesetzen.«

»Einen Rechtsstaat, der den Anwälten der Machthaber recht gibt? Gesetzen, die diese Art von Tierquälerei zulassen?«

»Bekommen immer die Mächtigen recht?«, fragte Sabina.

»Wir sammeln regelmäßig Urteile«, sagte Tom, »und wir beobachten sehr genau die europäische und andere Gesetzgebungen. Es ist haarsträubend, wie stark die Lobbys der Geldmaschinerien noch immer sind.«

20

»Diese Luft, diese Stille, dieser Frieden«, sagte Tom, »fantastisch.«

»Schön, dass du das auch so empfindest«, sagte Sabina.

Er betrat das Haus, das er vor einigen Jahren geerbt hatte, und riss sofort die Fensterläden auf. Mit jedem geöffneten Fenster drangen mehr Lichtstrahlen ins Innere der heimeligen Stube.

»Hier muss mehr Leben rein«, sagte er, »ich werde mich ab sofort darum kümmern, dass Leute herkommen.«

»Von mir aus gerne«, sagte Sabina. »Wir müssen schon schauen, dass der Ort lebendig bleibt. Giulia hat auch einige Wohnungen bei sich hergerichtet.«

Das Schams hatte im Gegensatz zu anderen Regionen Graubündens noch eine positive Bevölkerungsentwicklung. Es lag an einem wichtigen Verkehrsweg durch die Alpen und sammelte dank seiner Weite viele Sonnenstunden. Für die Bewirtschaftung der Bergwiesen fanden sich im Moment noch genug Bauern, sanfter Tourismus schenkte der Talschaft eine weitere Überlebensquelle. Dennoch war auch hier die Gefahr der Landflucht gegeben, weil immer weniger junge Menschen den Beruf des Alpbauern wählten und kaum ein Hof einen Nachfolger aus den eigenen Reihen fand.

Die Sonne stand schon recht tief, die Fahrt von Hamburg hatte lange gedauert. Zum Essen gingen die Geschwister nach Andeer, einem malerischen Ort im Tal. Der Dorfbrunnen plätscherte vor sich hin, wie er es seit Jahr und Tag tat.

»Du kommst nicht mit in die Toskana, zu dem Familientreffen bei Onkel Hans?«, fragte Sabina, nachdem sie einen Most bestellt und mit großer Gier davon getrunken hatte.

»Ich hab mit der Familie eigentlich nichts zu tun«, sagte Tom.

»Das hat unser Vater gut hingekriegt«, ätzte Sabina. »Ich

fahr auf jeden Fall hin. Bin überzeugt davon, dass in unserer Familiengeschichte noch manches Geheimnis verborgen liegt.«

»Für dich als Psychologin ist das vielleicht interessant«, sagte Tom, »ich muss da nicht noch mal eintauchen.«

»Das Verhältnis von Vater und seinen Geschwistern, die Großeltern – ich weiß dazu fast nix.«

»Ich sterbe nicht ärmer, wenn ich dazu nichts weiß.«

Sie bestellten beide Pizokel mit Mangold, wobei Tom darüber hinwegsah, dass die Teigwaren aus Milch und Eiern gemacht wurden.

»Hier sind das Produkte, die direkt aus der Natur kommen«, sagte er. »Das fühlt sich total anders an, als wenn das aus dem Supermarkt kommt.«

Sabina gab ihm ein imaginäres Küsschen über den Tisch.

Sie ließen es sich schmecken und gönnten sich noch eine Flasche Bündner Rotwein.

»Das gefällt mir, dass hier das Regionale so geschätzt wird«, sagte Tom. »Ist ein Modell für Europa. Mehr Region, kleinere Produktionseinheiten.«

»Bei immer mehr Menschen und immer mehr Bedarf an Lebensmitteln?«

»Das Kleine«, sagte Tom, »ist die Keimzelle des Großen.«

»Im Kleinen macht das Graubünden ganz gut«, sagte Sabina.

Der Samstag war in ein freundliches, heiteres Licht getaucht.

»Was schenken wir dem Guten denn?«, fragte Tom.

»Ich habe ihm Farben gekauft«, sagte Sabina, »die braucht er immer.«

Fridolin Thaller war Künstler und Lebenskünstler zugleich. Er lebte in einem umgebauten Stall oberhalb von Mathon am selben Berg wie Sabina. Sein Leben bestritt er mit Malerei und Gelegenheitsarbeiten, auch die elektronische

Bildbearbeitung beherrschte er. Fridolin hatte Sabina schon oft geholfen, er war ein guter, alter Freund und mit seinen heute sechzig Jahren auch eine Art väterlicher Begleiter.

»Laufen wir?«, fragte Tom.

»Gute Idee«, sagte Sabina. »Lass uns einen Rucksack packen.«

Der Berg, an dem Sabina wohnte, bestand zu weiten Teilen aus der Rückseite des Piz-Beverin-Massivs. Es war ein grüner, weiter Hang, der sich mehrere Kilometer breit über dem Tal erstreckte. Gegenüber lagen der Piz Curvér, der Piz la Tschera, der Piz Grisch und der Piz della Palù – alles Berge, auf denen Sabina schon gewesen war. Nach links hin verengte sich das sonnige Tal zur Viamala-Schlucht mit ihren gewaltigen Schieferwänden. Rechts mündete es in die Roffla-Schlucht, die hinauf zum Rheinwald mit seinem zentralen Ort Splügen führte. Von dort verlief die Straße weiter zum San Bernadino und ins Tessin.

Es war eine idyllische, aufgeräumte Gegend, die frei von großen Hotels und Unternehmen war. Hier war Graubünden wirklich Graubünden – unaufgeregt, in sich ruhend und voller natürlicher Schönheit.

»Sieh an, die Lindemannskinder – und beide noch dazu. Ihr seht mich hüpfenden Herzens!« Eine typische Frido-Begrüßung. »Was verschafft mir die Ehre, Tom? Es muss wohl fünfzehn Jahre her sein.«

»Mein Schwesterchen erzählte mir von deiner Feier, Frido – da konnte ich nicht widerstehen.«

»Und woher des Weges, wackerer Krieger?«

»Aus dem hohen Norden.«

»Hamburg? Na denn gesellt euch unter das Feiervolk. St. Pauli ist überall!«

Fridos Grundstück glich einer Spielwiese für Erwachsene. Es stand voller Skulpturen und Installationen, die er aus Schrott, Holz, Glas und Steinen gebaut hatte. Überall blinkerte, plätscherte und glitzerte etwas. Windräder sausten im Kreis herum, Mobiles drehten sich, Flaschenorgeln sammelten Töne aus dem Wind ein. Zwischen diesen Objekten tummelten sich Gäste aus aller Welt, unterhielten sich, aßen, tranken. Sabina und Tom fanden sofort ihren Platz unter einer urigen Veranda.

»Sabina«, stellte sich Sabina vor und gab einer etwa vierzigjährigen Frau mit langen roten Haaren die Hand.

»Sarah«, sagte die mit tiefer, fester Stimme. »Wie hat es dich hierher verschlagen?«

»Ich wohne da unten«, sagte Sabina, »kenne Frido schon, seit ich ein Kind bin. Ich würde mal sagen: Wir lieben uns!«

»Wer liebt den Frido nicht?«, sagte Sarah. »Ich hab ihn in so einem Ökodorf in Italien kennengelernt. Haben uns sofort verstanden.«

»Und woher bist du angereist?«, fragte Sabina.

»Italien. Ich lebe in so 'nem Alpental südwestlich von Turin, Mairatal, vielleicht schon mal gehört?«

»Moment«, sagte Sabina und holte sich rasch ein Bier. Auch Sarah hielt sie fragend eine Flasche hin. Die nickte. »Du wirst es nicht glauben«, sagte Sabina, als sie sich wieder setzte. »Da war ich mal wandern vor ein paar Jahren. Und wo wohnt man da?«

»Ich hab mir einen alten Hof gekauft. Hab fünfzehn Jahre lang als Anwältin im Wirtschaftsbusiness gearbeitet. Irgendwann hatte ich genug Kohle, um das zu machen, was ich wirklich will.«

»Und das ist?«, fragte Sabina.

»Ich habe einen Gnadenhof. Bei uns leben Tiere, die wir freigekauft haben. Schweine, Rinder, Hühner, Esel, Pferde – 'ne ziemlich coole Gemeinschaft.«

»Gemeinschaft heißt Kommune?« Sabina machte mit Lippen und Backen das Geräusch kopulierender Körper nach.

»Ich lebe da im Moment tatsächlich mit drei Jungs«, sagte Sarah lachend. »Hat sich irgendwie so ergeben.«

»Und dann baut ihr alles selbst an und seid autark?«, fragte Sabina.

»Komplett. Eigenes Obst und Gemüse, eigener Strom, eigener Brunnen, sogar eigener Wein neuerdings. Ich brauche den Rest der Welt nicht.«

»Schöne Vorstellung.«

»Kannst uns ja mal besuchen«, sagte Sarah. »Ich hab nix dagegen, wenn auch mal 'ne Frau vorbeikommt.« Sie blinzelte charmant.

»Bin nächste Woche eh in Italien. Könnte Samstag bei euch sein.«

»Herzlich willkommen«, sagte Sarah und prostete Sabina zu.

»*Salute*«, sagte Sabina.

Die Sonne sank langsam hinter die Berge. Auf der weit gespannten Leinwand des Himmels mischten sich kraftvolle Lila- und Rosétöne.

»Da hat der gute alte Caspar David ja mal wieder meisterhaft seinen Pinsel über den Himmel geschwungen«, sagte Frido. »Mensch ist das kitschig – und das an meinem Geburtstag. Hüstel, hüstel.«

In der Mitte seines Gartens hatte Frido ein meterhohes Höhenfeuer aus Holzkegeln aufgeschichtet. Er entzündete es mit großer Geste.

»Hexen, Feen, Krieger, Zwerge – tanzt für mich am Feuerberge, sechs Jahrzehnte bald nun hier, feier ich mit dir und dir.« Dabei fixierte er die Gäste und agierte wie auf einer Bühne. Applaus und Gejohle.

»*Did you understand that?*«, fragte eine Engländerin eine Spanierin.

»*No, but Frido does well*«, antwortete diese.

Es wurde getanzt, getrunken und gekifft.

Um Mitternacht, als längst ein Heer von Sternen den Himmel erobert hatte, zitierte Frido ein Gedicht von Friedrich Nietzsche, das ihn seit seiner Jugend begleitete.

»O Mensch! Gib Acht!
Was spricht die tiefe Mitternacht?
›Ich schlief, ich schlief –,
Aus tiefem Traum bin ich erwacht: –
Die Welt ist tief,
Und tiefer als der Tag gedacht.
Tief ist ihr Weh,
Lust – tiefer noch als Herzeleid:
Weh spricht: Vergeh!
Doch alle Lust will Ewigkeit,
will tiefe, tiefe Ewigkeit!‹«

Die Leute johlten und klatschten.

»In diesem Sinne, liebe Freunde, lasst uns den ewigen Moment feiern.«

Flaschen wurden gezückt, entkorkt und geleert, Gläser klirrten, Arme flogen, Lippen schmatzten.

»Ist das nicht eine fantastische Orgie des Gefühls?«, fragte Sarah. »Und das alles sollen Roboter irgendwann besser können als wir?« Sie hängte sich in Sabinas Arm ein.

»Wie kommst du darauf?«, fragte Sabina.

»War letzte Woche auf einem Symposium in Zürich. Es ging um Transhumanismus.«

»Künstliche Intelligenz, Roboter, Cyborgs?«

»Genau«, sagte Sarah. »Die transhumanistische Bewegung will unser kümmerliches Menschsein überwinden. Durch Technik. Schnittstellen zwischen Gehirn und Computer, Chips im Gehirn, Digitalisierung der Gefühle.«

»Sie wollen Computer mit Gefühlen entwickeln?«

»Und menschliche Gefühle computerisieren«, sagte Sarah.

»Letztlich geht es darum, unseren Geist uploaden zu können und bei Bedarf in neuen Körpern aufzubewahren.«

»Eine Mischung aus Mensch und Roboter?«

»Davon träumen diese Idioten«, sagte Sarah. »Und von der Unsterblichkeit.«

Die Gäste kamen in Tanzlaune. Frido drehte die Musik, die aus riesigen Outdoorlautsprechern kam, lauter. Sarah forderte Sabina mit einer Geste zum Tanz auf. Die beiden bewegten sich zu sphärisch-energetischen Beats um das Feuer. Sarahs Blicke zielten tief, sie benetzte ihre Lippen.

»Wie soll das mit der Unsterblichkeit gehen?«, fragte Sabina.

»Technischer Körper, widerstandsfähiger als dieses Proteingemisch hier.« Sarah fasste sich an die Brüste, wie um den vergänglichen Proteingehalt ihres Fleisches zu kommentieren.

Sabina musste lachen.

»Und dann programmiert man die Intelligenz in den technischen Körper und überlässt den Übermenschen sich selbst. Auch künstliche Intelligenz kann sich fortpflanzen – auf ihre Art.«

»Schaurig«, sagte Sabina.

»Verstehst du«, sagte Sarah, die zu tanzen aufhörte und zu dozieren begann, »es geht denen nicht nur darum, dass man den Menschen optimiert, durch künstliche Organe, eingebaute Chips oder sonst welche Scheiße. Es geht denen darum, uns zu überwinden.«

»Roboter mit Selbstbewusstsein«, sagte Sabina.

Die Frauen setzten sich wieder auf eine Bank.

»Mit einer Intelligenz, die viel größer ist, als es die menschliche je sein kann«, sagte Sarah.

»Vielleicht ist die dann klug genug, nicht alles kaputt zu machen wie wir«, sagte Sabina. »Millionen ermordeter Artgenossen und Milliarden ermordeter Tiere sind nicht unbedingt eine Erfolgsgeschichte der Evolution.«

Sarah legte ihre Hand auf Sabinas Knie. »Was mich bewegt ist: Was wird aus dem, was uns im positiven Sinne heraushebt aus der Evolution – Mitgefühl, Musik, Kunst, Freundschaft, Liebe?«

»Lass es uns genießen und zelebrieren«, sagte Sabina und erhob sich wieder.

»Ich denke, das hat Frido vorhin mit dem Gedicht gemeint«, sagte Sarah und reichte Sabina eine weitere Bierflasche. »Prost, Sabina.«

»Prost, Sarah.«

Frido legte einen Mix mit Stücken von Richard Wagner auf, die experimentell verändert waren. Die Feiernden tanzten wie wild darauf. Wagner war gerade *in* im Bündnerland. Das *Rheingold-Festival* hatte einen kleinen Hype ausgelöst.

»Das kann ich keinem erzählen«, sagte Sarah und schmiegte sich wippend an Sabina. »Aber ich liebe Richard Wagner – diese antisemitische, narzisstische Drecksau. Diese Musik hat mich schon immer berührt und aufgeweckt.«

»Jeder hat seine dunkle Seite«, sagte Sabina und lachte. »Mir gefällt das auch, solange nicht gesungen wird. Hab mich zuletzt mal bisschen mit Wagner beschäftigt. Scheint ein potenter Kerl gewesen zu sein.«

Die Frauen lachten, die Funken flogen und über dem Schamsertal strahlten die Sterne.

21

Sabina packte gerade Kleider für ihre am kommenden Wochenende bevorstehende Italienreise zusammen, als Simon anrief.

»Wie war die Feier?«

»Berauschend, wir sind erst im Morgengrauen zurückgelaufen. Schade, dass du nicht dabei warst.«

»Ist dein Bruder noch da?«

»Nee, hab ihn vorhin zum Bahnhof gefahren.«

»Sabina, hör zu«, sagte Simon seltsam angespannt. »Die Kinder haben an Auffahrt und am Freitag frei und ich muss arbeiten. Meine Schwiegereltern und meine Schwester sind nicht da. Ich habe ein Problem!«

»Findest du nicht, dass du ein bisschen viel arbeitest und die Kinder ein bisschen wenig von dir haben?«

»Ich fühle mich eh schon scheiße. Und, ja, ich flüchte mich auch in die Arbeit, aber das ist jetzt eben ein Notfall.«

»Dann setz die Kinder am Donnerstagmorgen in den Zug, ich hol sie am Bahnhof in Chur ab.«

»Dein Ernst?«

»Ja.«

»Danke. Ich weiß, dass ich zurzeit kein guter Vater bin. Ich bin es schon seit Langem nicht. Mir fehlt die Zeit, die Geduld, die Ruhe.«

»Nun mach dich halt nicht fertig«, sagte Sabina.

»Tu ich aber. Du hast es doch gerade auch gesagt: Ich bin ein schlechter Vater. Dieses ganze Alltagsgedöns – das hat immer Daniela erledigt. Und jetzt macht es meine Schwiegermutter. Ich bin nur ständig auf der Flucht. Und wenn ich ehrlich bin, bin ich froh, dass ich am Feiertag arbeiten muss. Ich wüsste gar nicht, was ich mit den Kindern machen sollte.«

»Kannst du am Freitagabend oder Samstagmorgen kommen?«, fragte Sabina. »Dann können wir das mal in Ruhe besprechen.«

»Ich versuch's«, sagte Simon.

»Klag dich nicht selbst an. Du bist ein guter Vater. Und du hast zwei tolle Kinder. Nur fehlt euch allen die Mutter. Es ist doch völlig klar, dass du nicht in deinem Normalmodus bist.«

»Ich erkenne mich manchmal nicht wieder. Früher konnte ich stundenlang mit den Kindern spielen. Ich hab Sachen mit ihnen gebaut, hab ihnen Geschichten erzählt. Wir hatten einfach Spaß.«

»Wir hatten doch neulich auch Spaß beim *Rheingold-Festival.*«

»Ja, das war schön.«

»Also, mach dir keine Sorgen und mach dich nicht fertig. Du bist wunderbar. Hätte ich mich sonst in dich verliebt?«

Simon war erleichtert – und doch blieb dieses Unbehagen, dass er mit seinen eigenen Kindern im Moment nicht klarkam. Wenn er zu Hause war, ergriff ihn eine sonderbare Unruhe und Ungeduld. Die ganze Situation setzte ihm mehr zu, als er es sich eingestand. Wenn er nicht arbeitete, ging er ins Fitnessstudio. Wenn er nicht trainierte, lenkte er sich mit dem Smartphone ab. Wenn ihm am Abend nichts mehr einfiel, holte er sich ein Bier und setzte sich vor den Fernseher. Besser war es nur, wenn er mit Sabina zusammen war. Dann konnte er sich auf den Moment einlassen. Auch mal loslassen. Genießen. Aber Sabina wohnte in den Bergen. Und sie war eine unabhängige Frau, die ihren eigenen Lebensweg verfolgte. Wie sollte das alles weitergehen?

Er ordnete die Unterlagen auf seinem Schreibtisch und dachte nach. Sein Fokus verlagerte sich zurück zu den Ermittlungen, nach Südamerika. Dass der Atlantik zwischen diesem und dem dortigen Kontinent lag, brachte die Problematik mit sich, dass Simon stets nur Informationen aus zweiter oder dritter Hand erhielt.

Inzwischen hatte rekonstruiert werden können, dass die

Haushälterin Christina Martinez auf Vermittlung eines peruanischen Managers nach Luzern gekommen war. Sie war beim Geschäftsführer einer Kupfermine angestellt gewesen, die *Portargo* gehörte. In dieser Kupfermine hatte es vor etwas mehr als einem Jahr ein Unglück gegeben, bei dem mehrere Arbeiter gestorben waren – auch ihr Mann und einer ihrer Söhne. Christina Martinez hatte ihren Job als Haushälterin offenbar gut gemacht und sich dann darum beworben, nach Europa zu gehen, um möglichst weit weg vom Ort des Unglücks zu sein. Der Manager hatte den Kontakt zu Feldmann hergestellt und ihm die zuverlässige Frau empfohlen. So war sie nach Luzern gekommen.

Es schien plausibel, dass die Haushälterin etwas mit dem Mord an Feldmann zu tun hatte. Nachweisen konnte man ihr freilich nichts. Weder das Handy noch die E-Mails, die man überprüft hatte, enthielten verdächtige Nachrichten. Was nicht ausschloss, dass die Frau noch andere Kommunikationswege benutzt hatte.

Im Fall Trenkwalder war der schwarze VW-Bus die beste Ermittlungsgrundlage. In der Nähe des Ortes, an dem Trenkwalder überfallen worden war, hatten sich Reifenspuren gefunden, die mit denen unter der Europabrücke übereinstimmten. Das galt auch für die Fußspuren vom Ort des Überfalls und unter der Europabrücke sowie die von der Schiffsanlegestelle vor dem Wagner-Museum in Luzern. Es gab also nicht nur konzeptionelle, sondern auch physische Beweise für die wahrscheinliche Übereinstimmung der Täter beider Morde.

Tatsächlich waren um den Tag des zweiten Mordes in der Nähe von Innsbruck auch etliche schwarze VW-Busse gesichtet worden. Daraus hatte sich aber noch keine heiße Spur ergeben. Bei den meisten VW-Bus-Haltern, die infrage kamen, handelte es sich um Touristen oder Einheimische, die Alibis hatten oder keinerlei begründete Motive für einen Mord an Trenkwalder. Zudem stimmten die Reifenspuren, die man am

Tatort gefunden hatte, nicht mit denen der Busse überein, die überprüft worden waren. Was freilich auch daran liegen konnte, dass möglicherweise die Reifen nach dem Mord getauscht worden waren. Recherchen bei Reifenhändlern hatten jedoch noch keine Ergebnisse gebracht.

Die Ermittlungen ins radikale linke Lager mehrerer Länder wurden intensiviert und förderten interessante Erkenntnisse zutage. Jedoch eher hinsichtlich der Vernetzung der linken Szene als konkret zum Fall Trenkwalder. Die bekanntesten Tierrechtsaktivisten, die auch Videos in Trenkwalders Zuliefererställen gedreht hatten, konnten Alibis für die Mordnacht vorweisen. Die Hintergrundkommunikation dieser Szene war so klug nicht digital, dass die E-Mail- und Telefonüberwachung im Fall Trenkwalder keine neuen Erkenntnisse erbrachte. Tatsächlich tauchte im Zusammenhang mit den Videos aus Schweineställen auch *Animal Soul* auf, die Organisation, für die Sabinas Bruder arbeitete. Auf einer Liste der zu überprüfenden Personen stand sein Name. Simon verschwieg das Detail gegenüber Sabina und seinen Kollegen, um nicht in Gefahr zu geraten, befangen zu sein.

Das Medienecho zu Trenkwalders Hinrichtung war immens. Durch sein Engagement im Fußball und viele Auftritte in Fernsehsendungen war sein Gesicht weithin bekannt. Auch im europäischen Ausland und weltweit zog der Fall eine beachtliche Medienresonanz nach sich. Nach einigen Tagen wurden die Geschehnisse allerdings wieder von weltpolitischen Turbulenzen überholt, die noch mehr Aufmerksamkeit generierten.

Der Mord an Feldmann war nun gut zwei Wochen her, Trenkwalder war seit bald einer Woche tot. In den sozialen Netzwerken gab es länderübergreifend Sympathiebekundungen für die Täter und Häme für die Opfer. Ernst zu nehmende Bekennerbotschaften oder konkrete Forderungen waren nicht darunter.

Als Simon am Abend heimkam, saßen die Kinder vor dem Fernseher. »Ist die Oma nicht da?«, fragte er.

»Einkaufen, du Faulpelz«, sagte Fiona.

Tatsächlich hatte er die ganze Woche noch nichts eingekauft. Ohne seine Schwiegermutter wäre der Laden zu Hause zusammengebrochen.

»Kommt, wir machen mal die Kiste aus«, sagte er und schnappte sich die Fernbedienung.

Lautstarker Widerstand.

»Du bist nie da und wenn du da bist, machst du sofort den Fernseher aus«, beschwerte sich Maurice.

Simon ging in sich. Im Grunde hatte sein Sohn recht. Er vernachlässigte die Kinder in letzter Zeit, meinte aber, sie müssten, wenn er nach Hause kam, sofort das tun, was er für gut hielt. Er ging zum Kühlschrank und holte sich ein Bier. Neben zwei halb leeren Käsepackungen, einer abgenutzten Butter und Resten von Salat und Paprika herrschte gähnende Leere darin. Er schämte sich.

»Grüezi«, sagte seine Schwiegermutter, als sie mit zwei prall gefüllten Taschen vom Einkaufen zurückkam.

»Hallo, Anna«, sagte er und umarmte die grauhaarige Frau, die für ihn inzwischen viel mehr war als Danielas Mutter.

»Und, kommst voran auf der Arbeit?«, fragte sie.

Kein Vorwurf. Keine Moralpredigt wegen des leeren Kühlschranks.

»Es läuft ganz gut«, sagte er. »Danke für alles, ohne dich …«

»Schon recht«, sagte sie, tätschelte seine Schulter und räumte die Lebensmittel ein. »Hast du für Auffahrt eine Lösung gefunden? Wir können unsere Reise definitiv nicht verschieben.«

»Ja, Sabina nimmt die Kinder.«

»Ach – schön. Und Daniela vergisst du auch nicht?«

»Ich fahr am Donnerstag zu ihr«, sagte Simon.

»Dann lass ich dich jetzt allein«, sagte sie und verabschiedete sich von den Kindern. »Viel Spaß in Graubünden, ihr zwei Süßen.«

Simon deckte den Tisch fürs Abendbrot. Wenigstens heute wollte er mal mit den Kindern essen und für sie da sein.

Als beide schliefen, nahm er das Tagebuch vom Regal und schrieb.

Liebe Daniela,
die Arbeit wächst mir über den Kopf. Ohne deine Mutter würde hier nichts funktionieren. Ich wünsche mir so sehr, dass du wieder aufwachst und wir unser Leben weiterführen können, denn allein, ohne dich, ist es schwer. Mir fehlt die Geduld, mir fehlt die Ruhe – im Grunde fehlst du, denn du hast das alles mitgebracht im Umgang mit den Kindern. Ich verliere gerade schnell die Nerven und fühl mich ziemlich leer. Also flüchte ich mich in die Arbeit. Ich hoffe, dass ich bald wieder zu mir finde. Sonst verliere ich irgendwie den Zugang zu den Kindern.

Oma und Opa fliegen morgen nach Mallorca. Ich muss arbeiten. Die Kinder gehen an Auffahrt zu einer Freundin in Graubünden. Sie freuen sich darauf und sind sicher gut versorgt. Trotzdem habe ich Gewissensbisse und bin traurig.

Am Donnerstagabend komm ich dich besuchen. Ich vermisse dich!
Simon

22

Er hätte nicht gedacht, dass es so einfach sein würde. Eine Zimmerbuchung per E-Mail hatte genügt, um ihm freien Zugang zum Haus zu verschaffen. Er hatte einen Schlüssel bekommen, konnte die Küche nutzen, konnte sich frei in allen Räumen bewegen. Dass außer ihm kein anderer Gast da sein würde, war ihm zugesagt worden. Das Interesse an Übernachtungen in dem Haus, in dem der Philosoph sein Opus magnum geschrieben hatte, war überschaubar. Gelegentlich kamen Studenten oder philosophisch Interessierte vorbei und übernachteten hier. Von Zeit zu Zeit fanden Symposien statt. Zuallermeist aber herrschte in diesem Haus eine andächtige Stille, die nicht einmal von gelegentlichen Museumsbesuchern gestört wurde.

Sein Plan war klar: Er wollte in den letzten Lebenswochen, die ihm blieben, seinen Teil zur Operation *Über Mensch* beitragen. Inspiriert hatte ihn die Arbeit Georg Elsers. Der hatte im November 1939 ein Attentat auf Adolf Hitler und die NS-Führungsspitze im Münchner Bürgerbräukeller ausgeführt. Elser war nach dem Münchner Abkommen 1938 zur Überzeugung gelangt, dass Hitler einen Krieg plante und dass nur durch die Ermordung des Führers und seines Führungsstabs Unheil von der Welt abzuwenden sei. Auch heute war unerschrockene Tatkraft gefordert, um Unheil von der Menschheit abzuwenden.

Zur Vorbereitung seines Attentats war Elser damals wochenlang jeden Abend in den Bürgerbräukeller zum Essen gegangen, hatte sich danach in einer Besenkammer versteckt und arbeitete stets nachts daran, eine Bombe genau dort zu platzieren, wo Hitler sprechen sollte. In über dreißig Nächten höhlte Elser in mühevoller Kleinarbeit eine Säule aus, um darin eine selbst gebaute Bombe mit Zeitzünder zu deponieren. Die Öffnung verschloss er mit einem Teilbrett der Säulenverkleidung. Den anfallenden Schutt versteckte er in einem selbst gefertigten Sack, den er tagsüber in einem Koffer unter den Augen der Kellnerinnen hinaustrug und in der Isar entleerte.

Elsers Attentat am 8. November 1939 misslang nur, weil Hitlers geplanter Rückflug nach Berlin wegen Nebels ausfiel und er stattdessen auf einen Sonderzug ausweichen musste. Aus diesem Grund redete der Führer viel kürzer als sonst und beendete seinen Aufenthalt im Bürgerbräukeller früher als erwartet. Hitler verließ mit seinem Führungsstab das Gebäude bereits dreizehn Minuten vor der Explosion von Elsers Zeitbombe. Die Bombe explodierte exakt zu der von Elser vorgesehenen Zeit um 21:20 Uhr. Sie verwüstete den Saal und tötete acht noch Anwesende – darunter keinen der Führer des NS-Regimes.

Etwas zu viel Nebel und dreizehn Minuten zu wenig Redezeit kosteten in den folgenden fünfeinhalb Jahren etwa sechzig Millionen Menschen das Leben.

Er hatte die Vorgehensweise Elsers studiert und war zu dem Schluss gekommen, dass er seine Pläne nach demselben Prinzip ausführen konnte. Die Quelle aus dem engeren Zirkel der Machtmaschinerie hatte berichtet, dass die drei Zielpersonen am 9. Juni um genau 14:30 Uhr hier erwartet wurden. Sie planten einen kurzen Abstecher von der Geheimkonferenz im Waldhotel, um die originalen Schriften des berühmten Übermensch-Philosophen zu begutachten. Der Zeitplan sei eng, von einer pünktlichen Ankunft sei sicher auszugehen. Bis dahin würde er längst den Sprengsatz unter den Bodenleisten vor der Vitrine versteckt haben und per automatischer Fernzündung auslösen können. Eine unauffällige Minikamera, die er gut geschützt in der Decke anbringen wollte, würde ihm die Kontrolle der Geschehnisse und eine Live-Übertragung ins Internet ermöglichen. Weder für einen externen Sicherheitsdienst noch für jemanden, der das Haus schon länger kannte, würde der Eingriff in Boden und Decke erkennbar sein.

Der Plan sollte funktionieren, wenn sich nicht etwas Grundlegendes am Prozedere änderte. So wie damals der Nebel bei Hitler. Aber was sollte dazwischenkommen? Die Zielpersonen würden von der Konferenz kommen. Sie würden unter strenger Abschirmung von Außenstehenden mit ihren Leibwächtern das Haus betreten. Und sie würden gemeinsam mit ihnen in die Luft fliegen, wenn sie vor der Vitrine standen. Ein oder zwei Nächte sollte es dauern, das alles zu installieren und wieder zu verschließen. Das Handwerkszeug und die Sprengsätze hatte er in seinem Koffer. Er hatte drei Nächte im Voraus bezahlt. Bald würde er sich wieder verabschieden.

Wenn die Ermittlungen so weit wären, dass der Verdacht auf ihn fiel, würde er schon nicht mehr unter den Lebenden sein. Er hatte nichts mehr zu verlieren, die Menschheit aber hatte viel zu gewinnen.

23

Die Kinder winkten ihr schon aus dem Zug zu.

»Hallo, ihr beiden«, rief Sabina und umarmte sie.

»Hallo«, sagten sie einstimmig.

»Was machen wir heute?«, fragte Fiona.

»Wir können auf den Berg gehen und am Bach einen Staudamm bauen«, sagte Sabina.

»Au ja«, rief Fiona.

»Hast du auch Lust, Maurice?«

»Hm«, war seine Reaktion.

Die Fahrt durch die Viamala-Tunnel, vorbei an riesenhaften Bergwänden, war imposant.

»Kennt ihr eigentlich die Viamala?«, fragte Sabina, als sie den kleinen Parkplatz inmitten der Schlucht erreichten.

»Nein«, sagte Maurice. »Was ist das?«

»Eine ganz tiefe Schlucht mit tollen Strudeln. Wollen wir's uns anschauen?«

Spätestens als die Kinder das Eisschild am Kiosk der Schlucht sahen, waren sie überzeugt. Sabina bezahlte den Eintritt und versprach ihnen ein Eis, wenn sie aus der Schlucht zurückkämen. Tief gruben sich die Treppen in die Schieferwände. Sie führten durch enge Fußgängertunnel und halb offene Galerien. Direkt über den türkisfarbenen rauschenden Strudeln des Hinterrheins endete der Weg.

»Kann man da reinspringen?«, fragte Maurice.

»Nur mit einer Schwimmweste«, sagte Sabina, »sonst würdest du untergehen.«

Fiona stand mit offenem Mund da und starrte in die Tiefe. »Laut«, sagte sie und hielt sich die Ohren zu. »La-hauuuut.«

Mit einem Mal war alles Fröhliche aus ihrem Gesicht gewichen. Sie schrie und stampfte, bis die Tränen kamen. Erst als sie sich aus dem Bereich des stärksten Rauschpegels entfernt hatten, beruhigte sie sich wieder.

»Besser?«, fragte Sabina.

Fiona machte ein trauriges Gesicht.

»Schau mal, dieser Strudeltopf da unten«, sagte Sabina und deutete auf eine tiefe, runde Aushöhlung im Fels. »Das alles hat das Wasser geschaffen.«

»Wie denn?«, wollte Maurice wissen. »Das Wasser hat doch keine Bohrmaschine.«

»Einfach weil es den Stein abreibt. Weil es auf Dauer stärker ist als der Stein«, sagte Sabina. »Es ist über viele Tausend Jahre hier durchgeflossen – und hat dabei diesen Weg durch den Fels geschaffen.«

Maurice ließ die Antwort unkommentiert. Sabina sinnierte kurz darüber, ob das Wasser oder eine Bohrmaschine der effektivere Weg waren, um einen solchen Durchbruch zu schaffen.

»Gehen wir wieder hoch?«, fragte sie nach einer Weile.

»Was? Alle Treppen«, jammerte Fiona, um sogleich ihre Bedingung zu stellen: »Tragen!«

»Na komm«, sagte Sabina, »wir zählen die Stufen – und oben gibt es ein Eis.«

Der Trick funktionierte. Alles andere wäre mit Sabinas Rücken auch kaum zu machen gewesen.

Das Haus in Donat kannten die Kinder schon. Als Sabina ausstieg, kam Giulia, eine Bäuerin aus dem Dorf, vorbei. Sie war bald sechzig, wirkte aber im Geiste frischer als viele Dreißigjährige.

»Bekommst du Besuch?«, fragte Giulia.

»Sind die Kinder von meinem Freund«, sagte Sabina, »Fiona und Maurice.«

»Hallo, Fiona, hallo, Maurice«, sagte Giulia und beugte sich zu den Kindern herunter. Zu Sabina sagte sie leise: »Ich wusste gar nicht, dass du einen neuen Freund hast.«

»Aus Luzern«, sagte Sabina, »ein Polizist.«

»Du kannst es auch nicht lassen mit der Polizei«, meinte Giulia lachend und ging weiter. »Sehen wir uns heute noch?«

»Sollen wir mal vorbeischauen?«

»Gerne«, sagte Giulia, »dann kannst du den Kindern die Tiere zeigen.«

Sabina trug die Koffer über die Außentreppe hinauf zur Haustür. Fiona setzte sich auf die alten Steinstufen und zählte die Hortensientöpfe, die darauf standen.

»Acht Töpfe«, sagte sie, »so alt ist Maurice.«

Maurice beschäftigte sich mit den Steinen und Kristallen, die auf den Stufen lagen.

»Möchtest du einen haben?«, fragte Sabina.

Er nickte heftig. »Kann ich auch zwei?«

»Na klar«, sagte Sabina und ließ ihn seine Lieblingssteine auswählen.

Natürlich wollte nun auch Fiona welche.

»Wisst ihr, was wir jetzt machen?«, sagte Sabina, als sie in der Stube die bunten Kinderkoffer abgestellt hatte. »Wir packen einen Rucksack, nehmen Grillsachen mit und machen uns einen ganz tollen Tag auf dem Berg. Da können wir auch noch mehr Steine suchen. Okay?«

Der Piz Beverin war einer der schönsten Aussichtsberge im Bündnerland. Für die Kinder war er mit seinen fast dreitausend Metern zu hoch, aber auf seiner Rückseite erstreckten sich breite Wiesen mit Wäldern, Bächen und Felsen – ein ideales Abenteuerfeld.

Sie fuhren bis zu einer Alpe, stellten den Wagen ab und wanderten los. Die Wiesen dufteten, das Läuten der Kuhglocken tönte zusammen mit dem Pfeifen des Windes. Sogar ein Alphorn war aus der Ferne hören. Sabina war froh, dass der Berg den Kindern seinen ganzen Reichtum präsentierte. Inmitten der endlosen Blumenpracht schlugen sie an einem Bach ihr Lager auf.

»Wollen wir unsere Namen mit Blumen schreiben?«, fragte Sabina.

»Ja«, sagte Fiona.

»Mit Steinen«, rief Maurice.

»Also du mit Blumen und du mit Steinen«, sagte Sabina.

Sie pflückten Hunderte von Blumen in Gelb, Blau, Rosé, Lila und Weiß.

Am Ufer des Bachs fanden sie eine graue Erdfläche, auf der man die Buchstaben gut auslegen konnte. Jeder Buchstabe von *Fiona* bekam eine andere Farbe. Das F legten sie aus rosafarbenen Frühlingsprimeln, Wiesenknöterich und Akeleien. Das I aus gelbem Habichtskraut, Hahnenfuß, Sonnenröschen und Trollblumen. Das O aus blauem Frühlingsenzian und Vergissmeinnicht. Das N aus lila Disteln, Skabiosen und Flockenblumen. Nun fehlte nur noch das A. Sie legten weißes Wollgras, Wiesenkerbel und Schafgarben zusammen. Sabina fühlte sich an die Kindheitstage erinnert, in denen ihre Großmutter ihr diese Blumen gezeigt und ihre Besonderheiten erklärt hatte.

Fiona strahlte über das ganze Gesicht, als ihr Name fertig war.

»Darf ich ein Foto machen?«

Sie nahm Sabinas Smartphone und fotografierte die Blumen.

Maurice hatte unterdessen jede Menge Steine unterschiedlicher Farben am Bach gesammelt und seine Buchstaben schon selbst ausgelegt. Auch er fotografierte sein Kunstwerk und strahlte über das ganze Gesicht. Sabina schickte die Bilder an Simon.

Beim Bauen des Damms übernahm Maurice die Führung. Fiona zog sich zurück auf die Wiese und sammelte noch mehr Blumen.

»Wollen wir ein Feuer machen und uns ein paar Würste grillen?«, fragte Sabina, als die Sonne ihren höchsten Punkt längst überschritten hatte.

Die Kinder rannten hinunter zum Wald und kamen mit Reisig und Ästen zurück. Ein bisschen Holz und Anzünder hatte Sabina im Rucksack mitgenommen. Sie legten die Feuerstelle direkt am Bach zwischen zwei Felsen an.

»Möchtest du es anzünden?«, fragte Sabina.

Maurice hielt ein Streichholz an die Anzünder unter den dünnen Ästen und verbrannte sich. Als die Flammen mit Sabinas Hilfe doch noch das dicke Brennholz erfassten, strahlte er.

»Und jetzt schnitzen wir unsere Grillstöcke«, sagte Sabina.

Maurice hatte ein Taschenmesser dabei, Fiona machte ein beleidigtes Gesicht.

»Ich hab kein Taschenmesser«, schrie sie und schlug mit der Faust auf den Boden.

Glücklicherweise hatte Sabina noch eines im Rucksack. »Hier«, sagte sie.

Fionas Miene veränderte sich nicht. »Das ist nicht meins«, sagte sie, »und der Maurice hat seins dabei. Das ist unfair!«

»Aber du kannst doch meins nehmen«, sagte Sabina.

»Nein«, sagte Fiona und blieb grimmig.

Maurice hatte unterdessen schon einen Stock zugespitzt.

»Wollen wir die Namen reinritzen?«, fragte Sabina.

Er nickte, Fiona bockte. Erst als Sabina ihr einen Stock mit ihrem Namen darauf gab, war sie wieder gut zu haben.

Schon bald bildete sich eine Glut. Die Würste brutzelten. Sabina holte ein paar Brötchen und Ketchup aus dem Rucksack. Die Kinder schmatzten. Nach dem Essen suchten sie besondere Stöcke, Wurzeln und Moos. Nicht einmal fragten sie nach ihrem Vater.

Aber was war mit ihrer Mutter? Sabina konnte nicht widerstehen, sie musste das einfach mal fragen.

»Wie ist es eigentlich ohne die Mama zu Hause, fehlt sie dir?«, fragte sie Fiona in einem passenden Moment.

»Die Mama ist in einem Traum bei den Feen und wenn ihr

Traum fertig ist, dann kommt sie wieder und bringt uns einen Ring mit«, sagte Fiona.

»Einen Ring mit drei Wünschen?«

»Ja, für mich ein Wunsch, einer für Maurice und einer für Papa.«

»Ach, dann kommt sie bald wieder?«

»Ja, aber es ist halt so schön bei den Feen und sie hat den Ring noch nicht gefunden. Wenn sie den hat, kommt sie gleich.«

»Na, dann ist sie bestimmt bald da. Und was wünschst du dir dann?«

»Weiß nicht«, sagte Fiona. »Kannst du das nehmen?« Sie gab Sabina ein Rindenstück, das sie von einem morschen Baum abgetrennt hatte.

»Da können wir ein Boot draus bauen«, sagte Sabina.

»Ja«, sagte Fiona. »Mit einem Segel.«

Das Mädchen wollte offenbar nicht mehr über zu Hause reden, aber Sabina trieb eine innere Neugier.

»Und der Papa«, sagte sie, »wie ist der so zu Hause?«

»Der Papa ist immer auf der Arbeit.«

»Und zu Hause?«

»Da sitzt er nur rum und schaut auf sein Handy. Oder er schimpft, dass wir zu viel fernsehen.«

»Und spielt er denn nicht mit euch?«

»Doch, manchmal schon. Aber wir spielen mehr mit Oma und Opa und mit der Tante Iris.«

Sabina ließ es auf sich beruhen. Ihr Verdacht, dass Simon zu depressiven Verstimmungen neigte, schien nicht ganz aus der Luft gegriffen. Umso wichtiger erschien es ihr, mit diesem Mann, in den sie sich verliebt hatte, mehr Zeit zu teilen. Er war ein so kluger, charmanter und auch einfühlsamer Mensch. Unter keinen Umständen durfte er in eine Depression abgleiten. Nur, wie konnte man es verhindern? Seine Frau lag im Koma, er stand vor einer völlig unklaren Zukunft, was seine Familie anging. Dazu nahm ihn der Job voll in Beschlag. Wessen Seele würde das nicht belasten?

Am Nachmittag fuhren sie zurück nach Donat. Gemeinsam richteten sie den Dachboden für den Abend her und legten ihn mit Kissen und Decken aus. Sabina räumte den Wanderrucksack aus und schrieb eine Nachricht an Simon. Danach streiften sie zu dritt noch einmal durchs Dorf und sahen bei Giulia im Stall vorbei. Die Kinder probierten, beim Melken zu helfen, und bekamen ein Glas frische Milch. Auf einer Schaukel in Giulias Garten wechselten sie sich mit dem Springen ab und fühlten sich sichtlich wohl in der dörflichen Idylle.

Zum Abendessen wollten sie Müsli.

»Kein Brot, kein Käse?«, fragte Sabina.

»Müüüsssssli«, riefen beide, also bekamen sie Müsli.

Nach dem Essen holte Sabina ein Spiel und würfelte mit beiden. Um halb zehn schliefen die Kinder, der Tag war anstrengend gewesen. Sabina lag auf dem Sofa, als Giulia klopfte.

»Na, erschöpft?«

»Ist schon anstrengend«, sagte Sabina, »aber auch so süß mit den beiden.«

»Ja, das sind herzige Kinder«, sagte Giulia. »Wird das jetzt ein richtiges Familienprojekt?«

»Mit Familienprojekten kennst du dich ja aus«, sagte Sabina. »Wie war das eigentlich bei dir genau?«

Giulia hatte drei inzwischen erwachsene Kinder von drei unterschiedlichen Männern. Mit keinem war sie besonders lang zusammengeblieben. Über die genauen Umstände hatten sich die Frauen noch nie unterhalten.

»Das Wichtigste, Sabina: Werde nicht sentimental, tu dir keine Ehe an. Bleib frei!«

»Ich werde nicht heiraten«, sagte Sabina, »so weit ist das Ganze auch noch lange nicht.«

»Du bist doch meine Schwester im Geiste«, sagte Giulia. »Du nimmst dir die Männer und wenn es dir zu eng wird, dann lässt du sie wieder los. Oder?«

»Ich hätte schon auch nichts dagegen, mal länger mit einem zusammenzubleiben. Aber bei dem hier ist es etwas kompliziert.«

»Warum?«, fragte Giulia.

»Die Mutter der Kinder liegt im Koma«, sagte Sabina. »Das ist ein bisschen gemein, findest du nicht?«

»Puh«, sagte Giulia und überlegte kurz. »Denk nicht zu viel darüber nach, es hat schon alles seinen Sinn, sonst wäre es nicht so.«

»Wenn ich immer dein Gottvertrauen hätte«, sagte Sabina.

»Du hast es doch«, sagte Giulia. »Denk einfach nicht darüber nach. Ich hab auch nie zu viel gedacht, sondern die Dinge einfach gemacht. Nur so konnte ich drei Kinder bekommen.«

»Und keiner der Männer war gut genug, als dass du das Ganze mit ihm durchziehen wolltest?«

»Warum? Die Männer bringen's doch auf Dauer nicht. Ich lebe jetzt seit fast zwanzig Jahren ohne Mann. Und – fehlt mir einer?«

»Du wirkst zumindest nicht unglücklich.«

»Ich bin glücklich, Sabina. Superglücklich. Man braucht doch nicht viel zum Leben. Und bestimmt keinen Mann. Die Kinder machen jetzt ihr eigenes Ding. Alles ist gut.«

Giulia hatte Jahrzehnte lang dafür gekämpft, von den Männern am Berg akzeptiert zu werden. Inzwischen war sie sehr beliebt. Sie war eine fleißige Bäuerin mit viel Leidenschaft. Ehrlich, direkt, auch oft unbequem. Das respektierten die Männer – gerade hier im Bündnerland. So redselig wie heute war sie selten.

»Heute ist mir der Dani entgegengekommen mit seinem neuen Traktor«, sagte sie. »Mein Gott, solche Räder«, sie formte einen Riesenkreis mit ihren Armen. »Sag ich zu ihm,

Dani, das ist doch eine Schwanzverlängerung. Da lacht er dann.«

Sabina lachte auch.

»Aber mal ehrlich, diese Maschinen, mit denen die inzwischen unterwegs sind, also ich weiß nicht.«

»Was meinst du?«

»Der Bauer berührt die Erde nicht mehr mit seinen Händen«, sagte Giulia, »unsere Mutter Erde. Und dann pfeifen sie Nitrat rein, dass es einem schlecht wird.«

»Aber du machst doch dein Ding.

»Ich?«, sagte Giulia und rieb sich die Hände. »Ich mach aus meiner Milch meinen Käse und meine Butter und aus meinen Kühen und Stieren mein Fleisch. Und ich verkauf's auch selbst. Kein Handel, keine Preisdiskussionen. Ich – bin ich!«

Sie prosteten sich zu und schauten zum Himmel.

»Hier ist es doch einfach gut«, sagte Giulia. »Wir konnten uns die Touristenströme vom Hals halten, wir können atmen, wir können leben.« Sie zündete sich eine Zigarette an. »Auch eine?«

»Gerne«, sagte Sabina.

»Möchtest du eigentlich nicht auch einfach mitmachen?«

»Du meinst beim Bauern?«

»Ich brauche irgendwann eine Nachfolgerin. Du stellst dich geschickt an, du hast mir schon oft geholfen.«

»Puh«, sagte Sabina, »ich als Bäuerin?«

»Also bitte«, sagte Giulia, »willst du denn auf ewig diese Paare therapieren, die zu dumm zum Bumsen sind?«

Sabina hustete.

»Ist doch wahr«, sagte Giulia. »Wenn man etwas instinktiv kann, dann ist es Bumsen.«

»Es gibt halt Beziehungen, in denen nicht alles so einfach ist.«

»Und die willst du alle therapieren?«

»Das macht schon auch Spaß«, sagte Sabina. »Es geht um Kommunikation, es geht darum, Lust ins Leben der Leute zu bringen, das ist doch nicht das Schlechteste.«

»Nein, ist es nicht. Aber bestimmt auch nicht das Beste.«

»Wie ist das eigentlich bei dir?«, fragte Sabina. »Gibt es da hin und wieder mal jemanden?«

»Hin und wieder«, sagte Giulia. »Aber ich bin nun auch keine dreißig mehr, die Hormone feuern nicht mehr so und das mit dem Kinderkriegen hab ich auch längst hinter mir. Was ist denn mit dir? Du müsstest langsam mal loslegen, oder?«

»Ich hab ja grad welche«, sagte Sabina und drückte die Zigarette aus. »Apropos, ich schau mal kurz rauf.«

»Mach das«, sagte Giulia.

Die Kinder schnauften ruhig in ihrer Kissenburg. Sabina machte ein Bild und schickte es Simon. *Melde mich in einer halben Stunde*, schrieb sie dazu und ging wieder auf den Balkon.

Giulia hatte ihre leicht gewellten grau-braunen Haare zurückgelegt und rauchte genüsslich, den Blick zum Himmel gewandt. Ihre Haut war von der Sonne gegerbt, sie hatte ihr Leben lang draußen gearbeitet. »Überleg dir das mal mit der Landwirtschaft«, sagte sie. »Ich geh jetzt, hab's grad wirklich streng.«

»Das ist genau das, was ich mir überlegen muss, Giulia: ob diese tägliche harte Arbeit von morgens bis nachts mein Ding ist.«

»Gute Nacht«, sagte Giulia und umarmte sie.

Sabina blieb auf dem Balkon und atmete durch. Es roch nach Blumen, Kräutern und Stall. Hier in Donat zu leben, war einfach schön. Würde sie wegen Simon nach Luzern ziehen, wenn die Sache etwas Längeres werden sollte? Würde sie überhaupt für einen Mann und dessen Kinder etwas Grundlegendes ändern in ihrem Leben? War die Sexualtherapie das

Ende ihrer beruflichen Reise? Oder war tatsächlich das Modell Bäuerin einen Versuch wert?

Es gab so viele Möglichkeiten für ihre Zukunft. Was aber war wichtiger als die Gegenwart? Sabina legte sich zu den Kindern und lauschte dem Schnaufen der beiden. Zum ersten Mal in ihrem Leben konnte sie nachempfinden, was es bedeuten musste, eigene Kinder zu haben. Sie schlief ein – mit einem Lächeln auf den Lippen.

24

Im Mai 1937 wurde das vierte Kind der Pfarrleute Lindemann geboren, Sophie. Das Mädchen kam mit einem besonders flachen Gesicht und einer besonders großen Zunge zur Welt. Die Nase war breit, Finger und Hände besonders kurz. Ihre Augen waren mandelförmig. Emma Lindemann begriff sofort nach der Geburt, dass mit ihrem Kind etwas anders war. Und doch liebte sie ihre Sophie von der ersten Sekunde an, so wie sie jedes Kind lieben würde, das Gott ihr schenkte. Noch bevor sie nach der Entbindung etwas zu ihr sagte, summte sie ihrer Tochter das Familienlied ins Ohr, das bei jeder Taufe gesungen wurde.

Soll ich meinem Gott nicht singen?
Sollt ich ihm nicht dankbar sein?
Denn ich seh in allen Dingen,
wie so gut er's mit mir mein'.
Ist doch nichts als lauter Lieben,
das sein treues Herze regt,
das ohn Ende hebt und trägt,
die in seinem Dienst sich üben.
Alles Ding währt seine Zeit,
Gottes Lieb in Ewigkeit.

Als Jacob Lindemann seine Tochter zum ersten Mal sah, strich er ihr sanft über den Kopf. Er nahm sie in seine Arme und drückte sie an sich. Sophie wuchs unbekümmert zwischen ihren Geschwistern auf. Sie konnte nicht gut sprechen und nicht gut sehen, jedoch verstand sie sich wie keines der anderen Kinder auf die Musik. Schon als kleines Mädchen konnte man ihr keine größere Freude bereiten, als ihr allerlei Blechschachteln zu schenken. Mit ihren kleinen Fingerchen klopfte sie auf Boden und Deckel und horchte scharf hin, welche Töne zueinander passten. Nie waren Form oder Farbe der Schachtel ihr Erkennungszeichen. Stets lauschte sie ganz genau hin und ordnete die Töne dann so, wie sie ihr stimmig erschienen. So konnte sie auf ihren Schachteln ganze Melodien spielen – und nie durfte wer anders sich der Instrumente bedienen als sie. »Mei Dachtel, mei Dachtel« protestierte sie wild gestikulierend, wenn sich jemand an ihrem Schachtelschatz zu schaffen machte.

Sophie war ein fröhliches, lustiges Kind – ausgeglichen und von einer inneren Zufriedenheit beseelt, die ihre Geschwister so nicht zeigten. Am liebsten saß sie beim Hexenhäuschen im Garten und lauschte den Vögeln. Bald schon konnte sie verschiedene Arten nachahmen und lernte ihre Namen. Neugierig blickte sie mit ihren mandelförmigen Augen in die Welt und fand anscheinend vieles, was sie begeisterte. Wie schlecht sie tatsächlich sehen konnte, stellte sich erst nach und nach heraus.

Am 1. September 1939 begann der Krieg, noch im selben Monat meldete sich Pfarrer Jacob Lindemann, der als Geistlicher nicht in die Kämpfe hätte ziehen müssen, freiwillig zum Dienst an der Waffe. In Schonach im Schwarzwald wurde er ausgebildet und hatte manche Erniedrigung durch Feldwebel zu erdulden, die ihm in Sachen Bildung nicht das Wasser reichen konnten, denen es jedoch eine Freude war, einen Pfaffen durch den Dreck zu ziehen. Doch Lindemann blieb standhaft und brachte seine Peiniger zum Schweigen durch die aufrechte Haltung, mit der er willens war, für Volk und Vaterland in den Krieg zu ziehen.

Während Jacob Lindemann zunächst in Dänemark seine aus innerem Antrieb empfundene Pflicht als Soldat erfüllte, übernahm seine Frau zu Hause alle Arbeiten und zog die vier Kinder allein heran. Oft saß sie abends mit den Kindern am Klavier und erholte sich beim Singen von des Tages Lasten. Die kleine Sophie merkte sich von jedem Lied, das gesungen wurde, die Strophen. Nicht nur die erste, sondern alle. Und so geschah es, dass sie die Sprache bald im Singen besser beherrschte als im Sprechen. Auch wenn sie etwas mitzuteilen hatte, sang sie es am liebsten. »Ich habe Hunger.« oder »Darf ich in den Garten?« oder: »Heute ist es warm.« Das alles verpackte Sophie in feine Melodien und erfand dabei stets neue Lieder.

Zwischen den anderen Geschwistern und der Jüngsten wuchs ein harmonisches Verhältnis heran, gleichwohl bedeutete Sophies Behinderung für die Mutter auch Beeinträchtigungen im Alltag und Mehrarbeit. Großen Kummer bereitete Emma Lindemann, dass ihre Tochter neben dem besonderen Aussehen und den Problemen beim Sprechen auch ein starkes Augenleiden hatte. Sie konnte daher kaum etwas allein tun, was mit der räumlichen Erfassung ihrer Umwelt zu tun hatte. Nicht weniger als um Sophie sorgte sich die Mutter zudem um Hartmut und Hilde. Seit frühester Kindheit hatte der Bub an diversen Darmkrankheiten gelitten und kränkelte auch in den ersten Kriegsjahren. Hilde holte sich eine schwere Lungenentzündung und konnte nur mit Glück am Leben gehalten werden. So schaffte es die Mutter kaum, das Wichtigste zu erledigen, ehe etwas noch Wichtigeres sie in Beschlag nahm.

Als Jacob Lindemann an Weihnachten 1940 auf Heimaturlaub nach Stuttgart kam, traf er eine Frau an, die mit ihren Kräften am Ende war. Noch am selben Tag rief er seinen Schwager Hermann Köth an, der nach wie vor die Psychiatrische Klinik an der Universität Heidelberg leitete. Er wisse doch um die Krankheit seiner Tochter Sophie und er müsse sich ja dessen bewusst sein, welch enorme Belastung das für seine Schwester sei, neben dem kranken Kinde noch drei weitere heranzuziehen und den ganzen Haushalt zu führen. Ob er nicht Abhilfe wisse, eine Heil- und Pflegeanstalt vielleicht, in der das Kind unterkommen könne? Sicher doch, antwortete

Köth, Jacob solle die Kleine nur bei ihm vorbeibringen, er werde sich um sie kümmern.

»Du willst mein Kind weggeben?«, fragte Emma Lindemann bebend am Weihnachtsabend des Jahres 1940, während sie ihre Tränen trocknete.

»Wie sollst du das alles bewerkstelligen mit vier Kindern, von denen zwei ständig krank sind und eines minderbemittelt?«

»Sophie ist nicht minderbemittelt, sie kann mehr Lieder als alle anderen und ist unser Sonnenschein auch an trüben Tagen«, schluchzte die Frau, deren Mann in jenen Kriegsjahren nicht mehr Pfarrer oder Vater, sondern vor allem ein pflichtbewusster Soldat war.

»Es geht nicht«, sagte Jacob Lindemann. »Ich werde sie zu deinem Bruder geben, aus Schutz für die anderen. Er wird sie gut unterbringen in einem Pflegeheim. Sie wird auch da Musik haben und fröhlich sein. Das wird gut sein für Sophie und für dich und die Kinder auch, Emma. Sei doch vernünftig.«

Emma Lindemann ließ sich nur schwer überzeugen. Am Ende willigte sie jedoch, erschöpft von den Anstrengungen des Alltags, ein. So wurde ihre mongoloide, fast blinde Tochter Sophie kurz nach Weihnachten in die Hände ihres Bruders Hermann gegeben. Einmal im Monat sollte sie die Tochter besuchen können.

Am 27. Dezember 1940 fuhr Jacob Lindemann mit Sophie nach Heidelberg. Er traf seinen Schwager in der Klinik und unterschrieb diverse Formulare. Dem Schwager, den er als intelligenten, zuverlässigen Deutschen kennengelernt hatte, vertraute er. Seit den gemeinsamen Tagen in Weimar, als die beiden der Gründungszeremonie der Gesellschaft zur Erschaffung des Übermenschen beigewohnt hatten, verband sie eine innige Männerfreundschaft. Für Sophie war es das letzte Mal, dass sie ihren Vater sah.

III.

»Abseits vom Markte und Ruhme
wohnten von je die Erfinder neuer Werte.«
Friedrich Nietzsche

25

»Was für ein fruchtbarer Tag das wieder war. Lasst uns feiern, Freunde.«

Johannes Dopfer klatschte in die Hände und strahlte über das ganze Gesicht. Aus den Lautsprechern der *Osteria Due Cuori* tönte Django Reinhardts Gitarre, begleitet von swingenden Hi-Hats und einer trockenen Snare Drum. Die Musik passte zu Dopfer, der gern Anzüge aus den Zwanzigerjahren trug und mit seinem akkuraten Mittelscheitel und den hageren Wangenknochen ohne Verkleidung in einem Vorkriegsfilm hätte mitspielen können.

»Erzählt mir, welche Fortschritte eure Babys heute gemacht haben, ich bin gespannt wie ein Flitzebogen.«

Dopfer bestellte für alle das fantastische Vitello tonnato, das im *Due Cuori* wie ein kleiner Berg in einzelnen Schichten mit einem raffinierten Zwischenbestrich serviert wurde.

»Petr, was machen die Putzer für Fortschritte?«

»Cleany habe ich tatsächlich beibringen können, alleine das Küchenbrett und die Spüle zu putzen«, sagte Petr Plewinski, ein polnischer Institutsarbeiter, der sich auf Roboter für einfache Haushaltsaufgaben spezialisiert hatte.

»Und – versteht er es, auf sich verändernde Bedingungen adäquat zu reagieren?«

»Zumindest schüttet er nicht mehr den Zucker in die Spülmaschine.«

Plewinski stellte den Roboter vor immer neue Herausforderungen und brachte ihm so sukzessive die Erledigung aller nur erdenklichen Küchenszenarien bei.

»Fantastisch«, sagte Dopfer, »dann werden wir also bald etwas haben, das uns neues Geld und noch mehr Ruhm bringt. Die Industrie wird wahnsinnig, wenn sie solche Geschichten hört. Ist es nicht herrlich, dass ihr alle Anteile an unserer Firma habt?«

Die sechs Forscher, die neben Dopfer am Tisch saßen, nickten. Tatsächlich lockte der Institutsleiter die akademische Avantgarde des europäischen und interkontinentalen Informatikernachwuchses durch Anteile an der institutseigenen Firma hierher nach Biella, nordöstlich von Turin. Die vom Fortschritt vergessene, früher von der Kaschmirverarbeitung lebende Stadt am Fuße der Alpen war der italienischen Regierung schon vor Jahren als geeignet erschienen, um in einem der sie umgebenden Berge eines der innovativsten Forschungsinstitute Europas zu gründen.

Für Außenstehende nur auf besondere Einladung hin zugänglich, bauten und programmierten hier die klügsten Köpfe der Mathematik Roboter und entwickelten Algorithmen, nach denen sich die großen Technologiekonzerne der Welt verzehrten. Vieles von dem, was in Smartphones steckte und dem Bereich der künstlichen Intelligenz zugeordnet wurde, hatte seinen Ursprung im Forschungsinstitut von Dopfer genommen. Nachdem er zunächst die Fakultät für Informatik an der Technischen Universität Wien geleitet hatte, war er vor zwölf Jahren dem Ruf der damaligen italienischen Regierung gefolgt, die früher, als man es ihr zugetraut hätte, die Bedeutung der künstlichen Intelligenz erkannt und enorme Gelder für deren Erforschung bereitgestellt hatte.

Lange schon forschte Dopfer mit seinen Leuten weitgehend unbehelligt daran, eine Intelligenz zu programmieren, die klüger war als er und die klüger sein würde als die gesamte Menschheit. Nun war er selbst überrascht, wie massiv die Fortschritte in den letzten Jahren und Monaten waren. Ja, es erschien ihm fast so, als ob sich die Geschwindigkeit der Entwicklungen ständig potenzierte wie in einer Exponentialfunktion.

»Kennt ihr die Omega-Theorie?«, fragte er in die Runde.

Zwei seiner Mitarbeiter nickten. Dopfer hängte sein Sakko über den Stuhl und nahm die ihm zustehende Dozentenhaltung ein.

»Wir nehmen einen Zeitpunkt Omega an, etwa 2050, an dem das Universum auf ein grundlegend neues Niveau kommt, an dem die Evolution eine völlig neue Stufe erreicht. Gemäß der Theorie, die ich nun darlege, geschieht alle Entwicklung im Universum bis zu diesem Zeitpunkt nach einem bestimmten Muster. Warum das so ist, können wir nicht sagen. Wir können es nur beobachten. Wenn wir also von diesem Zeitpunkt Omega aus 13,8 Milliarden Jahre zurückrechnen, sind wir beim Urknall. Jetzt nehmen wir ein Viertel dieser Zeit, also 3,5 Milliarden Jahre, und rechnen wieder zurück vom Zeitpunkt Omega aus. Dann sind wir bei der Entstehung des Lebens. Von dieser Zeitspanne nehmen wir wieder ein Viertel und rechnen von Omega zurück, dann sind wir vor circa neunhundert Millionen Jahren und kommen zu den tierähnlichen Lebewesen. Wieder nehmen wir ein Viertel der Zeitspanne und ziehen es von unserem Zeitpunkt Omega ab: Wir kommen vor etwa zweihundertzwanzig Millionen Jahren heraus, damals entstanden die Säugetiere. Wiederum nehmen wir ein Viertel und kommen vor fünfundfünfzig Millionen Jahren an, damals entstanden die Primaten. Ein Viertel dieser Zeitspanne und wir kommen zu den Vorgängern des Menschen, vor dreizehn Millionen Jahren.«

Die Mitarbeiter lauschten gespannt, Dopfer war sich der Kraft seines Vortrags bewusst, der die meisten Zuhörer in einem Gefühlsmorast zwischen Faszination und Angst zurückließ.

»Jetzt wird die exponentielle Beschleunigung immer schneller und wir landen vor 3,4 Millionen Jahren bereits in der Steinzeit: Die Vorgänger des heutigen Menschen benutzten Holz- und Steinwerkzeuge und machten einen Riesenschritt in ihrer Entwicklung. Ein Viertel dieser Zeitspanne abgezogen vom Punkt Omega und wir sind vor achthundertfünfzigtausend Jahren – damals domestizierte der Mensch das Feuer. Ein Meilenstein! Bis heute ist es das Feuer in bestimmten Aggregatszuständen, mit dem Autos laufen, das in Kraftwerken brennt, das Bomben zündet. Erst dieser Tage lösen wir es ab durch andere Energieformen. Aber weiter mit meiner Theorie: Wieder ein Viertel der Zeitspanne abgezogen von Omega – und wir kommen vor zweihundertzehntausend Jahren zum modernen Menschen. Und wiederum ein Viertel davon und wir kommen zum heutigen Menschen, der sich vor etwa fünfundfünfzigtausend Jahren herausbildete.«

»Fünfundfünfzigtausend Jahre alt ist unsere Spezies?«, fragte Plewinski.

»Davon geht die Forschung aus«, sagte Dopfer, »aber jetzt wird es richtig interessant. Wir nehmen wieder ein Viertel der rund fünfzigtausend Jahre und wir landen vor etwa dreizehntausend Jahren: die neolithische Revolution, Ackerbau, Viehzucht, unsere moderne Kultur! Wieder ein Viertel dieser Zeitspanne: die Eisenzeit vor etwa dreitausend Jahren. Im Grunde sind wir in der ja noch immer. Und wieder ein Viertel dieser Zeit, warum auch immer, es ist eben ein Muster, das wir im Universum beobachten: Vor etwa achthundert Jahren ab Omega datieren wir die Erfindung des Schießpulvers in China. Zwischen der Erfindung des Schießpulvers in China und dessen militärischer Nutzung durch die Türken bei der Einäscherung Konstantinopels vergingen übrigens sechshundert Jahre. Zwischen Einsteins Entdeckung, dass sich Masse in Energie umwandeln lässt, und der Zündung der Atombombe nur vierzig – das nur, um zu verdeutlichen, dass wir es mit immer schneller werdenden Entwicklungssprüngen zu tun haben. Also, wir nehmen wieder ein Viertel dieser Zeitspanne ab dem Schießpulver und landen vom Zeitpunkt Omega aus vor zweihundert Jahren in der industriellen Revolution. Energie kann in Bewegung umgesetzt werden, die Elektrizität hält Einzug. Und jetzt wird's langsam für uns interessant: Omega, also 2050 minus ein Viertel der letzten Zeitspanne, also fünfzig Jahre, und wir sind bei der digitalen Informationsrevolution im Jahre 2000. Internet, Smartphones, all das. Ein digitales Netz überzieht die Welt – alles interagiert mit allem. Was dann kommt, Omega minus zwölf Jahre, das liegt für uns heute in der Zukunft, Mitte, Ende der 2030er.«

»Was wird das sein?«, fragte Plewinski. »Der erste unsterbliche Mensch?«

»Was genau in den 2030ern passieren wird, wissen wir nicht. Aber nach dieser Theorie wird es ein Quantensprung sein. Ein Quantensprung, gegen den alle bisherigen Quantensprünge in der Geschichte der Welt wahrscheinlich nur Hopser waren. Und diese Quantensprünge geschehen in immer kürzerer Zeit. Die Rechenkraft unserer Computer verhundertfacht sich etwa alle zehn Jahre. Das bedeutet, dass die Rechner in dreißig Jahren eine Million Mal so schnell sein können wie heute. In fünfzig Jahren zehn Milliarden Mal so schnell. Könnt ihr euch das vorstellen?«

»Omega wird die Besiedelung des Weltraums«, sagte Maximilian Würz, eines der hoffungsvollsten deutschen Informatiktalente. Dopfer hatte hart um ihn gekämpft, er hatte Angebote von allen großen Technologiefirmen, sich dann aber doch für die Wissenschaft entschieden – wegen der Aktienoptionen, die Dopfer ihm an der gemeinsamen Firma eingeräumt hatte.

»Gut möglich, dass Omega die Besiedlung des Weltraums ist.« Dopfer grinste. Er vertrat längst die These, dass die sich selbst organisierende künstliche Intelligenz in Robotergestalt in absehbarer Zeit die Energiereserven des Weltraums erschließen werde.

»Wohin sonst soll sich die höchste Intelligenz ausbreiten, wenn nicht ins All? Wir bekommen doch nur einen minimalen Teil der Sonnenenergie hier auf der Erde ab. Es ist vollkommen logisch, dass die höhere Intelligenz, die unsere bei Weitem übertreffen wird, sofort erkennen wird, wo die größten energetischen Ressourcen liegen.«

»Was wird dann aus der Erde werden?«, fragte Amar Kumar, ein Hochbegabter aus dem indischen Puna.

»Sie wird bestehen, sie wird nicht bestehen, das hängt vom Menschen ab«, sagte Dopfer. »Aber das wird die höhere Intelligenz nicht weiter interessieren, sie wird sich für andere höhere Intelligenzen interessieren und diese in den Weiten des Weltalls suchen – und vielleicht auch finden.«

Die Kellnerin, eine schnörkellos garstige junge Italienerin mit tätowierten Unterarmen und beeindruckendem Geschick beim Servieren, brachte die Vorspeisen. Neben dem Vitello tonnato hatte Dopfer noch Spargelsalat, Ziegenkäse an Roter Bete und Carpaccio bestellt – alles äußerst feinsinnig zubereitet und dekoriert im Stile eines Sternerestaurants, gleichwohl das *Due Cuori* vom Duktus her nicht in diese Kategorie fiel.

»Lasst es euch schmecken, Freunde. So wie Paolo kocht kein Roboter, auch in hundert Jahren nicht.« Dopfer lachte, die anderen taten es ihm gleich.

»Warum eigentlich nicht?«, fragte Plewinski, der sich mit seinen Robotern bislang nur auf das Putzen der Küche konzentriert hatte. »Was macht denn das Kochen so besonders?«

»Geschmack«, sagte Dopfer. »Wie willst du Geschmack in einen Algorithmus packen? Du kannst den Roboter natürlich mit Rezepten füttern und mit Zutaten, die sich kombinieren lassen. Aber wird er je so kochen können wie unser Paolo? Wobei, warum eigentlich nicht? Verdammt, lasst es uns probieren«, jubilierte Dopfer. »Lasst uns eine gottverdammte Revolution auch in der Küche anzetteln.«

Die Forscher prosteten sich euphorisch zu und verköstigten den trockenen Lessona-Wein.

»Ich werde gleich morgen damit beginnen«, sagte Plewinski. »Was für eine großartige Idee. Weg vom Putzen, hin zu höher stehenden Tätigkeiten in der Küche.«

»Und das, was du in der Küche an Zutaten brauchst, liefert dir Ben, nicht wahr?«, brachte Dopfer den neuen amerikanischen Kollegen ins Spiel, der bislang schweigend zugehört hatte.

»Das werde ich«, sagte Ben Lewis, der erst seit zwei Wochen im Institut dabei war und sich auf Entwicklungen rund ums Pflücken von Obst und Gemüse spezialisiert hatte. »Die ersten Erdbeeren kann Catchy bald ernten.« So nannte er seinen Pflück-Roboter, der in den heiligen Hallen des Roboterberges schon eifrig damit beschäftigt war, rote von grünen Kunsterdbeeren zu unterscheiden und sie eigenhändig in dafür konstruierte Behältnisse zu legen.

»Wie sieht es mit Bananen aus? Mit Spargel?«, wollte Dopfer wissen, den in letzter Zeit eine gewisse Ungeduld in seiner Euphorie beseelt hatte.

»Catchys Brüder und Schwestern entwickeln sich gut«, sagte Lewis, »aber am weitesten bin ich bei den Erdbeeren.«

»Lass mal sehen, was uns Paolo daraus zubereitet«, sagte Dopfer und blickte in die Karte. »Ah, ein herrliches Erdbeertörtchen, wobei ich das Tiramisu mit den selbst gebackenen Biscuits vorziehen werde, aber erst, Freunde, gibt es noch ein paar Hauptgänge.«

Dopfer bestellte mehrere Gerichte für jeden und ließ dazu den besten Wein des Hauses bringen.

»Maria«, begrüßte er die Seniorchefin. Sie war eine heitere, kultivierte Frau. Warm und voller Reichtum des Kopfes, nicht nur des Herzens.

»Ihr seid wohl wieder dabei, uns abzuschaffen«, sagte sie und streichelte Dopfers Schulter.

So eiskalt logisch seine Algorithmen waren, so charmant und liebenswert erschien dieser Besessene, wenn er in Gesellschaft war. »Wir haben beschlossen, einen Koch-Roboter zu bauen, was hältst du davon?«

»Nichts«, sagte Maria. »Was sollen denn dann die ganzen Köche dieser Welt tun?«

»Wer einen Roboter zum Kochen nutzt, muss eben Steuern

zahlen und von denen bekommen dann die, die früher Köche waren, ein bedingungsfreies Grundeinkommen.«

»Ach, Johannes«, sagte die Chefin, »du immer mit deinen Fantasien. Es wird kein Grundeinkommen geben für die Armen und Vergessenen, sie werden einfach arm und vergessen sein.«

»Dann wird es Krieg geben, Aufstände, brennende Städte«, sagte Eric Larsson, der schwedische IT-Highflyer, der ebenfalls am Tisch saß.

»Ach, Leute«, unterbrach ihn Dopfer, dem solch pessimistisches Sozialpathos auf die Nerven ging. »Nun malt nicht immer alles so schwarz. Als das Feuermachen erfunden wurde, haben auch nicht alle gesagt: ›Huch, das ist aber zu heiß!‹ oder: ›Oh, da kann man sich aber verbrennen.‹ Seht das doch alles mal positiv: Keine Sau muss mehr arbeiten, die Erdbeeren werden von Catchy gepflückt, das Haus wird von Buildy gebaut, es wird von Cleany geputzt und kochen kann, ja, wie soll er eigentlich heißen, der Kochroboter?«

»Cookie«, sagte Larsson, alle lachten.

»Oder Paolo«, sagte Dopfer. »Ich finde, er sollte Paolo heißen. Wollen wir ihn fragen, ob ihm das recht ist, unserem Koch?«

»Nun lass mal gut sein«, sagte Maria und schenkte vom Wein nach. »Vergesst einfach mal eure Algorithmen und genießt.«

»Aber das tun wir doch, meine Liebste. Mit allen Sinnen. Die Gläser hoch, Freunde. Auf Maria und Paolo und – wie heißt eigentlich die schroff gebürstete Kleine?«

»Romina«, sagte Maria. »Sie kommt aus einem der Bergdörfer, da oben gibt es kein Leben mehr.«

Kurz wirkte Dopfer nachdenklich, doch im Bruchteil einer Sekunde fand er seine euphorische Grundhaltung wieder. »Ramón, was ist mit dir, du kommst doch auch aus einem Bergdorf?«

»Ja«, sagte der etwa dreißig Jahre alte Spanier. »Es stimmt, was Maria sagt, das Leben da ist schwer. Es ist irgendwie vorbei.«

»Na, dann müssen wir das Problem eben lösen«, sagte Dopfer.

»Popper sagte: ›Alles Leben ist Problemlösen.‹ Und wir versuchen eben, das Problem des Problemlösens selbst zu lösen. Dank unserer Algorithmen wird es neue Bergdörfer geben, auf fernen Planeten. Nun seid doch nicht so sentimental-gestrig, Freunde.«

Maria und Romina brachten die nächsten Gänge. Es gab eine Art Ravioli, Steaks, Spargel mit paniertem Ei, Tagliatelle mit Nuss-Pesto, Leber mit cremig geschmelzten Zwiebeln. Dopfers Augen funkelten. Er war aufrichtig glücklich ob dieser Meisterwerke menschlicher Kochkunst. Auch liebte er die kratzige Geige und das flinke Zupfen der Gitarre in Django Reinhardts Musik, die aus den Lautsprechern tönte. Dass Dopfer längst ein Forschungsprojekt Jazz in Auftrag gegeben hatte, war klar. Gerade diese feineren Errungenschaften menschlichen Seins gedachte er mittels künstlicher Intelligenz zu übertreffen. Sein Name sollte einmal einer von denen sein, an die sich Intelligenzen der Zukunft erinnern würden, wenn es darum ging, wer es geschafft hatte, die menschliche Intelligenz durch sein Tun zu übertreffen, wer es bewerkstelligt haben würde, dass nicht mehr Menschen die klügsten Wesen der Zivilisation sein würden, sondern künstliche Intelligenzen.

»*Salute, cheers*«, sagte er und prostete jedem am Tisch zu. Dopfer genoss das Essen mit geschlossenen Augen. Ob die Kollegen aus der Biologie es je schaffen würden, ein Wesen mit Geschmackssinn zu imitieren? Er war sich sicher, dass die Mathematik die Wissenschaft war, die auf der Suche nach den Geheimnissen der Intelligenz im Universum am weitesten war. Sie war der Schlüssel zur Zukunft.

Als er endlich das Tiramisu bekam, war Dopfer betrunken. Allzu oft kam es nicht vor, dass er so hemmungslos trank. Aber heute gab es keine Grenze. Die Kooperationsvereinbarung mit dem amerikanischen Big Player spülte Hunderte Millionen in die Kasse. Mehr Geld, als Dopfer und seine Institutsmitarbeiter je würden ausgeben können. Aber was war schon Geld gegen die Erhabenheit, ein Prozessbeschleuniger im kosmischen Spiel der Intelligenzen zu sein?

Dopfer bezahlte mit vier Fünfhunderteuroscheinen, die er aus der Tasche seines Zwanzigerjahreanzugs zog. Niemand hier sollte behaupten können, dass sein Institut dieser Stadt nicht guttat, die im Grunde langsam, aber unaufhaltsam starb.

Maria schüttelte den Kopf und legte das Geld auf die rote gusseiserne Waage, die auf der Theke stand. Von diesem Geld konnte sie viele Flaschen Wein kaufen. Der Wein war zusehends das Exportgut und die Geldanlage, in die sich die Menschen im Piemont flüchteten. Die Reichen aus aller Welt kamen hierher, um die besten Tropfen zu trinken und zu kaufen. Ein Glück.

26

»Die Kollegen haben Reifenspuren am Timmelsjoch gefunden, die zu unserem VW-Bus passen«, sagte Gabelsberger.

»Ja, da leckst mi am Arsch«, sagte Mauracher und drückte seine Zigarette in den Aschenbecher. »Ich hab schon nicht mehr dran geglaubt, dass sich noch was Verwertbares ergibt. Hatten wir nicht Hinweise darauf, dass am Morgen nach der Tat ein schwarzer VW-Bus in Richtung Italien über den Pass gefahren ist?«

»Ja, in dem Fall hat das wohl gestimmt. In einer Ausweichbucht lagen noch ältere Schneereste. Da haben die Kollegen die Reifenspuren gefunden«, sagte Gabelsberger. »Jetzt haben wir immerhin eine grobe geografische Richtung, in die wir ermitteln können.«

»Also sprechen wir im Fortgang von einer möglichen Bewegung des VW-Busses Richtung Südtirol, Lombardei, Graubünden, Vorarlberg, Piemont – oder noch weiter – nach Frankreich«, sagte Mauracher.

»Lass uns das Ganze auf der Karte prüfen«, sagte Gabelsberger und vergrößerte die Landkarte auf seinem Bildschirm. »Wie sie nach dem Timmelsjoch weitergefahren sind, wissen wir natürlich nicht.«

»Immerhin«, grantelte Mauracher, »können wir den groben Standort des Tatfahrzeugs jetzt von etwa hundert Billionen Möglichkeiten auf nur noch hundert Millionen reduzieren. Es bleibt eine Nadel im Heuhaufen – und zwar eine sehr kleine Nadel in einem sehr großen Haufen.«

»Wir müssen einfach weitere Analysen von Reifenspuren und Beobachtungen aus der Bevölkerung einfordern«, sagte Gabelsberger, »an allen möglichen weiterführenden Straßen. Irgendein Zufall kann uns helfen. Wir müssen dranbleiben.«

»So machen wir das«, sagte Mauracher. »Und wir lassen auch die Befragungen vor Ort noch einmal intensivieren.

Du kannst doch gut mit den Italienern und den Schweizern, nimmst du das in die Hand?«

»Natürlich«, sagte Gabelsberger, »ich muss eh mein Italienisch anwenden, sonst roste ich ein.«

Mauracher zündete sich eine neue Zigarette an. »Ich teile die Erkenntnis unserem internationalen Zirkel mit. Vielleicht kommen wir noch mal in diese Fernsehsendung damit.«

»Aktenzeichen XY?«, fragte Gabelsberger.

»Ja, mit dem deutschen Schlittschuhheini«, sagte Mauracher. »Nur müssten halt auch mal die Italiener mitmachen, zumindest die aus Südtirol.«

»Ich werde das anstoßen«, sagte Gabelsberger.

»Herrje, ist das ein Streber«, nuschelte Mauracher und zog an seiner Zigarette. »Mach das, vielleicht finden wir ja die Stecknadel im Heuhaufen.«

Das Valle Maira war ein verlassenes, trockenes Alpental im Piemont, südwestlich von Turin. Es erstreckte sich in ost-westlicher Richtung bis zur französischen Grenze und wurde von Bergen eingefasst, die weit über dreitausend Meter hoch reichten. Die meisten Menschen zogen von hier fort, sodass ganze Dörfer ausstarben.

Sarah Turwald hatte das Gegenteil getan: Sie hatte vor vier Jahren ein altes Gehöft gekauft und es mit der Hilfe von Freunden und lokalen Handwerkern wieder hergerichtet. Jetzt lebte sie hier mit drei Männern und über hundert Tieren das Leben einer Frau, die sich vom Markt der Eitelkeiten befreit hatte. Die Tiere lebten in Freiheit und konnten sich auf vielen Hektar Land bewegen. Sie waren keine Nutztiere. Nicht ihr Fleisch, nicht ihr Leder, ja noch nicht einmal ihre Milch oder ihre Eier wurden verarbeitet. Sarah Turwald lebte mit den Tieren zusammen, weil sie die Tiere liebte. Sie empfand tiefes Glück, wenn sie die Esel beim Wettrennen sah und mit ihren Schweinen kuschelte.

Immer wieder drehte sie Videos mit den Tieren und ließ sie ins Netz stellen. Die Menschheit hatte tatsächlich vergessen, zu welchem Ausdruck von Lebensfreude gerade die sogenannten Nutztiere fähig und willig waren, wenn sie frei lebten. Sie sprangen vor Freude, sie machten Schabernack und lebten einen emotionalen Überschwang aus, der zutiefst menschlich wirkte. Kannten Tiere Euphorie? Für Sarah war das keine Frage, sondern täglich erlebte Realität. Sie wälzte sich mit ihren Schweinen auf dem Boden, umarmte sie, küsste sie, lachte mit ihnen und erzählte ihnen Geschichten. Gerade so wie andere Menschen es mit ihren Kindern taten.

Für die Versorgung mit Lebensmitteln hatten die Aussteiger in dem kargen Gebirgsland Gemüsebeete, Weinreben und sogar ein Gerstenfeld angelegt. Zu den Männern, die mit ihr den Hof betrieben, pflegte Sarah ein freundschaftliches Verhältnis und lose sexuelle Verbindungen. Bei den Talbewohnern war sie anerkannt und beliebt, weil sie der Talflucht etwas entgegengesetzt hatte und ihr Land sorgfältig kultivierte. Manch sehr katholischem Einheimischen mochte das kommunenartige Zusammensein der Gruppe suspekt erscheinen. Im Großen und Ganzen aber wurden die Fremden akzeptiert und geschätzt.

Als Sabina über die holprige Schotterstraße ankam, lag das graue Gemäuer mit dem dunklen Schieferdach still in der gleißenden Nachmittagssonne. Ein südländisch anmutender junger Mann lief mit einem Eimer über den Hof und grüßte mit einem Kopfnicken.

Kaum hatte Sabina das Auto abgestellt, kam schon Sarah über eine Außentreppe aus dem oberen Geschoss.

»Hey, du hast es tatsächlich geschafft«, sagte sie und umarmte Sabina.

»War gar nicht so einfach zu finden«, sagte Sabina und sah sich um. »Aber ich sag mal: Hat sich gelohnt!«

»Möchtest 'ne Dusche?«

»Gerne.«

So unscheinbar das alte Steinhaus von außen wirkte, so erstaunlich war es von innen: Massive alte Holzbalken lagen über dem Natursteinmauerwerk und schufen eine urige Atmosphäre. Das Dach war von innen mit unbehandeltem Holz verkleidet, einige Wände grob verputzt und weiß getüncht. Neben dem Kamin lagen akkurat gesägte Baumstämme zur Verfeuerung bereit. Das helle Holzmobiliar war schlicht, bunte Kissen setzten Farbakzente.

»Sag mir wenigstens, dass der Balken vom Holzwurm geschändet wird, dass ihr eine Mückenplage habt und dass ständig das Klo verstopft ist«, sagte Sabina.

»Warum?«, fragte Sarah.

»Weil es sonst keinen Grund gibt, nicht so zu leben wie ihr.«

»Sei beruhigt, wir haben schon unsere Problemchen.«

»Danke«, sagte Sabina.

»Eduardo hast du ja grad schon gesehen«, sagte Sarah. »Er ist unser Spezialist für Gemüse und Getreide. Als Andenbewohner hat er Erfahrung mit der Höhe. Die anderen wirst du heute Abend kennenlernen.«

»Keine Hektik«, sagte Sabina. »Und wo sind die Tiere?«

»Überall. Sie sind bei uns nicht eingesperrt, sie bewegen sich auf vielen Hektar.«

Sarah zeigte Sabina ein Zimmer im Obergeschoss. Sabina stellte ihren Koffer ab und zog sich aus. Die Dusche war von drei Natursteinwänden umgeben und hatte ein aufklappbares Glasdach, sodass man den Himmel sehen konnte. Sabina wusch sich die Haare und epilierte sich. Als sie fertig war, stand Sarah mit einem Handtuch im Zimmer und sah sie versonnen an.

»Du bist schön«, sagte sie und reichte ihr das Handtuch.

Sabina lächelte.

Zum Abendessen auf der Veranda gab es Gemüse und Getreidebällchen mit einer cremigen Currysauce, dazu Rotwein aus eigenen Trauben. Mittlerweile waren die Männer eingetroffen, die auf dem Hof wohnten: Torsten, ein großer Deutscher aus Bremen, Mitch aus Amerika und Eduardo aus Peru.

»Seit wann bist du hier?«, fragte Sabina den Deutschen.

»Zwei Jahre jetzt«, sagte er. »Ich hab Sarah vor etwa zehn Jahren als Anwältin der Gegenseite kennengelernt, das war keine Freude.«

»Du hast damals verloren«, jubilierte Sarah.

»Längst vergessen«, antwortete er.

»Und dann hast du irgendwann alles hingeworfen, um hier zu leben?«, fragte Sabina.

»Ich bin, wie Sarah, schon lang beim Thema Tierrechte aktiv und fand die Idee gut, das auch in meiner Lebensweise auszudrücken.«

»Kein Heimweh nach dem Norden?«

»Wenn du hier Heimweh hast, stimmt das Modell für dich nicht«, sagte er. »Ich find's genial.«

Die Gruppe machte einen ausgeglichenen Eindruck. Kein Deut von Disharmonie oder Eifersucht. Konnte ein solches Kommunenmodell tatsächlich funktionieren? Sabina hatte daran nie so richtig geglaubt.

»Der größte Unterschied zu früher ist, wie wir arbeiten«, sagte Torsten. »Wir arbeiten, um zu leben. Nicht mehr und nicht weniger. Wenn ich mich erinnere, wie ich mich früher ausgebeutet habe für die Kanzlei und wie das heute noch viele Freunde von mir in ihren Jobs tun, dann muss ich echt sagen: Das hier hat mehr mit Leben zu tun.«

»Und dann diese Vollkontrolle durch das Netz, der sich alle hingeben«, sagte Mitch. »Wir sind hier wirklich raus aus diesem Kreislauf. Wir kommunizieren direkt von Mund zu Mund und über die Entfernung mit Brieftauben.«

»Kein Internet?«, fragte Sabina.

»Hier gibt es kein Internet«, sagte Sarah. »Hier gibt es die Natur und uns – und die Wechselwirkungen, die wir aufeinander haben. Ich würde mal sagen: Das ist 'ne Art natürliches Internet 0.0.«

»Möchtest du noch Wein?«, fragte Eduardo.

»Gerne«, sagte Sabina. Tatsächlich schmeckte der Rote gut, einfach und ehrlich, so wie die Lebensweise der Gruppe. »Was macht ihr noch, außer dem Anbau und den Tieren?«

»Ich bin auch künstlerisch aktiv«, sagte Sarah. »Hab immer wieder Ausstellungen und Installationen gemacht in den letzten Jahren. Konnte mir gute Verbindungen aufbauen.«

»Sarah Turwald – ist mir nie begegnet, der Name«, sagte Sabina.

»Meine Ausstellungen tragen auch nicht meinen Namen. Ich bleibe anonym, komplett im Hintergrund. Im Mittelpunkt steht die Aussage, nicht der Urheber.«

»Und das wird so akzeptiert im Kunstbetrieb?«

»Wenn das irgendwo akzeptiert wird, dann im Kunstbetrieb«, sagte Sarah. »Es gibt diese Performance-Künstlerin, Marina Abramovic, die hat das genaue Gegenteil getan. Von der gab es im Museum of Modern Art mal eine Performance, die hieß *The Artist is Present.* Sie saß drei Monate lang schweigend an einem Tisch, Besucher konnten sich ihr gegenübersetzen. Das ist Kunst, bei der in gewisser Hinsicht der Künstler im Mittelpunkt steht. Bei mir ist das nie so.«

»Und wer realisiert dann die Ausstellungen vor Ort?«

»Ich bin manchmal dabei, manchmal machen es Aufbauhelfer. Es kennt mich ja niemand, verstehst du? Ich arbeite quasi inkognito.«

»Spannend«, sagte Sabina.

»Ist ein bisschen ein Trend«, mischte sich Mitch ein, »dass Dinge nicht mehr so an den Urheber gekoppelt sind. Du hast ja auch in ganz anderen Bereichen letztlich unbekannte Gestalter und Entwickler, die akzeptiert werden.«

»Was meinst du?«

»Freie Software, Bitcoin – viel wird anonym entwickelt. Und Bitcoin wird heute als Zahlungsmittel auf der ganzen Welt verwendet. Warum? Weil dem System vertraut wird. Obwohl keiner weiß, wer dahintersteht.«

»Stimmt schon«, sagte Sabina. »Aber Bitcoin, mal ganz ehrlich, ist das nicht Wahnsinn?«

»Wir brauchen hier kein Bitcoin«, sage Mitch lachend. »Wir brauchen im Grunde gar kein Geld.«

»Kuchen?«, fragte Eduardo.

»Nee, danke«, sagte Sabina. »Aber ein Espresso wäre nett.«

»Eigene Bohnen aus dem Gewächshaus«, sagte er, »noch nicht viel Ertrag, aber wir arbeiten daran. Ich mach dir einen!«

Mittlerweile war die Dämmerung über dem Tal aufgezogen, die Hitze ging etwas zurück und ein wohltuender Wind umwehte den Hof.

Die Männer räumten ab und erledigten den Abwasch.

»Die hast du aber gut erzogen«, sagte Sabina, die in einem Korbsessel auf der Terrasse saß und den Klängen der Natur lauschte.

»Die Jungs?«, fragte Sarah. »Vorbildlich.«

Sabina schloss die Augen und versank im Grillenkonzert der sommerlichen Nacht. Sarah fuhr ihr durch die Haare und berührte ihr Gesicht.

»Hattest du schon mal Sex mit einer Frau?«, fragte sie.

Sabina hatte als Therapeutin so ziemlich jedes Feld der Sexualität schon berührt, mit einer Frau aber war sie noch nie im Bett gewesen. Sie blickte Sarah in die Augen und sah eine makellose Klarheit in ihnen.

»Komm mit«, sagte Sarah und entführte Sabina an einer Hand in ihre Gemächer.

Die Begegnung war intensiv. Danach lagen beide eine Weile schweigend auf dem Bett. Schließlich ging Sarah zu einer Kommode und holte ein altes Schwarz-Weiß-Foto heraus.

»Kennst du dieses Bild?«, fragte sie.

Sabina sah zwölf feierlich gekleidete Männer in einem herrschaftlichen Haus. Sie blickten ernst und stolz in die Kamera. Ja, sie kannte dieses Bild. Einer der Männer darauf war ihr Großvater Jacob Lindemann.

»Wo hast du das her?«

»Das Bild gibt es zwölfmal, jeder der Anwesenden hat eines bekommen«, sagte Sarah. »Und der hier«, sie zeigte auf einen zentral stehenden Mann neben Sabinas Großvater, »das ist mein Großvater.«

»Unsere Großväter kannten sich?«

»Du hast nie von ihm gehört, stimmt's?«, fragte Sarah.

Sabina zog die Augenbrauen zusammen. »Nach dem Krieg wurde in unserer Familie nicht über diese Zeit gesprochen. Nicht über meinen Großvater, nicht über den Krieg, nicht über die Familie. Eigentlich über gar nichts.«

»Hast du dich je gefragt, warum so beharrlich geschwiegen wurde?«

»Ist das nicht überall das Gleiche gewesen? Die waren halt traumatisiert und haben sich in ihre Fünfziger-, Sechziger- und Siebzigerjahreidylle geflüchtet.«

»Schon«, sagte Sarah, »aber hast du dich nie gefragt, warum in eurer Familie nie von anderen Verwandten die Rede war? Zum Beispiel vom Bruder deiner Großmutter?«

»Ich wusste nicht, dass sie einen Bruder hatte«, sagte Sabina. »Ich weiß nicht mal, wie sie mit Nachnamen hieß.«

»Ihr Bruder hat sich 1946 umgebracht. Sein Name war Hermann Köth.«

»Sagt mir nichts«, sagte Sabina.

»Er war Arzt und Wissenschaftler.«

»Okay.«

»Er war einer von denen, die am Euthanasieprogramm der Nazis beteiligt waren.«

»Der Bruder meiner Oma?«, fragte Sabina.

»Hermann Köth«, sagte Sarah, »mein Großvater, der Bruder von Emma Köth, deiner Großmutter.«

»Dein Großvater«, sagte Sabina ungläubig, »war der Bruder meiner Großmutter?«

»Ja, Sabina, wir sind Großcousinen. Mein Großvater ist der Bruder deiner Großmutter. Und er war ein grauenhafter Nazi-Verbrecher.«

Sabina schluckte. »Seit wann weißt du das?«

»Schon länger. Hab unsere ganze Familiengeschichte durchforstet. Da du wie dein Großvater Lindemann heißt, war es nicht so schwer, dich zu finden. Sabina Lindemann, Chur. Sexualtherapeutin. Als ich gesehen habe, dass du in Donat wohnst, war ich mir sicher, dass wir uns bei Fridos Party treffen würden. Er hatte dich mal erwähnt, als es um alte Kulte ging. Hat was von seiner guten Freundin Sabina erzählt, die am selben Berg wie er wohnt. Und dass er dich mal bei Ermittlungen unterstützt hat.«

»Und jetzt? Was, denkst du, soll ich mit diesem Wissen über deine und meine Familie anfangen?«

»Ich wollte dir das einfach sagen.«

»Wie bist du darauf gekommen? Warum gräbst du so alte Geschichten aus?«, fragte Sabina.

»Ich wusste, dass ich nach meiner Mutter heiße. Ich habe meine Eltern, Onkels und Tanten nach meiner Familie gefragt – und irgendwann hat ein Onkel zugegeben, dass wir die Nachfahren von Hermann Köth sind, der den Behinderten die Gehirne hat herausschneiden lassen.«

Sabina verzog das Gesicht. »Was macht eine Familie, deren Oberhaupt so viel Schuld auf sich geladen hat?«

»Sie versteckt sich«, sagte Sarah. »Bis irgendwann ein Glied kommt, das sich nicht mehr verstecken will. Und dann wird gegraben, bis die Leichen alle ausgebuddelt sind.«

»Geht es dir besser damit?«

»Ich hatte keine Wahl, Sabina. Über unserer Familie lag

immer ein Schatten. Ich musste in der Dunkelheit graben, um alles auszuleuchten.«

»Und jetzt, was bedeutet es für dein Leben?«

»Es bedeutet für mich, dass ich niemals selbst solche Schuld tragen will. Es bedeutet, dass ich verhindern will, dass so etwas jemals wieder passiert. Es bedeutet, dass ich besser sein will als mein Großvater, dessen Blut ich in mir trage.«

»Und was macht *mein* Großvater auf dem Bild da?«, fragte Sabina und nahm wieder die Fotografie in die Hand.

»Das Bild ist im Oktober 1936 entstanden«, sagte Sarah, »in Weimar, bei der Gründung der Gesellschaft zur Erschaffung des Übermenschen.«

»›Übermensch‹? Nietzsche?«

»Ja. Für die Nazis war das eine willkommene Vorlage, um ihren völkischen Wahn auf eine philosophische Basis zu stellen. Die träumten davon, den perfekten arischen Herrenmenschen zu erschaffen. Und dazu versammelten sie die besten Wissenschaftler.«

»Wer war noch dabei?«

»Biologen, Physiker, Mathematiker, Ärzte, Philosophen, dein Großvater als Theologe. Die ganze Palette der Wissenschaft, die dazu beitragen kann, eine neue Art zu erschaffen und zu etablieren. Die Nazis waren gründlich, in allem, was sie taten.«

»Mein Großvater hat eine Gesellschaft mitbegründet, in der es um die Erschaffung des Übermenschen ging?«

»Um die Züchtung einer Herrenrasse«, sagte Sarah. »Das hat dir bisher keiner gesagt, nicht wahr?«

Sabina schüttelte den Kopf.

»Es kann sogar sein, dass es wirklich niemand wusste in deiner Familie – außer deinem Großvater selbst.«

»Mir war schon bewusst, dass es da eine dunkle Seite gibt, über die keiner redet. Aber so dunkel?«

»Dein Opa war ein völkisch Wahnsinniger, wie viele damals, aber das war nicht das Schlimmste.«

»Was denn?«, fragte Sabina.

»Wie viele Onkel und Tanten väterlicherseits hast du?«

»Meinen Onkel Hans, meine Tante Hilde.«.

»Dein Vater Hartmut ist schon gestorben, nicht wahr?«

»Ja«, sagte Sabina, »schon vor Jahren.«

»Und gab es da nicht noch eine Schwester? Waren das nicht vier Kinder?«

»Sophie«, sagte Sabina, »sie hat den Krieg nicht überlebt.«

»Hast du dich je gefragt, warum? Oder hast du mal jemanden gefragt?«

»Ich hab nie eine richtige Antwort bekommen«, sagte Sabina. »Sie war krank, ist gestorben, in einem Heim.«

»Hast du je ein Bild gesehen von den Geschwistern?«, fragte Sarah.

»Ja, als Kind. Sie war die Jüngste.«

»Hier, ich habe auch ein Bild von ihr gefunden«, sagte Sarah.

»Sieht aus, als hatte sie das Down-Syndrom. Das wusste ich nicht.«

»Du weißt gar nichts. Fahr morgen zu deinem Familientreffen in die Toskana. Frag deinen Onkel, frag deine Tante. Frag sie nach Sophie!«

Sabina spürte einen Kloß im Hals und begann zu schwitzen. Was war das hier? Ein Familientribunal? Sie hatte gerade, ohne es zu wissen, Sex mit ihrer Großcousine gehabt – und nun konfrontierte die sie mit dieser Geschichte. Ihr Großvater ein Nazi im tiefsten Zirkel der völkischen Wissenschaft?

»Ich geh schlafen«, flüchtete sie sich aus der Situation. »Das ist ein bisschen viel auf einmal.«

»Danke für deine Leidenschaft, Sabina. Und trotz dieser vielen Informationen: eine gute Nacht!«

Was war das für eine Frau? Dominant und zärtlich, sinnlich und intelligent, emotional und berechnend. Halb warm, halb kalt. Sabina ging auf ihr Zimmer und legte sich aufs Bett. An

Schlafen war nicht zu denken. Die Bilder schwirrten in ihrem Kopf herum.

Sie erwachte in einem Zwischenraum aus Traumbildern und Vogelgezwitscher. Es war kurz nach vier, die Sonne steckte noch hinter den Bergen fest. Mit der Decke um den Körper war es Sabina zu warm, ohne fehlte ihr etwas zum Einwickeln. Sie wälzte sich vom Rücken auf den Bauch und vom Bauch auf die Seite. Da sie nicht mehr einschlafen konnte, stand sie auf und holte ihre Yogamatte aus dem Auto. Auf der Veranda war genug Platz, um ein paar Übungen zu machen. Die Vögel waren laut, auch der Hahn meldete sich jetzt. Sie lag eine Weile da und folgte ihrem Atem durch die Arme und Beine bis in die Brust. Eduardo war der Erste, der runterkam.

»Kaffee?«, fragte er.

Sabina nickte.

Sie deckten den Tisch mit Brot und Marmelade. Noch vor sechs waren alle da und frühstückten.

»Wenn du die Uhr weglässt, stehst du im Sommer verdammt früh auf«, sagte Sarah, »das geht uns allen hier so.«

»Mir war's zu warm«, sagte Sabina, »und die Vögel machen ganz schön Radau in der blauen Stunde.«

»Du wirst wahrscheinlich heute recht früh fahren?«, fragte Sarah.

»Ja, ich möchte bis zum Mittag in der Toskana sein.«

»Das Bild von Sophie und das von deinem Großvater kannst du mitnehmen.« Sarah gab ihr die Bilder.

»Sie sieht glücklich aus«, sagte Sabina, die das Mädchen mit den Mandelaugen so noch nie gesehen hatte.

»Diese Menschen sind vielleicht die glücklichsten, die es gibt«, sagte Sarah. »Wir bauen demnächst um. Dann werden wir Platz haben, um einige aufzunehmen. Ich möchte, dass hier noch mehr Menschen wohnen.«

»Das ist eine schöne Idee«, sagte Sabina.

Sie packte ihre Sachen, bedankte sich bei allen und stieg in ihren alten Volvo. Sarah winkte ihr zu. Als Sabina vom Hof fuhr, staubte die Straße auf. Das Haus verschwand im Rückspiegel. Ein Hund rannte ihr hinterher.

27

Was war das für ein Ort? Sabinas Onkel Hans hatte das alte Landgut in einem Bergdorf am Ostrand der Toskana schon vor mehr als zehn Jahren gekauft. Sie war nie dort gewesen. Hans und Marianne hatten das imposante Steinhaus mit viel Liebe renoviert und eingerichtet. Jeder Raum erzählte eine andere Geschichte, kombinierte ein anderes Farben- und Formenspiel. Sabina verliebte sich im ersten Moment in diesen Ort. Ihr Onkel Hans war in ihrer Kindheit stets eine Vertrauensperson gewesen, jemand, bei dem sie sich wohlfühlte. Seine sonore Stimme vermittelte etwas Warmes, seine zugewandte Art signalisierte Interesse. An dieser Vertrautheit änderten auch fünfzehn Jahre Sendepause nichts. Der Streit, den Hans mit ihrem Vater gehabt hatte und über dem es zum Bruch gekommen war, war Vergangenheit.

»Schön, dass das endlich einmal klappt«, sagte Sabina.

»Wir freuen uns sehr, dass du gekommen bist«, sagte Hans.

Marianne, deren weiße Haare früher einmal braun gewesen waren, ließ drei Cappuccino aus der Maschine. Das Energiezentrum des Hauses war die Küche. Ein langer Tisch bot Platz für bis zu zwanzig Personen. Auf dem riesigen Gasherd ließen sich ganze Menüs kochen, für den Winter gab es einen offenen Kamin, dessen rauchiger Geruch auch jetzt zu vernehmen war. Gläser, Geschirr und Kochutensilien füllten mehrere Schränke, über dem Herd und an der Wand hingen alte Kupfertöpfe.

»Schon jemand da?«, fragte Sabina.

»Silke und Kio sind im Dorf und kaufen ein«, sagte Marianne.

Die Cousine hatte einen Nigerianer geheiratet.

»Paula kommt erst am Abend, sie ist noch in Mailand.«

Paula war früher einmal Sabinas Cousin Paul gewesen, sie war jetzt im richtigen Körper.

»Maxi und Angelika sind mit den Kindern unten, die spielen Billard.«

Maximilian Lindemann war der Sohn von Hans und Marianne.

»Bin dann mal unten«, sagte Sabina und drückte den Lichtschalter fürs Untergeschoss. Sie folgte den Geräuschen, die sie hörte, kam durch einen kühlen Saal mit Flügel und erreichte schließlich das Billardzimmer mit Bücherregalen an der Wand und einer Whiskey-Bar am Fenster.

»Hey, Sabina«, rief Maximilian, »noch immer so hübsch und sportlich wie früher.«

»Und du noch ganz der Charmeur.« Mit sechzehn, siebzehn hatte Sabina einmal ein Techtelmechtel mit ihrem Cousin gehabt. Nichts, was jetzt noch eine Rolle spielte, schon gar nicht in Anwesenheit von Maximilians Frau und Kindern.

»Dann musst du die Lilly sein und du die Fanny«, sagte Sabina und begrüßte zwei strahlende Mädchen mit Zöpfen und Blumen im Haar. »Gott, das ist ja fast kitschig, wie süß die beiden sind«, sagte sie zu Maximilian gewandt.

»Das täuscht«, sagte seine Frau.

Sabina nahm sich einen Queue von der Wand. Maximilian ließ sich nicht zweimal bitten. Die Mädchen gingen mit ihrer Mutter nach draußen. Das Haus war so in den Hang gebaut, dass man vom Billardzimmer aus in einen parkähnlichen Garten gelangen konnte.

»Das ist ein unfassbares Anwesen«, sagte Sabina. »Gehört das alles mal irgendwann dir?«

»Ich beschwere mich nicht«, sagte Maximilian. »Auch wenn es natürlich wahnsinnig viel Arbeit ist. Schau dir mal den Garten an, das sind allein drei Hektar Rasen zu mähen.«

»Aber da gibt's doch einen Gärtner, oder?«

»Ja, ein Mann aus dem Dorf kümmert sich darum.«

»Und, mein Lieber, wie geht's dir so als Juniorchef?«

»Ich wollte, wie du weißt, immer Musiker werden«, sagte

er, »aber als ich dann ins Geschäft eingestiegen bin, hat's mich gepackt. Ich liebe meinen Job.«

»Wachstum, Wachstum, Wachstum?«, fragte Sabina.

»Ja, klar. Ohne Wachstum kannst du im Facility Management nur untergehen, das ist wie überall. Aber es macht Spaß. Es macht Spaß mit meinen Leuten und es macht auch meistens Spaß mit den Kunden.«

»Und der Hans lässt dich machen?«

»Ja. Ich glaube, dass er ein bisschen stolz auf mich ist, auch wenn er es nie sagen würde.«

»Weil du den Laden noch schneller wachsen lässt, als er es geschafft hat?«

»Er sagt, er findet es gut. Aber so richtig loben würde er mich nicht, das steckt nicht in seiner DNA.«

»Wurde er von seinem Vater gelobt?«

»Vom alten Jacob Lindemann? Gelobt? Net gschimpft isch gnug globt, war da der Leitspruch. Nein, die haben daheim kein Lob bekommen, eher mal 'ne Tracht Prügel, wenn was nicht lief.«

»Ich hab ein paar Themen aus der Familiengeschichte, die mich interessieren«, sagte Sabina.

»Da musst du dich an meinen Vater wenden. Aber besonders viel erzählt er in der Regel nicht.«

»Ich weiß«, sagte Sabina, »meiner hat ja auch nie was erzählt. Kennst du eigentlich die Geschichte von Sophie?«

»Sie war krank, soweit ich weiß. Und ist im Krieg gestorben.«

»Das weiß ich auch«, sagte Sabina. »Sie hatte das Down-Syndrom, hast du das gewusst?«

»Nein, das hat mir nie jemand erzählt. Aber jetzt, wo du es sagst, ein bisschen besonders sah sie schon aus auf dem Foto, das ich kenne.«

»Das hier?«, fragte Sabina und zückte das Foto, das ihr Sarah gegeben hatte.

»Nee, das Bild kenn ich nicht, ich meine so ein Foto von allen Geschwistern.«

»Ich weiß, welches du meinst. Aber auf dem hier sieht man es.«

Maximilian nickte. »Stimmt, sieht schön aus. Stößt du an?«, sagte er.

»*And I will*«, sagte Sabina. Sie donnerte das weiße Rund in die dreieckig angerichtete Vollversammlung der Billardkugeln und versenkte schnurstracks die schwarze Acht. Beide lachten.

»Also noch mal«, sagte Maximilian und ließ sie den Stoß wiederholen.

Diesmal blieben alle Kugeln auf dem Tisch.

Marianne bereitete zusammen mit Giuseppina, die seit sechzig Jahren im Dorf wohnte, das Abendessen zu. Es gab Bruschetta, frittierte Salbeiblätter und gebackene Zwiebeln. Danach Pasta mit Ragout, Ravioli mit Salbeibutter, Schnitzel, Kartoffelschnitze und Auberginen. Vor dem Haus war ein langer Tisch aufgebaut. Inzwischen waren alle da und begrüßten sich mit lautem Hallo. Die Verwandten, die sich so lange nicht gesehen hatten, verstanden sich auf Anhieb. Es herrschte eine Harmonie und Fröhlichkeit, die so keiner hatte vorhersehen können.

Als das Essen längst gegessen und die ersten Weinflaschen geleert worden waren, begannen Silke und Kio zu tanzen. Lilly und Fanny drehten sich im Kreis und sogar Hans schob seine Marianne ein wenig über die Wiese. Giuseppina klatschte begeistert in die Hände. Nie war das ausgestorbene Dorf lebendiger, als wenn die Lindemanns zugegen waren. In so großer Zahl waren die Deutschen bis dato allerdings noch nie da gewesen. Sabina schwelgte mit den anderen in Erinnerungen und trank ein Glas Wein nach dem anderen. Weit nach Mitternacht schwankte sie in ihr Bett. Der Tag war über zwanzig Stunden lang gewesen, sie schlief sofort ein.

Wie schön das war, morgens gleich jemanden in der Küche zu treffen und sich beim Frühstück austauschen zu können. Wie stark dieses Gefühl von Familienbande sein konnte, sie hatte es nicht mehr gewusst. Wenn sie daran dachte, dass ihr Vater das alles hatte platzen lassen wegen einer Erbstreiterei, wurde sie noch nachträglich sauer. Sie hatte die Großfamilie als Kind geliebt, danach aber nie vermisst – bis jetzt, da ihr klar wurde, wie stark diese Familiengemeinschaft sein konnte.

Eine Gruppe der Cousinen und Cousins entschied sich dafür, nach Montepulciano zu fahren und Wein zu kaufen, die anderen wollten sich Assisi ansehen. Sabina passte in einem geschickten Moment ihren Onkel Hans ab und fragte ihn, ob er Zeit für ein Gespräch unter vier Augen hätte. Als die anderen zu ihren Ausflügen aufgebrochen waren, schnappte sie sich zwei Tischtennisschläger und warf ihm einen hin.

»Weißt du noch?«, fragte sie, »du hast mir damals das Tischtennisspielen beigebracht. Wie lang ist das jetzt her, dreißig Jahre?«

»Bestimmt«, sagte Hans und zupfte sich seinen weißen Bart zurecht. »Aber mach langsam, du spielst mit einem alten Mann.«

Sie gingen zur Tischtennisplatte, die auf einem gemauerten Podest im Park zwischen Rosensträuchern stand. Sabina spielte die Angabe extrahoch, er spielte den Ball hoch zurück, sie spielte ihn ebenso freundlich wieder zu ihm. Ohne dass sie es verabredet hätten, gerieten sie in eine Art meditatives Spielen. Sie unterhielten sich und klopften dabei im gleichmäßigen Rhythmus zwischen Platte und Schläger den Ball hin und her.

»Ich habe jemanden getroffen«, sagte Sabina.

»Einen Mann?«, fragte Hans.

»Nein, eine Frau.«

»Also möchtest du eine Frau heiraten?«

»Quatsch, wie kommst du denn darauf?«

»Wir haben inzwischen einen Farbigen in der Familie, eine Geschlechtsumwandlung und deine Cousine Maria ist mit einem Juden verheiratet. Dafür, dass mein Vater ein antisemitischer, deutschtreuer Protestant war, ist unsere Familie heute ziemlich bunt gemischt. Da hätte eine Lesbe auch noch gut reingepasst.«

»Wenn der alte Lindemann sehen würde, was aus seiner Familie geworden ist, würde er sich wahrscheinlich im Grab drehen«, sagte Sabina.

»Dadrin rotiert es, ja. Aber gegen diesen Fortschritt konnte er zum Glück nichts ausrichten«, sagte Hans. »Also, du hast jemanden kennengelernt?«

»Ja«, sagte Sabina, »Sarah Turwald, sagt dir der Name was?«

»Nein«, sagte Hans Lindemann, »Sarah Turwald, nein.«

»Die Frau ist eine Großcousine von mir. Sie ist die Enkelin von Omas Bruder.«

»Omas Bruder«, nuschelte Hans und fing den Tischtennisball. »Zu diesem Familienzweig wurde jeder Kontakt abgebrochen nach dem Krieg.«

»Warum?«

»Weil er ein schlimmer Nazi war.«

»Ein Kindermörder?«

»Du weißt Bescheid?«, fragte Hans.

»Ich weiß, dass er an der Vernichtung sogenannten unwerten Lebens beteiligt war«, sagte Sabina. »Aber was weißt du darüber?«

»Das, was man nachlesen kann«, sagte der Onkel. »Gesprochen haben wir darüber nicht. Nicht mit Mutter, nicht mit Vater. Hermann Köth hat sich 1946 umgebracht. Damit war das Thema für die Familie beendet. Zu meiner Tante, geschweige denn zu den Kindern von Hermann Köth, hatte ich nie mehr Kontakt.«

»Aber das waren doch deine Cousins und Cousinen?«

»Es gab schon vor dem Krieg nicht viel Kontakt. Ich war einmal als Kind bei denen, aber daran kann ich mich nicht mehr erinnern. Im Krieg und erst recht danach gab es keinen Kontakt mehr. Das wurde totgeschwiegen. Dieser Familienzweig war einfach nicht existent, verstehst du? Ich hab auch nicht mehr daran gedacht.«

»Du hattest doch eine Schwester?«, sagte Sabina.

»Sophie«, sagte Hans. »Ja, an Sophie erinnere ich mich gut. Sie war ein besonderes Wesen, sie lebte in einer eigenen, sehr glücklichen Welt.«

»Was ist mit ihr passiert?«

»Sie kam in ein Heim, dort starb sie.«

»Woran?«

»Es hieß, ihr Herz habe versagt. Es hieß, das komme vor bei Menschen mit ihren Symptomen.«

»Du meinst das Down-Syndrom?«

»Ja, genau. Und sie war fast blind.«

»Gab es eine Beerdigung?«

»Ja.«

»Hat jemand sie noch mal gesehen?«

»Meinst du tot oder lebendig?«

»Beides«, sagte Sabina.

»Mutter war alle paar Monate bei ihr. Wir Kinder haben sie nicht mehr gesehen, seit sie Weihnachten '40 in das Heim kam.«

»Und bei der Beerdigung?«

»Sie lag in einem geschlossenen Sarg, ein dunkler Sarg, ich erinnere mich.«

»Glaubst du das, was man dir erzählt hat? Dass sie an Herzversagen gestorben ist.«

»Ich möchte mir nichts anderes vorstellen.«

»Hast du je mit deinem Vater darüber geredet?«

Hans legte den Tischtennisschläger auf die Platte, sie setzten sich auf eine Bank.

»Mein Vater hat nie über diese Zeit geredet.«

»Nie?«

»Nie.«

»War er ein Nazi?«

»Er war nicht in der Partei.«

»War er ein Nazi?«

»Er ist freiwillig in den Krieg gezogen. Das hätte er als Pfarrer nicht tun müssen.«

Sabina holte die Aufnahme aus dem Jahr 1936 aus ihrer Tasche. »Du kennst dieses Bild, oder?«

»Ja«, sagte Hans. »Ich habe es unter Vaters Erinnerungen gefunden. Aber woher hast du das? Das liegt doch bei mir in Stuttgart.«

»Es ist nicht dasselbe«, sagte Sabina. »Sarah Turwald hat es mir gegeben.«

»Auf dem Bild von Vater steht *GZEDÜ*«, sagte Hans.

»Das weißt du?«

»Natürlich, ich habe darüber gerätselt.«

»Weißt du, was es bedeutet?«, fragte Sabina.

»Das habe ich nie herausfinden können.«

»Es bedeutet ›Gesellschaft zur Erschaffung des Übermenschen‹.«

Hans Lindemann nickte. »Übermensch«, sagte er und pustete die Luft aus.

»Darüber findet man nichts in den Archiven, nicht wahr?«

»Ich höre das zum ersten Mal.«

»Mein Großvater, dein Vater war ein Nazi! Ein theologischer Wissenschaftler im engsten Zirkel der schlimmsten Unmenschen, die dieser Planet je hervorgebracht hat.«

»Er war kein schlechter Mensch«, sagte Hans. »Er war verblendet, er hat furchtbare Bücher geschrieben. Aber ein schlechter Mensch im eigentlichen Sinne war er nicht. Er hat auch vielen geholfen.«

»Wie kommt ein Mann, der den Übermenschen erschaffen will, damit klar, wenn seine Tochter das Down-Syndrom hat?«, fragte Sabina.

Hans Lindemann schwieg.

»Wie war sein Verhältnis zu Sophie?«

Der Onkel überlegte. »Er war im Krieg, er hat sie kaum gesehen und erlebt.«

»Wie war das Verhältnis deiner Mutter zu ihrer behinderten Tochter?«

»Sie hat Sophie geliebt, das haben wir alle. Aber Mutter war damals am Ende ihrer Kräfte. Sie war allein. Hartmut, Hilde und ich waren oft krank. Sophie war fast blind.«

»Hat er sie in die Hände des Euthanasieonkels gegeben?«

Hans Lindemann blickte zu Boden und fasste sich an die Stirn. »Ich weiß nicht, was genau passiert ist. Sie war nach Weihnachten 1940 nicht mehr da. Es hieß, sie sei in einem Heim. Da war sie ja auch, Mutter hat sie besucht.«

Sie sah ihrem Onkel an, dass er sich an jene Zeit erinnerte, dass vor seinem inneren Auge alte Bilder zum Vorschein kamen. »Wollen wir herausfinden, was passiert ist?«

»Ich weiß nicht«, sagte er. »Wem nutzt es etwas? Sie ist gestorben, Vater und Mutter sind auch längst tot.«

»Du willst nicht wissen, was damals passiert ist?«

Er überlegte. »Nun, wenn du schon jemanden kennengelernt hast, der offenbar mehr weiß, ist es vielleicht einen Versuch wert.«

»Dann lass uns zu Sarah Turwald fahren. Sie hat recherchiert.«

»Das werden wir irgendwann tun«, sagte er, »aber nicht jetzt. Nicht, wo alle hier sind und zum ersten Mal seit Langem Harmonie in dieser Familie herrscht. Verstehst du das?«

»Ja«, sagte Sabina.

»Danke.«

»Wofür?«

»Dass du es angesprochen hast. Die Frage, was mit Sophie

passiert ist, habe ich verdrängt. Fast vergessen. Aber jetzt, wo du mir dieses Bild gezeigt hast, ist das alles wieder sehr präsent. Ihr Lachen, ihr Singen. Ich hatte das fast vergessen.«

»Ich glaube, das darf man nicht vergessen«, sagte Sabina.

Er nickte.

28

Sophia hatte ein hübsches Gesicht. Helle, strahlende Augen. Schön geschwungene Augenbrauen. Eine fast zart anmutende Haut und volle Lippen. Es fühlte sich komisch an, das Grab für sie zu schaufeln. Aber dieses Zeichen musste gesetzt werden. Mit seinen Referenzen war es nicht allzu schwer gewesen, den Auftrag für den Standbau des saudischen Biennale-Auftritts zu bekommen. Er hatte schon viele Ausstellungen realisiert, auch für die Araber, sie vertrauten ihm. Dass er sterbenskrank war, wusste niemand. Bis Samstag würde er den Boden unter Sophia so vorbereitet haben, dass sie bei ihrer Präsentation ein schnelles Ende finden würde.

Folgen würde ein weltweiter Medienaufschrei. Diplomatische Verwerfungen. Öffentliche Diskussionen. Vielleicht neue Gesetze. Ein Umdenken der Menschheit. Dieses Attentat würde in die Geschichte eingehen. Eine Geschichte, die er als Gegenwart nicht mehr erleben würde. Er würde sterben, bald schon. Niemand würde seine genaue Rolle je kennen, es würde ihn einfach nicht mehr geben. Er hatte seine Arbeit im Haus des Philosophen getan, er tat sie auch hier. Er vertraute dem Plan, den er mit Z entwickelt hatte. Und es erfüllte ihn mit einem Gefühl der Erhabenheit, der Welt diesen letzten Dienst zu erweisen: der Menschheit noch einmal eine Chance zu geben, bevor sie sich selbst abschaffte. Noch einmal das Wagnis einzugehen, dieser Art wahren Humanismus beizubringen.

Dass es dafür Tote geben musste, war nicht zu vermeiden. Die Menschheit stand am Scheideweg: echte Menschlichkeit zu entwickeln oder als Art letztlich unterzugehen.

In aller Ruhe bereitete er die Vertiefung für den Sprengsatz vor und montierte die Lichtelemente darüber. Kein Mensch würde vermuten, dass das, was er baute, im wahrsten Sinne des Wortes ein doppelter Boden war. Er konnte in aller Ruhe arbeiten. Der Architekt der Ausstellung vertraute ihm, die

Sicherheitsvorkehrungen waren lax. Niemand kontrollierte, was hier verbaut wurde, die Freiheit der Kunst bezog sich auch auf die Sicherheitsvorkehrungen.

Der Plan, den Z sich ausgedacht hatte, war perfekt. An den Tag, an dem Sophia sterben sollte, würde sich die Welt lange erinnern. Und er war überzeugt davon, dass dieser Tag etwas bewegen würde. Denn sie sollte nicht allein sterben. Er musste diese letzten Zeichen vorbereiten. So wie er es mit Z vereinbart hatte. Ihre Verbindung würde für immer unbekannt bleiben. Sie hatten nie digital miteinander kommuniziert. Es gab nicht einen einzigen nachvollziehbaren Nachweis ihrer Bekanntschaft in den letzten Jahren. Er schloss den Boden der Präsentationsbühne und testete das Licht. Die LED-Leuchten strahlten, die Bühne war bereitet. In drei Tagen würde Sophia hier stehen – und die Welt würde auf sie schauen.

29

Die Wallfahrtsstätte von Oropa lag oberhalb von Biella, auf etwa tausendzweihundert Metern inmitten eines weiten Bergkessels. Zu drei Seiten hin umgaben Felswände die klosterartige Anlage. Nur zum Tal hin öffnete sich der Blick, sodass der in Wolken getauchte Komplex bisweilen wirkte, als läge er direkt im Himmel – gleichsam allem Irdischen enthoben. Seit Jahrhunderten pilgerten Katholiken hierher, um sich bei der Schwarzen Madonna, die in der Wallfahrtskirche ausgestellt war, für ihren Beistand zu bedanken. Dem Volksglauben zufolge hatte die Madonna nicht nur die Stadt Biella im 17. Jahrhundert vor der Pest bewahrt, sondern auch viele Gläubige im Laufe der Jahre vor Tod, Unfall und Unglück. Einen eindrücklichen Ausdruck dieses Glaubens konnten Besucher in den weiten Gängen der Anlage bestaunen. Dort hingen an den Wänden Tausende selbst gemalte Bilder von überlebten Unfällen, Krankheiten oder Kuhtritten. Auf jedem der Gemälde dabei: die Schutz gewährende Schwarze Madonna.

Johannes Dopfer hatte die Existenz dieses Ortes seit seiner Ankunft in Biella geflissentlich ignoriert und einen Besuch vermieden. Religion und Glaube waren für ihn ein grotesker, fast bemitleidenswerter Ausdruck menschlicher Kleingeistigkeit. Zu weit weg waren seine mathematischen Algorithmen von der Glaubenswelt dieser Wahnsinnigen, die an die Wirkkraft einer Statue glaubten. Was das Universum tatsächlich demnächst in eine höhere Seinsstufe eintreten lassen würde, waren seine Algorithmen. Waren Roboterhirne, die schon bald schneller denken würden als Millionen Menschen zusammen.

Dopfer saß in seinem Arbeitszimmer und blickte über die nächtliche Stadt, hinauf zu der Straße, die zum Wallfahrtsort führte. Sollte er sich das Heiligtum doch einmal anschauen? Seine Mitarbeiter waren beeindruckt gewesen von der Hingabe, mit der die Menschen auf dem heiligen Berg von Oropa dem Marienkult huldigten. Von den Bildern, die dort überall hingen, von der Dankbarkeit, die darin zu spüren war.

Nein, nein und noch mal nein. Dopfer konnte das nicht. Diese menschliche Gefühlsduselei ging ihm auf die Nerven. Und diesen Katholizismus hatte er schon als Beleidigung seiner Intelligenz empfunden, als er noch ein Kind gewesen war. Intelligenz bedeutete, Probleme zu lösen. Und das konnten seine Algorithmen besser als jeder Glaube und alles Gefühl der Welt. Gefühl? Das war es nicht, was sich in den Weltraum ausbreiten würde. Intelligenz war es. Kühle, schnelle, rationale Intelligenz. Er trat auf die Terrasse vor dem Arbeitszimmer und atmete die frische Abendluft. Als er sich streckte und die Arme über den Kopf reckte, schlug ein Baseballschläger in seinem Genick ein.

Drei Stunden später hing Johannes Dopfer tot über dem Eingangsportal der Wallfahrtsanlage Oropa, die er zu Lebzeiten nie besucht hatte. Der wappenartige Steinkranz, der das Portal nach oben hin monumental abschloss, war durch ein riesiges rotes Z aus Metall ersetzt worden, das von einem roten Ring umrandet war. Dopfer hing nackt über dem Eingangstor. Seine Hände waren mit Seilen befestigt.

Antonio Simone brauchte nicht lange, um den Seriencharakter zu erkennen, der diesem Tötungsdelikt offensichtlich zugrunde lag. Es war erst etwa zwei Wochen her, dass an der Europabrücke bei Innsbruck der deutsche Fleisch- und Fußballunternehmer Hannes Trenkwalder mit einem eingeritzten Z auf dem Bauch über dem Abgrund gebaumelt hatte. Der Mord hatte europaweit für Schlagzeilen gesorgt und Ermittlungen von Europol in Gang gesetzt, an denen sich auch die Italiener beteiligt hatten. Zuvor hatte es bereits einen Mord an einem Rohstoffhändler in Luzern gegeben, bei dem das ominöse Z aufgetaucht war. Nun also Biella. Das abseitige Biella mit seiner Wallfahrtsstätte Oropa.

»Es ist der Direktor der Forschungsanstalt«, bestätigte ein Polizist, der bis hinauf zu dem angebundenen Leichnam geklettert war. »Professor Dopfer, der Österreicher.«

»Ruft die Feuerwehr, sperrt die Straße unten im Tal ab und lasst hier niemanden rein und raus«, sagte Antonio Simone.

Er hatte im Laufe seiner Polizeizeit im Piemont immer wieder mit Morden zu tun gehabt. Aber so etwas? Und dann auch noch ein Ausländer, der bei einer von der Regierung unterstützten Forschungsanstalt arbeitete? Das konnte ungemütlich werden.

Simone zündete sich eine Zigarette an und überlegte, wie er vorgehen wollte. In jedem Fall war die internationale Ermittlergruppe einzuschalten, die sich bereits um die Fälle aus der Schweiz und Österreich kümmerte. Gleichzeitig mussten auch die lokalen Behörden einbezogen werden. Das Haus des Professors musste untersucht, die Mitarbeiter des Instituts mussten befragt, sein Umfeld beleuchtet werden. Ferner galt es, mögliche Verbindungen zu den Fällen aus der Schweiz und Österreich zu prüfen.

»*Porca miseria*«, fluchte Simone. Er wusste, dass ihn dieser Fall für die nächsten Wochen, ja vielleicht Monate beschäftigen würde.

Noch im Laufe des Vormittags ließ Simone erste Fotos und einen Bericht an die Ermittlergruppe bei Europol verteilen. Simon Arnold erhielt die Informationen um 10:23 Uhr – und rief kurze Zeit später bei Sabina an.

»Sabina, wo bist du?«

»In Arezzo, wieso?«

»Wir haben eine neue Leiche. Johannes Dopfer, ein österreichischer Professor und Direktor eines italienischen Instituts für künstliche Intelligenz und Roboterforschung. Wurde an einer Wallfahrtskirche im Piemont gefunden.«

»Wo?«, fragte Sabina.

»Biella, das ist nordöstlich von Turin.«

»Was hat das mit den bisherigen Morden zu tun?«, fragte Sabina.

»Ein riesiges rotes Z in einem Kreis über dem Leichnam. Er hing mit Seilen fixiert am Portal dieser Wallfahrtsstätte, die da oben in den Bergen liegt.«

»*Madonna mia*«, sagte Sabina. »Roboterforschung?«

»Ja«, sagte Simon. »Er war wohl eine Koryphäe auf seinem Gebiet. Unter ihm arbeiten viele internationale IT-Wissenschaftler. Kunden aus aller Welt bedienen sich der Forschungsergebnisse, vornehmlich solche aus dem Silicon Valley.«

»Passt das für dich mit den bisherigen Morden zusammen?«, fragte Sabina.

»Vielleicht schon«, sagte Simon. »Durch das, was nicht mehr leben soll, drücken die Täter ja aus, welche Welt sie sich wünschen: eine ohne Rohstoffhandel auf Kosten des Planeten und seiner Bewohner, eine ohne Fleischproduktion auf Kosten der Tiere und der Umwelt. Und eine ohne Roboter, die den Menschen überflüssig machen.«

»Eine Solidarisierung mit den Armen und Schwachen, die am ehesten unnötig werden, wenn Roboter die Herrschaft übernehmen«, sagte Sabina.

»Aber das ist doch naiv. Als ob so ein Mord an einem Entwickler den Fortschritt im Ganzen verhindern könnte. Da musst du schon Hunderte umbringen in vielen Ländern – und selbst dann wachsen Wissenschaftler nach, die von der Neugier getrieben die Grenzen verschieben. Du kannst doch nicht durch ein paar Morde den Lauf der Dinge ändern.«

»Hätte ein Mord an Hitler den Zweiten Weltkrieg verhindert?«

»Vielleicht«, sagte Simon.

»Hätte ein Mord an Oppenheimer den Bau der Atombombe verhindert?«, fragte Sabina.

»Vielleicht verzögert«, sagte Simon.

»Ich finde nicht, dass das Vorgehen der Täter naiv ist. Die suchen sich ihre Opfer sehr gezielt aus. Von allen geht eine Signalwirkung aus. Was weiß man über diesen Dopfer?«

»Ich hab nur ein bisschen was im Netz gefunden, fahr gleich runter nach Biella. Der Kollege heißt Simone, nett, oder?«

»Simon und Simone, ja das klingt vielversprechend«, sagte Sabina. »Das bedeutet, du kommst nach Italien?«

»Ja, die Kinder gehen zu meiner Schwester.«

»Okay, vielleicht schaffen wir es ja, uns zu treffen. Unsere Familienwoche ist bald zu Ende. Ich hatte mir überlegt, am Freitag nach Venedig zu fahren.«

»Ich melde mich, wenn ich was Neues weiß. Dann können wir schauen, ob und wo wir uns treffen.«

»Das wäre schön. Pass auf dich auf.«

»Du auch.«

Sabina setzte sich auf die Treppenstufen der Kirche, an der sie gerade vorbeigekommen war. Sie gab Biella in ihrem Smartphone ein und fand die Stadt nordöstlich von Turin. Wie weit war das weg von Luzern? Sie gab beide Orte ein und bekam einen Weg angezeigt. Dieses *Biella* lag ziemlich genau auf demselben Längengrad wie Luzern. Sie gab auch noch die Europabrücke bei Innsbruck in die Routenplanung ein. Der zweite Tatort lag etwa auf derselben geografischen Breite wie der erste, der dritte auf derselben geografischen Länge. Ein Zufall?

Sie holte einen Tankbeleg aus dem Geldbeutel und hielt die Längsseite des Zettels über die Landkarte auf ihrem Smartphone. Tatsächlich. Wenn sie die Orte, an denen die Morde stattgefunden hatten, direkt miteinander verband, ergab das eine waagrechte und eine diagonale Linie, die aussahen wie zwei Drittel des Buchstabens Z. Wenn sie von Biella aus den unteren waagrechten Strich des Z weiterdachte, so landete sie in Verona, Padua oder Venedig – je nachdem, wie lang der Buchstabe gezogen wurde.

»Z! Verdammt, das ist es!«

Sie erreichte Simon auf dem Weg zu seinem Auto.

»Sehr gut«, sagte er, »das hilft auf jeden Fall, die Geografie hinter den Morden zu interpretieren.«

»Es ist eine These«, sagte Sabina. »Natürlich kann das auch Zufall sein.«

»Verona, Padua oder Venedig liegen auf dieser Linie, sagst du? Aber wer soll da ermordet werden, wo genau und wann?«

»Ihr seid die Polizisten«, sagte Sabina.

»Ich ruf gleich den Kollegen Simone an.«

»Das mach mal, ich geh einen Cappuccino trinken und spiel ein bisschen mit meinen Nichten. Bin schließlich im Urlaub.«

»Wenn du noch einen solchen Gedankenblitz hast, dann melde dich.«

Als Simon am Abend anrief, war Sabina wieder in ihrem toskanischen Bergdorf angekommen. »Wir bereiten gerade das Abendessen vor«, sagte sie.

»Was gibt's?«

»Na, was gibt's in Italien, wenn ein Dutzend Leute zusammen sind? Natürlich Pasta.«

»Lecker, ich sitz gerade auch in einem Restaurant. *Due Cuori.*«

»›Zwei Herzen‹«, sagte Sabina. »Na das passt ja irgendwie zu deiner Situation.«

Simon seufzte.

»Es war das Lieblingslokal dieses Dopfers, der umgebracht wurde«, sagte Simon. »Muss ein ganz netter Kerl gewesen sein, irgendwie besessen von seinen Robotern, aber wohl auch sehr charmant und großzügig.«

»Er wird nicht ganz arm gewesen sein, wenn er das Silicon Valley als Kunden hatte«, sagte Sabina.

»Die Leute hier waren echt schockiert, dass er ermordet wurde. Natürlich machen sie sich Sorgen wegen der Roboter und der ganzen Digitalisierung, aber als Mensch muss Dopfer eben auch sehr liebenswert gewesen sein.«

»Bist du allein?«, fragte Sabina.

»Nein, mit Antonio.«

»Simone?«

»Ja. Ist ein guter Typ. Bisschen schwerfällig, aber nicht falsch.«

»Und dein Italienisch?«

»Reicht zum Bestellen, das Fachliche geht auf Englisch.«

Sabina hörte, wie Simon trank.

»Antonio überzeugt das mit dem Z auf der Karte übrigens nicht«, sagte er. »Der betrachtet das als Zufall. Wenn man Frankfurt, Prag, Biella und Rijeka miteinander verbinden würde, würde das auch so was wie ein Z ergeben, sagt er. Der glaubt nicht, dass die Orte an und für sich eine Bedeutung haben.«

»Hast du mit jemand anderem drüber geredet?«, fragte Sabina.

»Klar, meine Leute machen sich auch ihre Gedanken. Aber du kennst ja Gerber, der kann mit so was auch nichts anfangen.«

»Also wird nichts passieren in die Richtung?«, fragte Sabina.

»Was schlägst du vor? Verona dichtmachen, den Fährverkehr nach Venedig einstellen? Padua evakuieren?«

»Du hast schon recht. Es ist 'ne fixe Idee, die wahrscheinlich zu nichts führt.«

»Ich finde den Ansatz plausibel«, sagte Simon, »aber ich weiß eben nicht, wie wir einen weiteren Mord verhindern sollen. Lieber konzentrieren wir uns auf die Ermittlungen hier. Der Mord an Dopfer bringt sicher auch neue Spuren.«

»Bleibst du unten?«

»Ja, ich denke, dass ich die Woche über in Biella bleibe.«

»Dann viel Erfolg, ich melde mich«, sagte Sabina. »Und Simon: Ich freu mich auf dich!«

Es regnete. Simon begutachtete zusammen mit Antonio Simone das Haus des getöteten Professors. Dopfer hatte – offenbar allein – in einer Villa im Bauhaus-Stil gelebt, die zur Hälfte in den Berg gebaut war. In den Zimmern herrschte kreatives Chaos. Zwischen Büchern, Kissen, Geschirr und Festplatten standen einzelne Roboter. Der Professor hatte sich tatsächlich mit seinen Forschungsobjekten umgeben wie andere Menschen mit Haustieren. Ob das Chaos damit zu tun hatte, dass eingebrochen worden war? Ob möglicherweise Forschungsergebnisse entwendet worden waren?

Auf Simon wirkte es so, als sei die Unordnung der Normalzustand dieses Hauses und der Überfall habe nur dem Mord an dem Forscher gegolten. Die Terrassentür hatte offen gestanden, die Haustür war verschlossen gewesen. Details musste die Spurensicherung klären, die seit dem Vormittag das Grundstück untersuchte und längst noch nicht fertig war. Der Regen war insofern ärgerlich, als er viele Spuren und Fußabdrücke im Freien verwischte.

Simon inspizierte das Arbeitszimmer des Professors und suchte nach Fotos. Nichts. Nach ersten Recherchen der Kollegen schien der Mann keine engeren Verwandten zu haben. Von einer Beziehung oder Freunden war auch nichts bekannt. Seine sozialen Kontakte schienen sich auf seine Mitarbeiter und Kunden beschränkt zu haben – und auf wenige Einheimische wie die Chefin des Restaurants, in dem er regelmäßig gegessen hatte. Wo war der Hebel für die Ermittlungen? Wie waren die Täter auf Dopfer gekommen, der eher im Verborgenen agiert hatte?

Simon musste sich bei den Ermittlungen vor Ort auf die italienischen Kollegen verlassen. Es war schon großzügig, dass er überhaupt den Tatort begutachten durfte. Nachdem er gemeinsam mit dem italienischen Kollegen das Haus inspiziert hatte, fuhren sie zu Simons Unterkunft. Antonio gab den Fahrer.

»Wenn es regnet, ist mit mir nichts anzufangen«, sagte er. Die Tropfen prasselten auf die Scheibe, die Wischer quietschten hin und her. »Es war schon so, als ich Kind war – und jetzt ist es erst recht so. Ich hasse den Regen.«

»Melancholie?«, fragte Simon.

»Bist du verheiratet?«, fragte der Italiener.

»Ja, aber meine Frau liegt im Koma.«

»*Porca miseria*, dann geht es dir ja noch beschissener als mir.«

»Warum?«

»Meine schläft nur mit einem anderen. Deine wacht nicht mal mehr auf.«

Simon wusste nicht, ob das etwas skurrile Bonmot gewollt war. Er klopfte aufs Armaturenbrett. »Das wird schon wieder – bei dir und bei mir.«

»Sag mir das morgen, wenn die Sonne scheint«, sagte Simone.

»Und was machst du dann heute noch?«

»Ich betrinke mich. Ich betrinke mich und höre Musik. Und wenn ich Glück hab, finde ich einen gnädigen Schlaf. Du?«

»Ich geh auf mein Zimmer. Vielleicht les ich noch was.«

»Dann gute Nacht, Kollege. Wir sind da.«

Simon stieg aus und huschte über das ungleichmäßige Kopfsteinpflaster zu seiner Unterkunft. Obwohl es nur ein paar Meter waren, wurde er nass. Der Kollege blieb stehen, bis Simon im Haus verschwand.

Es war ein freundliches Bed & Breakfast in einem alten Herrenhaus, das er auf die Schnelle im Netz organisiert hatte. Die Besitzerin war noch wach und kam zufällig ins Treppenhaus. Wann er frühstücken wolle? Halb acht war ihm und ihr gleichermaßen recht. Eine fette schwarze Katze schlich um seine Füße herum.

»Sie mag Menschen«, sagte die Hausherrin, »und ist immer glücklich, wenn jemand in der Nähe ist.«

»Wie heißt sie?«, fragte Simon.
»Minestrona«, sagte die Frau.
Simon lächelte und kraulte das Tier.
»*Buonanotte*, Minestrona.«

IV.

»Könnt ihr einen Gott schaffen? So schweigt mir von allen Göttern. Wohl aber könnt ihr den Übermenschen schaffen.«

Friedrich Nietzsche

30

»Bist du schon in Venedig?«, fragte Simon, als er Sabina am Freitagnachmittag erreichte.

»Ich schleich hier an der Lagune entlang. Laut Navi ist es noch fast 'ne Stunde bis Punta Sabbioni.«

»Du lässt das Auto da stehen?«

»Ist günstiger als in diesen riesigen Parkhäusern in Mestre.«

»Hast du heute noch was vor?«

»Mal schauen, wann ich da bin.«

»Ich bin in Biella erst mal fertig«, sagte Simon.

»Heißt das, ich kann mit dir rechnen?«

»Ich muss mit meiner Schwester reden und hören, wie es mit den Kindern läuft. Aber ich würde dich gerne sehen.«

»Ich dich auch«, sagte Sabina. »Meld dich, wenn du es geklärt hast.«

Nach Venedig zu kommen war jedes Mal ein Ereignis. Sosehr Sabina die Touristenströme um den Markusplatz hasste, so sehr liebte sie die engen Gassen in den ruhigeren Stadtteilen. Vom Anlegeplatz des Bootes am Markusplatz fand sie durch das Labyrinth der Kanäle mit einigen Umwegen zu ihrem Hotel. Das renovierte Jesuitenkloster hielt, was sie sich davon versprochen hatte. Ein Kreuzgang mit Sitzkissen und Liegestühlen im Innenhof, lässige Musik, eine Bar. Im Inneren schlichte Zimmer, hohe Räume – ein modernes und doch geschichtsträchtiges Ambiente. Sogar das WLAN funktionierte.

Nachdem Sabina geduscht hatte, packte sie ihre Handtasche und begann einen ersten Streifzug durch die Stadt. Es war warm. Sie schlenderte ziellos umher und vertiefte sich in die Details der Häuser und Gassen. Nach und nach wurde ihre Wahrnehmung fotografisch. Häuserwände gerieten zu Strukturgemälden, Fassaden zu Kunstwerken. Sie verlor sich in entlegenen Hinterhöfen und fand sich in einem fortwährenden Moment des Staunens wieder. Sie blieb vor einem Fenster stehen, das komplett mit Blumen und Pflanzen zugewachsen war. Auf einem Balkon sah sie ein Kabinett aus Puppen, Masken und einem skurrilen Bild des Papstes. Die goldenen Klingelknöpfe an den Häuserwänden wirkten wie Einladungen, hinter jedem verbarg sich ein kleiner venezianischer Schatz, den sie allerdings nie heben würde. Der Zauber dieser Stadt war ein Klischee, war eine tausendmal erzählte Geschichte – und doch verfiel Sabina ihr mit Leib und Seele. Sie ließ sich summend durch leere Gassen treiben und sog die Gerüche auf, die aus den Häusern drangen.

An einer ruhigen Piazza setzte sie sich an einen der freien Restauranttische. Sie bestellte gegrilltes Gemüse und ein Carpaccio. Zu ihr gesellte sich ein Hund, der nur drei Beine hatte. Seine Augen: treu und voller Sehnsucht. Sie gab ihm ein Stück vom Carpaccio. Schon kam der nächste Hund, ein typischer Straßenmischling. Wieder diese Augen. Sie ließ ein Stückchen Fleisch unter den Tisch fallen. Der Chardonnay wirkte und gab dem Moment Raum, sich zu entfalten. Aus der Bar tropften ein paar Musiktupfer auf den Platz. Italienisches Gedudel, oft gehört. Ein dritter Hund kam ums Eck. Der Halter griff ein, bevor es laut wurde. Sabina kaute unaufgeregt weiter.

Im Hotel setzte sie sich in einen der Bögen des Kreuzgangs, ein Sitzkissen unter dem Hintern, eines im Rücken. Sie schlürfte einen Aperol Spritz und suchte Beiträge zur Biennale im Netz. Bevor sie sich die Ausstellungen morgen ansah, wollte sie doch ein wenig recherchieren, was sich besonders lohnte. Sie fand jene Kultursendung aus der ARD, die sie schon einmal in Teilen in ihrem Hotelzimmer in Luzern gesehen hatte. Sabina drückte die Playtaste.

»Kommissar des deutschen Pavillons ist in diesem Jahr Arndt Glaser, ein renommierter Kommunikationswissenschaftler, der die spezielle Charakteristik

der Kommunikation im Internetzeitalter vielleicht wie kein Zweiter versteht und beschreibt. Und seine Auswahl der Künstler ist bemerkenswert: Glaser vergibt die Inszenierung des deutschen Pavillons an ein Künstlernetzwerk mit dem vielsagenden Namen Über Mensch, *das, wie es heißt, aus konzeptionellen Gründen anonym bleibt. Die Kunst soll hier also wichtiger sein als die Künstler – und dagegen ist erst mal sicher nichts einzuwenden. Wer und was genau hinter dem Werk* Der Ring … *steht, das soll erst zu dessen Höhepunkt am 9. Juni enthüllt werden. Bis dahin wird diese Installation anwachsen und – wie wir hören – eine moderne Verschmelzung aus künstlerischen Vorlagen von Richard Wagner und Friedrich Nietzsche anstreben.«*

Der Ring? Wagner? Nietzsche? Sabina stellt die Lautstärke auf Maximum.

»Anonymes Crowd-Development als treibende kreative Kraft unserer Zeit? Überpersonale Schwarmintelligenz als gestaltendes Prinzip der Zukunft? Das sind, liebe Zuschauer, laut der Projektbeschreibung Themen, die in dem deutschen Biennale-Beitrag Der Ring … *im Kontext aktuellen Weltgeschehens aufgegriffen werden und dabei – ganz Nietzsche-like – auch unser moralisch-ethisches Empfinden herausfordern wollen. Als Ausgangspunkt dienen dem Künstlernetzwerk dabei zwei urdeutsche Oeuvres: eben Wagners* Ring des Nibelungen *und Nietzsches* Also sprach Zarathustra.«

Zarathustra. Das Z. Sabina konnte es nicht fassen.

»Beginnen tut das Spektakel heute mit einem begehbaren roten Kreis aus Metall, der das Einzige ist, was

hier zur Eröffnung etwa einen Meter über dem Boden des deutschen Pavillons installiert ist. In den kommenden Wochen soll sich eine Inszenierung entspinnen, die vom Rheingold *über die* Walküre *und den* Siegfried *bis zur* Götterdämmerung *alle vier Teile des klassischen Wagner-Rings bespielt. Allerdings – auch das betonen die Künstler in ihrer Projektbeschreibung – in einem völlig neuen Habitus. Von Wagners* Ring *bleibt also nur mehr ein Gerüst übrig, so darf man das wohl verstehen. Und auch von Nietzsches* Zarathustra *werden sicher nur Bruchstücke verarbeitet. Welche? Ja, das ist das Spannende, das weiß hier niemand, vermutlich nicht einmal der Kommissar des deutschen Beitrags selbst, der von einer großen Spannung berichtet, die ihn erfülle.*

Das alles ist – muss man sagen – ein bisschen wahnsinnig. Aber es passt – auch das müssen wir zugestehen – in unsere vielleicht etwas wahnsinnige Zeit. Ich bin in jedem Fall, wie alle hier, gespannt auf den deutschen Beitrag und sage herzliche Grüße aus Venedig, von der Biennale, hier aus dem deutschen Pavillon, wo uns am 9. Juni offenbar eine Götterdämmerung erwartet.«

Wagner, Nietzsche, Zarathustra, anonymes Künstlernetzwerk, Übermensch. Sabina hatte von diesem Bericht damals nur Bruchstücke gesehen. Als Ganzes wirkte er wie eine vorweggenommene Hinweiskette auf die Morde, die geschehen waren. Am Wagnerhaus in Luzern hatte alles angefangen. Das Z war der prägende Bestandteil des Namens Zarathustra, des literarischen Verkünders von Nietzsches Übermensch-Idee. Das Künstlerkollektiv nannte sich *Über Mensch*, vermutlich in bewusster Anlehnung, aber auch Abgrenzung zu Nietzsche. Alle Morde hatten irgendwie etwas damit zu tun, einer neuen, ethisch integren Menschheit den Weg zu bereiten. Sollte dieser deutsche Biennale-Beitrag tatsächlich etwas mit den Morden in Luzern, Innsbruck und Biella zu tun haben? Waren diese Morde selbst ein Teil des Kunstwerks?

Es war schon nach zwanzig Uhr, die Biennale hatte ihre Tore für heute geschlossen. Aber konnte Sabina jetzt einfach zur Bar gehen und noch einen Aperol trinken? Sie musste Alarm schlagen. Morgen war der 9. Juni. Morgen sollte die große Performance im deutschen Pavillon stattfinden, sogar der deutsche Außenminister war angekündigt. Was hatte sich getan, seit vor einem Monat dieser Beitrag zur Eröffnung der Biennale ausgestrahlt worden war?

Sie recherchierte im Netz und fand Fotos, die den Zustand des deutschen Pavillons vor zwei Tagen zeigten: Über dem Boden war ein begehbarer roter Metallring so montiert, dass er die einzelnen Ausstellungsräume miteinander verband. Der Pavillon bestand aus einem großen zentralen Raum und vier kleineren Seitenkammern, je zwei rechts und zwei links. Der Ring ging durch alle Räume hindurch. In seinem Inneren waren Brücken aus rot eingefärbten Seilen geknüpft. Die Kommentare von Besuchern, die sich das bereits angesehen hatten, brachten nicht wirklich Licht ins Dunkel.

Einer zitierte Nietzsche, der den Menschen ›als ein Seil, gespannt zwischen Tier und Übermensch‹ bezeichnet hatte. *Sollen das also die Seile sein, die hier gespannt sind?*, fragte der User. *Ich bin gespannt, wie sich dieses Rätsel auflöst.*

Ein anderer schrieb: *Das ist sie mal wieder, die Kunst, die keiner versteht. Aber Hauptsache, die Künstler selbst wissen, was sie damit bezwecken.*

Sabina musste das selbst sehen. Was, wenn morgen dort ein weiterer Mord geplant war? Venedig lag praktisch auf derselben Höhe wie Biella. Es schien ein logischer geografischer Endpunkt der Mordserie. Luzern, die Europabrücke bei Innsbruck, Biella und Venedig ergaben miteinander verbunden ein Z. Sie rief Simon an und teilte ihm ihren Verdacht mit.

31

Sarah hatte den ganzen Tag über in der Küche gestanden und Speisen zubereitet. Die Ravioli hatte sie mit einer Mousse aus Birnen und Nüssen gefüllt und sorgsam geschnitten, die Auberginenröllchen gewürzt, den Spargel-Erdbeersalat auf kleinen Tellern portioniert. Der große Tag stand unmittelbar bevor. Das Projekt *Über Mensch* bewegte sich auf seinen Höhepunkt zu – der zugleich ein Wendepunkt für die ganze Welt sein sollte. Es war Zeit für ein gebührendes Mahl – und es war Zeit, dass sich alle Beteiligten kennenlernten, bevor sie sich in alle Welt zerstreuen würden.

»Bist du nervös?«, fragte Eduardo, der Rotwein in Karaffen füllte.

»Ich denke, es ist alles gut vorbereitet«, sagte Sarah. »Auf Martin ist Verlass.«

»Bin gespannt auf ihn«, sagte Eduardo. »Er ist doch so krank, wie kann er sich da auf all die technischen Details konzentrieren?«

»Er war schon immer ein Freak. Der hat schon programmiert, als andere noch nicht mal wussten, was ein Computer ist. Martin ist zuverlässig, er redet nicht viel – aber was er macht, das macht er gründlich. Auch wenn er sterbenskrank ist.«

»Wann kommt er?«, fragte Eduardo.

»Er ist schon da«, sagte ein groß gewachsener, hellhäutiger Mann mit rotbraunen Haaren, der sich lautlos in die Küche geschlichen hatte und Sarah mit einem breiten Grinsen begrüßte.

»Martin«, rief sie und umarmte den alten Schulfreund.

»Mitch hat mir ein Täubchen geschickt«, sagte der gerade Angekommene. »Das mit dem Abholen hat wunderbar geklappt.«

»Und die Technik steht? Die Schnitte sind programmiert, die Botschaften gesetzt?«, fragte Sarah.

»Die Technik steht, alles ist komplett durchkonzipiert, die Timer sind programmiert, alles läuft quasi auf Autopilot. Wenn nicht irgendetwas Außerplanmäßiges passiert, wird die Welt ab morgen eine andere sein.«

»Dann lasst uns den Tisch decken und feiern!«

Eduardo und Mitch trugen die Teller und die Vorspeisen auf die Terrasse. Sarah stellte das Wasser für die Ravioli an und trat mit Martin nach draußen.

»Ihr kennt euch noch gar nicht«, sagte sie und machte Martin mit Mitch bekannt. »Mitch hat bei Professor Dopfer am Institut in Biella gearbeitet. Er kam hier mal zufällig bei einer Wanderung vorbei – und dann sind wir ins Gespräch gekommen.«

»Erzähl«, sagte Martin und setzte sich zusammen mit dem Amerikaner an den Tisch.

»Ich wollte immer schon Roboter entwickeln«, sagte Mitch, »schon als Kind. Und bei Dopfer konnte ich Dinge wahrmachen, die ich mir in meinen kühnsten Träumen nicht ausgemalt hätte. Der Sprung, den die künstliche Intelligenz in den letzten paar Jahren gemacht hat, ist gewaltig.«

»Was hat dich davon abgebracht, bei Dopfer weiterzumachen?«

»Sein Zynismus. Seine völlige Immunität gegen die Bedeutung menschlicher Gefühle. Der Mann war vollkommen besessen von der Idee, eine Intelligenz zu erschaffen, die unsere menschliche hinter sich lässt. Was aus den Menschen wird, war ihm im Grunde egal. Ihm ging die Entwicklung der Intelligenz über alles – er hat sich als eine Art Evolutionsbeschleuniger gesehen, der die menschliche Art zu überwinden hilft. Ohne Rücksicht auf Konsequenzen. Wenn wir unter uns waren, hat er zugegeben, dass er den Menschen im Grunde für verachtens-, ja für vernichtenswert hielt. Das hat mir Angst gemacht. Es hat mir gezeigt, dass ich da an etwas mitarbeitete, das in einer Katastrophe enden kann.«

»Und das hast du Sarah damals erzählt?«

»Sie hat sich sehr für das Thema interessiert und mich eingeladen, bei ihr zu wohnen und mitzuarbeiten. Das habe ich dann getan. Und so ist nach und nach der Gedanke gereift, dass wir etwas gegen diesen Siegeszug der künstlichen Intelligenz tun müssen – und überhaupt gegen alles, was diesen Planeten ins Verderben jagt.«

»Wie lang ist das her?«

»Gut drei Jahre.«

»Vor zweieinhalb Jahren hast du Kontakt zu mir aufgenommen«, sagte Martin, zu Sarah gewandt.

»Ja«, sagte sie, die sich zu den drei Männern gesetzt hatte, während die Ravioli im Wasser kochten. »Ich wusste früh, dass ich dich brauche, wenn wir so etwas Großes realisieren wollen.«

»Und du, Eduardo?«, fragte Martin. »Wie bist du hierhergekommen?«

»Wir haben uns einige Monate nach dem Minenunglück, bei dem mein Vater und meine Brüder ums Leben gekommen sind, in Peru kennengelernt«, sagte Eduardo. »Sarah hat sich für unsere Familie interessiert. Sie hat uns zu Hause besucht und gespürt, wie uns dieses Unglück den Boden unter den Füßen weggezogen hat. Mir, meiner Tante Christina, den anderen Familien. Ich habe meinen Vater und meine Brüder verloren, meine Tante ihren Mann und ihren Sohn. Wir wollten Gerechtigkeit – aber wir wussten nicht, wie wir es anstellen sollten.«

»Da habe ich recherchiert«, sagte Sarah, »und bin auf das Firmengeflecht der *Portargo* gestoßen. Und dann tat sich für Eduardos Tante durch geschicktes Lavieren die Möglichkeit auf, nach Luzern zu gehen. Als Haushälterin. Direkt zu Feldmann.«

Torsten kam auf die Terrasse und begrüßte Martin.

»Du bist also das Mastermind, das unsere Ideen technisch

umsetzt?«, fragte er und umarmte Sarahs groß gewachsenen Schulfreund.

»Ich tu das, was ich kann«, sagte Martin. »Und da es das Letzte ist, was ich in diesem Leben tue, mach ich es so gut wie möglich.«

»Du bist … wirklich bereit zu sterben?«, fragte Torsten.

»Die Krankheit lässt mir keine Wahl – da kürze ich es lieber ab und nehme alles mit, was euch zum Verhängnis werden könnte.«

»Morgen früh?«

»Heute Nacht«, sagte Martin.

»Wie fühlt sich das an?«

»Wie das letzte Abendmahl«, sagte Martin, griff nach seinem Weinglas und lächelte milde. »Beschissen.«

Es war Sarah, die nach einer Weile das Schweigen brach. »Lasst uns essen und trinken. Und lasst uns gemeinsam darauf anstoßen, dass das Projekt *Über Mensch* seinen Sinn und Zweck erfüllt.«

Alle erhoben ihre Gläser.

»Auf euch, meine Freunde«, sagte sie, »ohne die dieses Projekt nie hätte realisiert werden können. Und auf eine Welt voller Liebe, Gefühl und Lust.«

Sie prosteten sich zu. Die Ravioli waren ein Traum, die Sonne legte ihre Glut über die Terrasse, die Weinkaraffen leerten sich im Nu.

»Und du bist in diesen Tierrechtgeschichten drin? Was machst du da genau?«, fragte Martin.

»Früher war ich öfter in den Ställen von Trenkwalders Zulieferern«, sagte Torsten. »Aber das haben dann andere übernommen. In letzter Zeit hab ich mich rargemacht, damit kein Verdacht auf mich fällt. Die Sache an der Brücke hab ich organisiert.«

»Und bei der Ausführung wart ihr immer zu viert?«

»Ja, wir haben Luzern, Innsbruck und Biella zusammen

durchgezogen«, sagte Sarah. »Aber bei allem, was morgen passiert, vertrauen wir auf dich, Martin. Der Showdown liegt komplett in deiner Hand.«

»Ihr könnt euch auf mich verlassen. Mein Silicon-Valley-Informant hat bestätigt, dass der Ablauf wie geplant steht. Und auch die Araber ziehen es wie vorgesehen durch. Die Verbindung nach Venedig ist vorbereitet und wird um vierzehn Uhr aktiviert. Alle Schnitte werden perfekt ineinander übergehen, die Botschaften wie geplant ablaufen. Die Internetkanäle werden per Liveeinspielung bedient. Nur ich – hm, ich werde da schon nicht mehr da sein.«

Keiner sagte etwas in diesem Moment, keiner aß weiter. Nur die Grillen zirpten unablässig. Sarah holte eine weitere Ladung Ravioli. Bis spät in der Nacht saßen sie zusammen. Sie wussten, dass sie sich nach dem morgigen Tag nicht mehr sehen würden. Um Mitternacht erhoben sie die Gläser und sprachen zusammen das berühmte Nachtwandler-Lied von Friedrich Nietzsche.

»O Mensch! Gib Acht!
Was spricht die tiefe Mitternacht?
›Ich schlief, ich schlief –,
Aus tiefem Traum bin ich erwacht: –
Die Welt ist tief,
Und tiefer als der Tag gedacht.
Tief ist ihr Weh,
Lust – tiefer noch als Herzeleid:
Weh spricht: Vergeh!
Doch alle Lust will Ewigkeit,
will tiefe, tiefe Ewigkeit!‹«

Martin liefen Tränen über die Wangen. Er verabschiedete sich von jedem der Anwesenden mit einer Umarmung und schluchzte, als er Sarah in seine Arme schloss. Ohne sich noch einmal umzudrehen, ging er zum Schuppen. Sie hatten den Bus im Tal stets nur nachts benutzt. Keiner der Nachbarn hatte ihn je bemerkt. Er fuhr vorsichtig vom Hof und nahm die alte Militärstraße hinauf zum See.

Er hatte immer gesagt, dass er alles mitnehmen würde, was Rückschlüsse auf die Morde zuließ. Kleider, Schuhe, Seile, Messer, Leitern und Steighilfen. Alles war im Bus verstaut.

Sophia würde zum vorgesehenen Zeitpunkt das Zeitliche segnen. Die Kamera im Haus des Philosophen würde erkennen, wann die Zielpersonen vor der Vitrine standen, und die Explosion auslösen. Das von ihm entwickelte Schnittprogramm war so programmiert, dass es die passenden Bilder und Botschaften für die ganze Performance einspielen würde. Die technische Infrastruktur in der Turiner Wohnung sollte um 14:34 Uhr in die Luft fliegen, kurz nachdem die Operation vollendet sein würde.

Der See war einsam, hierher verirrte sich kaum je ein Wanderer. Die alte, steinige Militärstraße wurde seit Langem nicht mehr benutzt, Spuren hinterließ er auf diesem Steinweg keine – zudem hatten sie nach dem Mord an Dopfer die Reifen gewechselt. Den Bus und alles, was darin war, würde man in hundert Jahren nicht finden, er würde am Grund des Sees vor sich hin rosten wie die *Titanic* im Ozean. Alles, was er noch tun musste, war, die paar Meter nach vorn zu fahren, die ihn vom Wasser trennten. Dann würde er langsam in dieser schwarzen Oberfläche untergehen. Das Wasser würde Liter für Liter in den Bus laufen und er würde in wenigen Minuten erlöst sein von diesem Leiden, das seit Jahren schlimmer wurde.

Noch einen letzten Dienst hatte er der Menschheit erwiesen. Er konnte guten Gewissens gehen. Die Polizei würde durch die Analyse der Internetverbindung zur Biennale rasch seine Turiner Wohnung identifizieren. Man würde die Wohnung stürmen, würde nichts finden, außer den Computern, die sich um 14:34 Uhr selbst zerstörten. Würde später sein

Bild als Mieter dieser Wohnung verbreiten und ihm in den Medien den Namen Zarathustra geben. Man würde ihn per internationalem Haftbefehl suchen. Dabei war er bei diesem Projekt nur das technische Mastermind, das seiner alten Schulfreundin einen Gefallen tat. Er hatte sie immer geliebt. Und er war sofort überzeugt davon gewesen, dass das Projekt *Über Mensch* die Menschheit in eine bessere Zukunft führen konnte.

Es war die Zeit zwischen Mitternacht und Morgengrauen. Die anderen hatten den Hof inzwischen sicher verlassen. Eduardo war zurück auf dem Weg nach Peru, sein Flieger ging noch vor dem Mittag. Man würde ihm genauso wenig etwas nachweisen können wie seiner Tante. Torsten? Hatte für das Projekt nie via E-Mail oder Smartphone kommuniziert. Nachweisen? Würde man ihm nichts können. Trotzdem verließ auch er vorsorglich den Hof und begann ein neues Leben, ohne jede Verbindung zu Sarah. Mitch würde auf irgendeiner Liste auftauchen als einer von vielen, die einmal bei Dopfer am Institut gearbeitet hatten. Dass er derjenige war, der den Wahn des Professors durchblickt und sich gegen ihn und seine Technologien gewandt hatte, würde nie offenbart werden. Er würde schon bald wieder in den Staaten sein, auch dort gab es viel zu tun.

Martins Quelle würde nie jemand erfahren. Sein Informant hatte den Hinweis auf den Besuch der Delegation im Haus des Philosophen gegeben. Wie gut, dass es diese Menschen gab, die das Wohl der Menschheit höher stellten als das einer Organisation, die sie bezahlte. Und wie gut, dass sich diese Menschen irgendwie gegenseitig erkannten. Martin hatte ihn vor etwa zwei Jahren auf einer Messe in den Staaten getroffen. Sie waren ins Gespräch gekommen und hatten schnell gemerkt, dass sie beide bei der Entwicklung der künstlichen Intelligenz kein gutes Gefühl hatten.

Ab morgen sollte die Welle des Widerstands rollen. Sie sollte alle Kontinente erfassen. Im Zeichen des Z sollten alle agieren, die an eine Evolution glaubten, die nicht in grenzenloser Gier und technologischer Kälte endete. Das Projekt *Über Mensch* war bald zu Ende – und sollte zugleich der Anfang einer globalen Rückbesinnung auf echte menschliche Werte sein. Das Wissen darum, dass er das Richtige getan hatte, gab ihm ein gutes Gefühl. Der Zeitpunkt, den letzten Schritt zu gehen, war gekommen. Martin nahm noch einen Schluck Wein aus der Flasche, drehte den Schlüssel herum, ließ die Kupplung schleifen und fuhr langsam auf den Mond zu, der sich voll und rund im Wasser spiegelte.

32

Schon kurz nachdem Simon gegenüber den italienischen Kollegen am Freitagabend seinen Verdacht geäußert hatte, schwärmte eine Sondereinheit der italienischen Polizei auf den Giardini di Biennale aus. Die Polizisten kontrollierten sämtliche Pavillons auf dem parkähnlichen Gelände am östlichen Rand Venedigs. Besonders im und um den deutschen Pavillon suchten die Sicherheitskräfte nach verdächtigen Objekten, auch Sprengstoffhunde kamen zum Einsatz. Der Verdacht auf einen Terroranschlag bestätigte sich jedoch nicht. Noch in der Nacht wurden die Sicherheitsvorkehrungen an den Eingängen massiv hochgefahren. Es sollte Taschenkontrollen und zusätzliches Sicherheitspersonal geben, zudem sollten über vierzig zivile Polizisten und mehrere schwer bewaffnete Einsatzteams bereitstehen. Simons Hinweise wurden sehr ernst genommen.

Ein italienischer Kollege nahm ihn gegen Mitternacht in San Giuliano auf dem Festland in Empfang und brachte ihn mit einem Polizeiboot auf die Insel. Um kurz nach zwölf kam er am Fährterminal F.te Nove in Venedig an. Sabina holte ihn ab. Sie tauschten die aktuellsten Informationen aus und waren sich über die Abartigkeit ihrer Theorie und die Wahnwitzigkeit dieser Mordserie einig.

»Wie geht es den Kindern?«, fragte Sabina.

»Die haben zum Glück meine Mutter und meine Schwester. Und sie fragen auch manchmal nach dir, vor allem Fiona.«

»Ich möchte sie öfter sehen. Ich möchte dich öfter sehen, Simon. Ich hab einen ganz anderen Blick auf Familie seit der Toskana.«

»Ich will dich auch öfter sehen, Sabina. Aber so leicht ist das nicht. Daniela macht Fortschritte, sagen sie. Ihre Augenbewegungen sind stärker geworden.«

»Heißt das, dass sie bald aufwacht? Willst du mich wieder loswerden?«

»Nein, verdammt, aber sieh doch ein, dass das für mich alles nicht so einfach ist.«

»Ja. Ist es nicht. Aber es ist gut, dass du da bist. Ich will jetzt nicht mehr darüber reden. Ich will dich spüren. Komm!«

Sie fielen übereinanderher. Als das erste Feuer gelöscht war, holte Sabina eine Flasche Weißwein aus dem Kühlschrank.

»Wann können wir morgen rein?«, fragte sie.

»Ich habe mit den Kollegen ausgemacht, dass wir um sieben da sind«, sagte er. »Sie haben offenbar nichts gefunden, die Sicherheitsvorkehrungen wurden massiv hochgefahren. Was willst du noch tun?«

»Kommt der deutsche Außenminister?«, fragte Sabina.

»Kann ich mir nicht vorstellen.«

»Haben sie deine Hinweise ernst genug genommen?«

»Natürlich, nur einen Reim kann sich keiner drauf machen.«

»Was passiert da morgen?«, fragte Sabina.

»Das weiß kein Mensch«, sagte Simon. »Im Pavillon ist alles sicher. Es besteht aus Sicht der Biennale-Leitung und der Polizei kein Grund, die Veranstaltung abzusagen. Es ist eben ein Kunstprojekt. Die sehen zwar nach meinen Ausführungen durchaus einen möglichen inhaltlichen Zusammenhang mit diesen Morden, aber sie betrachten das als den Teil des Kunstkonzepts, der auf aktuelle Geschehnisse eingeht. Niemand kann sich vorstellen, dass ein deutsches Außenministerium als Schirmherr eines Kunstprojekts agiert, bei dem Menschen umgebracht werden.«

»Das ist ja auch völliger Wahnsinn«, sagte Sabina.

»Wie soll das alles gehen, wer soll das organisiert haben?«

»Schwer zu sagen. Ist das künstlerische Konzept für morgen nicht bekannt?«

»Laut Aussage von Arndt Glaser, dem Kurator des deutschen Pavillons, werden die Projektoren morgen live über eine

Internetverbindung bespielt. Es ist vorher nichts Inhaltliches bekannt – das ist Teil des vereinbarten Konzepts.«

»Und kann man diese Internetverbindung orten?«, fragte Sabina.

»Erst, wenn was eingespielt wird – also morgen, wenn die Show beginnt«, sagte Simon.

»Dieser Kurator traut sich was.«

»Er ist laut Aussage der Kollegen sehr nervös, aber er beruft sich als künstlerischer Kommissar des deutschen Pavillons eben auf die Freiheit der Kunst. Keine Kontrolle, keine Zensur.«

»Das kann ihn den Job kosten«, sagte Sabina.

»Nicht nur ihn, sondern auch seinen Außenminister.«

»Trinken wir noch was?«

»Das auch«, sagte Simon und stellte Sabinas Glas zur Seite.

Sie wachten schon um halb sechs auf und verließen das Hotel ohne Frühstück. Die Zugänge zu den Giardini waren noch verschlossen und stark bewacht. Nach einigen Telefonaten bekamen Simon und Sabina gegen Vorlage ihrer Ausweise Zutritt. Sie befanden sich jetzt in dem Park, der seit über hundert Jahren die Heimat der Biennale war. Viele Länder hatten hier im Laufe des 20. Jahrhunderts Pavillons errichtet, die alle zwei Jahre als Ausstellungsfläche für die internationale Kunstausstellung dienten. Da die Pavillons zu ganz unterschiedlichen Zeiten erbaut worden waren, gaben sie schon für sich ein interessantes architekturhistorisches Ensemble ab.

Sabina ging am schlichten Schweizer Pavillon vorbei, ließ den etwas opulenteren russischen rechts liegen und stand schließlich vor dem deutschen. Vier fette Säulen am Eingang, strenge Geradlinigkeit in vertikaler und horizontaler Ausrichtung – der von den Nazis umgestaltete Bau war ein denkmalgeschütztes Monument deutscher Architekturgeschichte mitten in Venedig. Sein Inneres war kahl. Weiße

Wände, Lichtkuppeln in der Decke, eine umlaufende Balustrade in mehreren Meter Höhe. Über dem hellen Steinboden war wie schwebend der riesige rote Ring aus Metall montiert, auf dem sich die Besucher frei bewegen konnten. In seinem Inneren verbanden dicke rote Seile, die zu Brücken verwoben waren, die einzelnen Raumteile. Die Seile führten von links hinten nach rechts hinten und von dort diagonal nach links vorn, von wo aus die letzte Brücke nach rechts vorn wohl gestern erst fertiggestellt worden war. Wenn man das Ganze von oben betrachtete, war eindeutig ein Symbol erkennbar: Es war ein riesiger roter Kreis, in dessen Mitte sich ein rotes Z abzeichnete. Das Zeichen, das sie vor vier Wochen zum ersten Mal auf Feldmanns Bauch gesehen hatten.

Sabina ging in den linken, hinteren Raum, wo sich der Startpunkt des begehbaren Z befand. Mehrere Projektoren, die von der Decke herabhingen, deuteten darauf hin, dass im Zuge der Performance Bilder zum Einsatz kommen würden. Auch Kameras hingen an den Wänden, um das Geschehen zu filmen. Sabina schritt über die Seilbrücke nach hinten rechts. Dort hingen weitere Projektoren. Offenbar sollten sämtliche Wände bespielt werden. Der rote Metallring stand vermutlich für Wagners *Ring*. War das begehbare Z aus Seilen dann die symbolische Verknüpfung zu Nietzsches *Zarathustra*? Der *Ring des Nibelungen* hatte vier Teile, am Ende die *Götterdämmerung*. Für Sabina war klar, dass noch ein vierter Mord stattfinden würde. Nur wo? Und an wem? Sie setzte sich auf eine der Stufen vor dem Pavillon.

»Begeben wir uns hier in Lebensgefahr?«, fragte sie Simon.

»Das ist ein Stück weit mein Job als Polizist, aber ich glaube nicht, dass hier ein Mord stattfinden wird. Das Areal ist zu gut gesichert und überwacht. Gerade hier sind wir sicher, denke ich.«

»Dein Wort in Gottes Ohr.«

In den folgenden Stunden liefen die Drähte zwischen Ermittlern und Sicherheitsdiensten in Deutschland und Italien heiß. Um 12:43 Uhr wurde der Kurator des deutschen Pavillons von italienischen Polizisten zum Verhör abgeführt. Deutsche Sicherheitsleute befragten ihn noch einmal. Glaser konnte erneut glaubhaft darlegen, dass er selbst mit der künstlerischen Konzeption des Biennale-Beitrags nichts zu tun hatte und dass es sich bei dem von ihm beauftragten Künstlernetzwerk, das für die Biennale unter dem Namen *Über Mensch* auftrat, um eine international renommierte, von Fachleuten geschätzte Künstlervereinigung handelte.

Das Netzwerk habe schon unter verschiedenen Namen erfolgreich Ausstellungen in prominenten Museen durchgeführt, so auch in Spanien, Frankreich, England, Dänemark, Schweden, Norwegen, Japan und den USA. Provokation sei dabei stets Teil des Konzepts gewesen, nicht aber physische Gewalt. Die Kommunikation mit dem Netzwerk laufe, das sei auch bei den anderen Ausstellungen so gewesen, per anonymen Videokonferenzen ab. Die Künstler blieben dabei stets verhüllt und sprächen englisch ohne nennenswerten Akzent. Er habe mit männlichen und weiblichen Vertretern des Netzwerks gesprochen. Es gehöre zum Selbstverständnis der Künstler, dass sie anonym blieben, weswegen es weder Fotos noch Adressen oder persönliche Ansprechpartner gebe. Auch er habe mit den Konzeptionskünstlern nur per anonymem Video-Stream gesprochen und das Konzept einer in Echtzeit sich entwickelnden Gesamtschau auf globale gesellschaftliche Zustände und Ereignisse unter dem Namen *Der Ring …* spannend gefunden. Die offizielle Projektbeschreibung liege ja vor.

Natürlich habe dabei auch die Verbindung zu berühmten Werken der deutschen Geistesgeschichte einen positiven Ausschlag gegeben. Dass im Rahmen des Konzepts Morde eine Rolle spielen könnten, sei nie zur Sprache gekommen und auf Basis der gewaltfreien früheren Ausstellungen und Installationen des Netzwerks auch in keiner Weise zu erwarten. Auf finanzielle Unterstützung verzichte dieses Netzwerk immer, da es sich als unabhängige Non-Profit-Bewegung verstehe, die von keinerlei öffentlichen oder privaten Spendengeldern abhängig sein wolle. Folglich gebe es auch keine Bankverbindung, die man überprüfen könne. Dieser Umstand der Kostenneutralität habe im Außenministerium übrigens das Wohlwollen gegenüber dem Projekt erheblich gesteigert, da die Geldbeschaffung für die Biennale über Sponsoren stets eine mühselige Angelegenheit sei.

Glaser habe stets transparent agiert und dem Netzwerk lediglich die künstlerische Freiheit zugesagt, die dieses eingefordert habe. Die Freiheit der Kunst sei schließlich ein verfassungsmäßig geschütztes Gut der freien Gesellschaft, weswegen er auch nicht sehe, dass dieses Projekt gestoppt werden müsse. Sicher löse sich der Zusammenhang mit den Morden noch künstlerisch auf. Eine Verstrickung in ein kriminelles oder gar terroristisches Netzwerk könne er sich bei *Über Mensch* nicht vorstellen. Auch deute aus seiner Sicht die bisherige Ausgestaltung des Pavillons, die von Jury und Kritikern interessiert wahrgenommen worden sei, nicht auf eine Gewalttat hin.

Das Z in dem roten Ring, das sich im Rahmen der Installation auf dem Boden abzeichne, deute auf Zarathustra hin, den Protagonisten von Nietzsches Hauptwerk *Und also sprach Zarathustra*. In diesem habe der Philosoph seine Lehre vom Übermenschen dargelegt. So betrachtet, gewinne der Name *Über Mensch*, den sich das Netzwerk gegeben habe, eine gewisse Plausibilität. Das alles lasse erahnen, dass die konzeptionellen Fäden des deutschen Biennale-Beitrags einer inhärenten Logik folgten.

Gleichwohl könne er daraus keinen Hinweis auf eine bevorstehende Gewalttat ableiten. Dass es in diesem Jahr schon Morde gegeben habe, bei denen ein Z aufgetaucht sei, müsse ein grotesker Zufall sein. Niemand könne ernsthaft daran glauben, dass hier ein Zusammenhang bestünde.

Aus dem deutschen Außenministerium war zu vernehmen, dass die Weiterführung des Kunstprojekts nicht infrage stehe. Allerdings verzichte der deutsche Außenminister sicherheitshalber auf seine Präsenz – man werde Terminüberschneidungen als Grund angeben. Um dreizehn Uhr wurde der deutsche Pavillon noch einmal von italienischen Sicherheitsexperten untersucht. Am Eingang zu den Gärten wurden strenge Taschenkontrollen durchgeführt. Die Performance sollte, wie geplant, um vierzehn Uhr beginnen und ohne Zutrittsbeschränkungen stattfinden. In der Stadt Venedig und am Flughafen wurden die Sicherheitsvorkehrungen unauffällig verschärft, zudem wurden die Sicherheitskräfte in Verona und Padua in erhöhte Einsatzbereitschaft versetzt. Dennoch schätzte man die Gefährdung als abstrakt ein, da in Sicherheitskreisen keinerlei Hinweise auf einen Anschlag zu verzeichnen waren.

»Ich kann schon verstehen, dass die sich mit dieser abstrakten Gefährdungslage schwertun«, sagte Simon. »Es gibt keine Personen oder Gruppen, die man mit diesem Szenario in Verbindung bringen kann, und die Geländedurchsuchung hat nichts ergeben. Am Ende ist es nur ein Z – das alles kann auch Z wie Zufall sein.«

»Wir müssen es abwarten«, sagte Sabina. »Klar scheint ja immerhin zu sein, dass das Z im Pavillon für Zarathustra steht.«

»Ja«, sagte Simon, »offenbar will jemand einen Übermenschen erschaffen.«

»Oder die Schaffung eines Übermenschen verhindern«, sagte Sabina.

Sie dachte an das Foto, auf dem ihr Großvater zusammen mit Sarahs Großvater zu sehen war. Die Gesellschaft zur Erschaffung des Übermenschen. 1936 war das gewesen. Wirkte diese Idee bis heute fort? Und hatte nicht Sarah davon erzählt, dass sie als Künstlerin aktiv war? Sollte am Ende sie etwas mit dieser Performance zu tun haben? Mit diesen Morden?

»Das Codewort ›Zarathustra‹ wird längst überprüft«, sagte Simon. »Bislang wurde keine Zelle gefunden, die damit in Verbindung gebracht werden kann.«

»Die sollen den Hof prüfen, auf dem ich letzte Woche war«, sagte Sabina.

»Wie jetzt, bei dieser Sarah?«

»Ja, die sollen ein Team hinschicken.«

»Warum?«, fragte Simon.

»Weiß nicht, ist ein Gefühl.«

»Gefühl macht sich gut als Begründung, wenn man 'ne Hundertschaft in Gang setzt.«

»Die sollen einfach schauen, ob da irgendwas Besonderes passiert. Da reicht doch 'ne normale Streife.«

»Wo ist das genau?«, fragte Simon.

Sabina gab ihm die Koordinaten.

Simon telefonierte. Es dauerte einige Minuten.

»Machen sie was?«, fragte Sabina.

»Die Italiener überprüfen den Hinweis mit dem Hof, ja. Die Deutschen werden die Ausstellung in ihrem Pavillon wie geplant fortsetzen und gemeinsam mit den Italienern überwachen. Man geht davon aus, dass man die besten Hinweise auf die Identität des Künstlernetzwerks bekommt, wenn alles wie geplant weitergeht.«

33

Der Pavillon war jetzt brechend voll, unter den Besuchern befanden sich auch viele Polizisten in Zivil. Taschen und Rucksäcke waren nicht erlaubt. Über eine Internetverbindung, die – wie die Ortung durch Experten ergeben sollte – zu einer Wohnung in Turin führte, wurde die Multimediashow eingespielt. Es ertönte die Ouvertüre des *Rheingold*. Dazu wurden in Deutsch, Englisch und Italienisch die Worte auf die Wände geworfen.

Der Ring des Zarathustra –
eine Produktion des Netzwerks *ÜBER MENSCH*

Bilder von Menschen und Maschinen aus der Rohstoffförderung. Eine Goldmine. Eine Kupfermine. Eine Salzwüste mit Lithium-Förderung. Bilder vom Diamantenabbau, von Erdölraffinerien, von der brennenden *Deepwater Horizon*. Dazu donnerte die Ouvertüre aus den Lautsprechern, durchzogen von Klangsequenzen mit Baggermotoren, Sprengungsgeräuschen, Panikschreien, Explosionen.

Dazu das Nietzsche-Zitat:

Der Mensch ist ein Seil,
geknüpft zwischen Tier und Übermensch –
ein Seil über einem Abgrunde. Ein gefährliches
Hinüber, ein gefährliches Auf-dem-Wege,
ein gefährliches Zurückblicken,
ein gefährliches Schaudern und Stehenbleiben.

Die Besucher bewegten sich auf den z-förmig zu Brücken gespannten Seilen im symbolischen Sinne zwischen Tier und Übermensch, sie waren auf dem Weg, auf dem Nietzsche die ganzen Menschheit gesehen hatte. Im Zeitraffer sah man nun gerodete und vergiftete Landstriche, rote Schlammtümpel inmitten abgeholzter Urwälder. Menschen auf der Flucht. Tote eines Grubenunglücks. Leichen auf einem Müllberg. Dazu in den drei Sprachen der Text:

Die zehn ärmsten Länder der Welt
sind alle reich an Rohstoffen.

Es folgte eine Karte sämtlicher großer Minen und Abbaustandorte der Welt. Ein nächtliches Satellitenbild. Voll beleuchtete Minen und Abbaukrater loderten wie brennende Mahnzeichen in der Dunkelheit. Hier liefen die Maschinen rund um die Uhr.

Westliche Konzerne schöpfen die Gewinne ab.
Tag für Tag.
Nacht für Nacht.

Die Namen der weltgrößten Rohstoffkonzerne flackerten über die Wände. Am Ende PORTARGO. Der Schriftzug wurde größer, wackelte und explodierte schließlich. Zurück blieb eine rote Lache, aus der sich der nächste Text generierte.

Die Natur?
Blutet.
Die Menschen?
Leiden. Fliehen. Sterben.

Bilder des *Portargo*-Tankers. Giftmüll an der Küste. Die blinkenden Lichter von Krankenwagen. Hustende Kinder am Straßenrand. Rennende Menschen in Panik. Tote auf Müllbergen. Dann wieder ein Satellitenbild. Diesmal zoomte es auf Luzern, auf Tribschen, das Wagnerhaus. Das Zupfen wagnerianischer Violinen verschmolz nun mit dem Stakkato eines schrillen Computerpiepens. Zu diesem Sounddesign erschien ein Name:

David Philipp Feldmann,
Inhaber von Portargo,
gestorben am 11. Mai

Sabinas Herzschlag erhöhte sich. Der Film zeigte Feldmanns Leichnam, wie er zwischen den Pappeln vor dem Wagnerhaus hing. Das Bild, das Sabina selbst gesehen hatte. Die Kamera kam näher. Fokussierte das Z auf seinem Bauch. Ein Messer, das den Buchstaben einritzte. Langsam. Zeitlupe. Dazwischen noch einmal ganz schnell nacheinander die Bilder der Toten aus Afrika, Asien und Südamerika. Die Botschaft war klar: Der Mann erlitt die Rache für all die Toten, die er mit zu verantworten hatte. Dazu wieder in drei Sprachen der Text:

Getötet im Namen Zarathustras,
des Umwerters aller Werte.

Hier war er also: Zarathustra, der Religionsstifter und Weise aus dem Orient, dem Nietzsche seine ›Lehre vom Übermenschen‹ in den Mund gelegt hatte. Das ominöse Z. Neu gedeutet, denn mit dem historischen Zarathustra und mit Nietzsches Konzept vom Übermenschen hatte das alles nichts zu tun.

»Die müssen das stoppen«, sagte Sabina.

Simon suchte den Einsatzleiter und fand ihn am Eingang. Er drängte sich durch die Menschenmenge und stellte den Mann zur Rede.

»Stoppen Sie das«, sagte er. »Dieses Projekt gerät außer Kontrolle – es hängt eindeutig mit den Morden zusammen, die uns seit einem Monat beschäftigen. Sie können den Tätern nicht diese Bühne dafür überlassen.«

»Wir haben die klare Anweisung, das Kunstprojekt nicht

zu unterbrechen«, sagte der Einsatzleiter. »Die Täter sollen ihre Projektion wie geplant ausstrahlen, so ist die Wahrscheinlichkeit am höchsten, dass wir sie im Hintergrund dingfest machen können.«

»Und wer garantiert Ihnen, dass hier nichts passiert?«

»Das Gelände wurde zweimal abgesucht, die Eingänge wurden kontrolliert, wir haben genügend Männer hier. Beruhigen Sie sich. Wir konnten die Ortung der Internetzuspielung bereits durchführen. Eine Hundertschaft ist auf dem Weg zu einer Wohnung in Turin.«

Simon ging wieder zu Sabina zurück und flüsterte ihr den Stand der Dinge zu.

Die Musik wurde dramatischer, die *Rheingold-Ouvertüre* erreichte ihren Höhepunkt, Pauken und Bläser setzten den Schlussakkord. Ein Satz, der wie eine Aufforderung an die ganze Menschheit wirkte, leuchtete auf:

Mehrt nicht das Leid der Völker
und vertieft nicht die Wunden der Natur.
Sucht euren Schatz im Herzen –
und ihr werdet auf ewig fündig sein!

Die Buchstaben zerfielen und wurden zu dem Zeichen, das nun immer wiederkehrte: dem roten Z im roten Kreis. Kurze Stille. Betretenes Schweigen. Schon kündigten oszillierende Streicher und signifikante Hörner die *Walküre* an, den zweiten Teil von Wagners *Ring*. Zwischen die Ouvertüre mischten sich Schreie von Schweinen, Puten, Enten und Hühnern. Man sah völlig überfüllte Ställe, Schweine in ihren Exkrementen. Geschredderte Küken. Kastrierte Ferkel. Aus dem After eines Schweins schwoll ein riesiges, fast platzendes Fleischgeschwulst. In einer offenen Wunde nisteten Maden. Ein Schwein knabberte das Ohr des anderen an. Unter den Augen des Tieres Insekten.

Die Musik verstummte. Man hörte nur mehr ein kümmerliches Flehen und Wimmern, wie man es von Kleinkindern kennt. Sabina bekam eine Gänsehaut. Dieses geballte Tierleid war kaum auszuhalten. Dazu die Texte:

Auf diese Weise.
Töten wir.
Jedes Jahr.
10 Milliarden Tiere.
Ohne jeden Skrupel.
Ohne jedes Mitgefühl.
10 Milliarden Tote.
Wir nennen sie Lebensmittel.

Vom linken, hinteren Ausstellungsraum aus setzte sich nun eine Lichtinstallation auf der waagrechten Seilbrücke in Gang, die zur rechten, hinteren Seitenkammer des Pavillons führte. Auf der Brücke floss langsam die Illusion eines roten Blutbachs über die Köpfe der Menschen hinweg. Die obere Linie des Z nahm ihren Lauf. Auf allen Seitenwänden erschien in drei Sprachen der Text:

Was groß ist am Menschen, das ist,
dass er eine Brücke und kein Zweck ist:
was geliebt werden kann am Menschen,
das ist, dass er ein Übergang
und ein Untergang ist.

Wieder nahm ein Nietzsche-Zitat die Situation der Betrachter im Pavillon auf – das Motiv der Brücke, auf der sie standen. Wer nicht vor Ort war, konnte die Aufführung im Internet verfolgen. Ein auf alle Wände projizierter Film offenbarte die weit über das Tal gespannte Europabrücke bei Innsbruck. Das Bauwerk erstrahlte im Morgenlicht. Ein monumentales Bild, gewaltig wie die Klänge der *Walküren-Ouvertüre*, die es kraftvoll untermalten. Die Kamera kam näher und nahm ein Seil in den Fokus, an dem ein Mann von der Brücke hing. Sie flog einmal um den leblosen Körper herum und fokussierte das Z, das in seinen Bauch geritzt war. Dazu erschien die Botschaft:

Hannes Trenkwalder,
Fleischproduzent und Fußballmogul,
gestorben am 22. Mai

Ein Raunen ging durchs Publikum. Weit mehr als der Mord an Feldmann hatte die Öffentlichkeit das Ableben von Trenkwalder beschäftigt.

Getötet im Namen Zarathustras,
des Umwerters aller Werte.

Sabina blickte zu Simon. Die Musik schmetterte aus den Boxen. Sie hob die Hände und riss weit ihre Augen auf. Simon machte eine beschwichtigende Geste.

»Der Einsatzleiter zieht das durch, die unterbrechen diese Show nicht«, sagte er.

Manche der Anwesenden schienen erst jetzt zu begreifen, was vor sich ging. Auf den Brücken machte sich Unruhe breit. Es folgten Bilder von Hämatomen und offenen Wunden bei Schweinen. Dazwischengeschnitten aus nächster Nähe das Z auf Trenkwalders Bauch. Ein Messer, das den Buchstaben einritzte, das Blut, das aus der schwammigen Schwarte tropfte. Dann die Botschaft:

Dies Zeichen kündet von
der neuen Zeit Zarathustras!
Kein Tier soll mehr leiden für euren Hunger
und ihr sollt ersticken an eurer Gier.

Vom rechten oberen Rand des Rings aus floss nun eine virtuelle Lache Bluts über die Köpfe derer, die auf der diagonalen Seilbrücke standen, nach links vorn. Die Menschen, deren Köpfe rot illuminiert wurden, gerieten in Unruhe. Die Inszenierung war jedoch so dicht und packend, dass niemand den Ausgang suchte. Das *Siegfried-Idyll* erklang und nahm der Szenerie vorübergehend das Beklemmende. Auf allen Wänden leuchtete nun ein weiteres Nietzsche-Zitat auf:

Abseits vom Markte und Ruhme
wohnten von je die Erfinder neuer Werte.

Es folgten die Bilder vom Tod Johannes Dopfers. Die Kamera flog aus den Wolken auf die Wallfahrtsstätte Oropa zu. Zwar kannte kaum jemand diesen opulenten Sakralbau inmitten der Berge. Und auch die Nachricht vom Tode des Wissenschaftlers hatte noch nicht die Runde gemacht. Als jedoch sein Name und das Datum eingeblendet wurden, ging ein Raunen durch den Pavillon.

Prof. Johannes Dopfer,
Ki-Forscher und Roboterentwickler,
gestorben am 8. Juni

Das war gestern gewesen. Man sah Bilder von Robotern und Menschenhirnen, die mit Festplatten verbunden waren.

Getötet im Namen Zarathustras,
des Umwerters aller Werte.

Auf den Wänden Collagen einer kühlen, technologischen Welt, endlose Zahlenreihen und Algorithmen, blinkende Netzwerkstrukturen, Reagenzgläser voller menschlicher Hirne. Dazu Zeitungsmeldungen, die von der Neuerschaffung des Menschen durch neuronale Netzwerke und Roboter handelten. Headlines, in denen *Die Überwindung des Todes* und *Das ewige Leben* gefeiert wurden. Bilder von gentechnisch veränderten Mischwesen aus Mäusen und menschlichen Ohren. Dazu donnerte das Orchester die Schlussakkorde der *Siegfried-Ouvertüre* aus den Lautsprechern. Wieder leuchtete eine Botschaft auf, die an die ganze Menschheit gerichtet zu sein schien:

Überwindet nicht die Grenzen des Verstands –
erkennt den Reichtum des Gefühls.

Überwindet nicht den Tod –
erkennt den Reichtum des Lebens!

Die Buchstaben zerfielen und wurden zum roten Z im roten Kreis. Das Licht wanderte nun wieder waagrecht von links nach rechts als fließende Blutlache über die Köpfe derer, die auf der vordersten Brücke standen. Jeder, der auf dem Ring oder einer der Seilbrücken stand, war nun ein illuminierter Teil des blutroten Symbols.

Die *Götterdämmerung* mit ihren mystischen, dunklen Tönen setzte ein. Auf die Wände wurde ein Bild projiziert, das eine Bühne zeigte. Es war eine Liveschaltung nach Arsenale, zum anderen Teil der Biennale, keinen Kilometer Luftlinie entfernt. Man sah den saudi-arabischen Landesbeitrag, eine opulente Inszenierung aus islamischer Formensprache und modernsten technischen Elementen.

Auf der Bühne stand ein Roboter mit menschlichem Gesicht. Am Hinterkopf erkannte man Kabel und Verbindungen. Von vorn sah das Wesen auf den ersten Blick aus wie eine echte Frau. Der Text der eingeblendet wurde, stammte wieder aus Nietzsches *Also sprach Zarathustra*.

Könnt ihr einen Gott schaffen?
So schweigt mir von allen Göttern.
Wohl aber könnt ihr den Übermenschen
schaffen.

Hier wurde Sophia präsentiert, die Roboterfrau einer Hongkonger Firma, die seit Oktober 2017 offizielle Staatsbürgerin Saudi-Arabiens war. Sabina hatte davon gehört und auch schon mal ein Bild des Roboters gesehen. In der öffentlichen Diskussion Europas war diese Meldung seinerzeit fast untergegangen zwischen Flüchtlingskrisen und US-amerikanischer Twitter-Politik. Sophia hatte eine Art Haut, verführerisch funkelnde Augen und sogar so etwas wie Charme.

Gerade als erste Betrachter eine gewisse Sympathie für das weiblich anmutende Roboterwesen zu entwickeln begannen, explodierte unter ihm ein Sprengsatz und zerriss es in tausend Stücke. An den Wänden des deutschen Pavillons, in den diese Explosion ebenso live übertragen wurde wie ins Internet, leuchtete die Botschaft auf:

Sophia,
Staatsbürgerin von Saudi-Arabien,
gestorben am 9. Juni

Getötet im Namen Zarathustras,
des Umwerters aller Werte.

Im arabischen Ausstellungsbereich in Arsenale brach Panik aus und auch im deutschen Pavillon setzte nun eine hektische Fluchtbewegung ein. Auf der Wand stand:

Folgt nicht den Propheten der Unsterblichkeit.
Widersetzt euch der Tyrannei der Maschinen.
Bleibt und werdet – wahre Menschen!

Zu diesem Zeitpunkt ließ der Einsatzleiter der Polizei entgegen der ursprünglichen Absprache den Pavillon räumen. In die Turiner Wohnung des Deutschen Martin Zehring drang da gerade ein schwer bewaffnetes Sonderkommando der italienischen Polizei ein – und fand leere Räume voller Computer.

V.

»Aufwärts geht unser Weg von der Art zur Über-Art.
Aber ein Grauen ist uns der entartete Sinn,
welcher spricht: Alles für mich!«

Friedrich Nietzsche

34

Der Pavillon war inzwischen evakuiert worden. Sabina und Simon zogen sich mit anderen Polizisten in ein Verwaltungsgebäude zurück und verfolgten die Liveeinspielung auf dem YouTube-Kanal des deutschen Pavillons. Sie sahen eine Landkarte Europas. Ein roter Kreis nahm einen bestimmten Ausschnitt in den Fokus. Von Luzern über die Europabrücke und von Biella bis nach Venedig zog sich ein rotes Z. Die vier Orte, an denen die Morde im Namen Zarathustras stattgefunden hatten, blieben auf der Karte stehen. Zwischen Luzern und Venedig bildete sich nun eine diagonale Linie, dann zwischen Innsbruck und Biella. Im Schnittpunkt der beiden Linien lag, wie sich zeigte: Sils-Maria im Engadin, der Ort, an dem Friedrich Nietzsche *Also sprach Zarathustra* geschrieben hatte.

Ein Satellitenbild von Sils-Maria wurde in den Zoom genommen und endete bei einer Liveschaltung im Inneren des Nietzsche-Museums. Die Kamera, die das Bild lieferte, schien an der Decke positioniert zu sein und zeigte auf eine Vitrine. Man sah drei Männer den Flur betreten und darauf zusteuern. Eingeblendet wurden drei Namen, die kaum jemandem etwas sagten. Erst als die Funktionen der drei Anzugträger benannt wurden, ließ sich erahnen, welche Tragweite ihre Zusammenkunft hatte: Auf dem Bildschirm standen die Logos von drei der größten Technologieunternehmen der Welt. Die drei Männer waren die technischen Leiter dieser Unternehmen, sie waren die Männer, welche die Geschicke der Welt in Sachen künstliche Intelligenz und Robotik leiteten. Ein Zitat aus Nietzsches *Zarathustra* wurde eingeblendet:

Aufwärts geht unser Weg von der Art zur Über-Art.
Aber ein Grauen ist uns der entartete Sinn,
welcher spricht: Alles für mich!

Die drei Männer schienen nicht zu wissen, dass sie gefilmt wurden. Offenbar statteten sie dem Museum einen Besuch ab, um die Originale von Nietzsches Schriften zu begutachten. Alles für mich, dachte Sabina – das war nun tatsächlich die Maxime dieser drei Unternehmen. Und es sprach Bände, dass sie sich offenbar am Ort von Nietzsches Übermensch-Vision zusammengefunden hatten, um die Geschicke der Menschheit zu besprechen. Niemand konnte bezweifeln, dass diese drei Unternehmen in Sachen Weltherrschaft und bei der Erschaffung technologischer Übermensch-Strukturen Ernst machten. Diese drei Unternehmen und viele weitere – oft staatlich unterstützt, bisweilen auch völlig unkontrolliert. Es folgte eine Einblendung in drei Sprachen:

Wir sehen: die technischen Leiter der
mächtigsten Technologiekonzerne der Welt.

Ihr Standort: das Nietzsche-Haus in Sils-Maria.

Ihr Ziel: die Erschaffung einer universellen
Tyrannei aus künstlicher Intelligenz.

Ihr Ende: eine Explosion in drei Sekunden.
3, 2, 1 …

Die Explosion war gewaltig und löste sich erst nach einigen Sekunden auf. Man sah, wie sich ein animiertes rotes Z sich über den Staub und das Chaos legte, dazu die Worte:

Getötet im Namen Zarathustras,
des Umwerters aller Werte.

Die Kamera zeigte ein Bild der Verwüstung, über dem das Finale von Wagners *Götterdämmerung* wütete.

Dazu erschien das Gedicht:

O Mensch! Gib acht!
Was spricht die tiefe Mitternacht?
»Ich schlief, ich schlief –,
Aus tiefem Traum bin ich erwacht: –
Die Welt ist tief,
Und tiefer als der Tag gedacht.
Tief ist ihr Weh,
Lust – tiefer noch als Herzeleid:
Weh spricht: Vergeh!
Doch alle Lust will Ewigkeit,
will tiefe, tiefe Ewigkeit!«

35

Die Bilder der explodierenden Bombe im Nietzsche-Haus zu Sils-Maria gingen um die Welt. In sämtlichen Nachrichtensendungen war der Anschlag das Titelthema. Im deutschen Fernsehen leitete die Moderatorin die Sondersendung wie folgt ein:

»Dass man nicht immer verstehen muss, was Kunst aussagen und bewirken will, wissen wir. Dass aber Kunst missbraucht wird, um eine Mordserie zu inszenieren, durch die das internationale politische Gleichgewicht ins Wanken gerät, das ist neu.
Im schweizerischen Sils-Maria – das ist der Ort, an dem der deutsche Philosoph Friedrich Nietzsche vor rund hundertfünfunddreißig Jahren sein Werk *Also sprach Zarathustra* mit der Lehre vom Übermenschen schrieb – sind heute die technischen Leiter von drei der größten Unternehmen der Welt bei einem Attentat ums Leben gekommen. Fast gleichzeitig wurde auf der Biennale in Venedig die saudi-arabische Staatsbürgerin Sophia, ein Roboter aus Hongkonger Fertigung, ermordet – oder wie sagt man das bei einem Roboter, der in die Luft gesprengt wird?
Diese Serie von Morden ist offenbar der Höhepunkt einer Gewalteskalation, die bereits am 11. Mai mit dem Mord an dem schweizerisch-israelischen Rohstoffhändler David Philipp Feldmann in Luzern begann und am 22. Mai mit dem Mord an Hannes Trenkwalder fortgesetzt wurde. Doch damit nicht genug: Die heutigen Morde wurden live ins Internet übertragen und in einer opulenten Kunstperformance auf der Biennale in Venedig inszeniert – und zwar im deutschen Pavillon. Dessen Schirmherr aber ist der deutsche Außenminister. Und das wirft Fragen auf, nicht nur in Berlin, sondern in der ganzen Welt. Franz Kleinhäuser über ein Attentat, das man

eigentlich nicht für möglich hält – und dessen Konsequenzen noch überhaupt nicht absehbar sind.«

Die abgespielten Sequenzen aus Sils-Maria und Venedig waren kurz und zeigten nicht das ganze Ausmaß der Gewalt. Auf explizite Szenen von den Morden und Explosionen verzichtete das öffentlich-rechtliche Fernsehen. Stattdessen geriet rasch der Außenminister in den Fokus der Kritik. Um 20:22 Uhr stellte er sich den Fragen der Moderatorin.

»Herr Minister, in der Schweiz ist heute das heftigste Attentat verübt worden, das es jemals auf US-amerikanische Wirtschaftsvertreter gegeben hat. In Venedig ist ein Roboter aus Hongkong, der die saudi-arabische Staatsbürgerschaft hatte, explodiert. Und die Welt blickt trotzdem nach Deutschland. Weil all das live übertragen wurde im deutschen Pavillon auf der Biennale und im Internet. Im Rahmen eines Kunstprojekts, dessen Schirmherr Sie sind. Wie konnte das passieren?«

Der Minister drückte seine Betroffenheit aus, entschuldigte sich bei allen Beteiligten und sprach von gravierenden Fehlern bei der Einschätzung des Künstlernetzwerks, das mit der Ausarbeitung des deutschen Biennale-Beitrags beauftragt worden sei.

»Herr Minister, sind nicht Sie der Schirmherr dieser Veranstaltung? Und liegt die Verantwortung für alle Fehler, die gemacht wurden, damit nicht bei Ihnen?«

Der zuständige Kurator Arndt Glaser sei bereits in Gewahrsam genommen worden. Alles Weitere müssten die Untersuchungen der Polizei ergeben. Noch sei ja überhaupt nicht klar, was die Morde mit der Kunst zu tun hätten und umgekehrt. Auch wisse man schlicht nicht, wer dahinterstecke. Es gebe einen Verdacht gegen einen Deutschen, der in Turin gelebt habe. Aber diese Serie an Gewalttaten, die heute offenbar kulminiert sei, könne niemals das Werk eines Einzelnen sein.

»Herr Minister, ich frage Sie noch einmal: Sind nicht Sie als Außenminister der Verantwortliche? Und müssen nicht Sie nun umgehend die Konsequenzen ziehen aus dieser Katastrophe? Auch der amerikanische Präsident hat sich bereits dahin gehend geäußert. Wir befinden uns in einer sehr ernsten internationalen Krisensituation, die schon von manchen Scharfmachern als Kriegserklärung an die USA bezeichnet wurde.«

Der amerikanische Präsident sei immer schnell in seinen Urteilen. Er selbst dagegen halte es mit dem Grundsatz, erst aufklären, was passiert sei, und dann daraus Schlüsse ziehen. Und diese würden selbstverständlich auch gezogen.

»Sie schließen also nicht aus, wegen dieser Katastrophe zurückzutreten?«

Er werde das tun, was für sein Land am besten sei. Aber man müsse auch verstehen, dass er angesichts der Verworrenheit der Lage nicht zu irgendwelchen Schnellschüssen bereit sei.

Die Moderatorin bedankte sich für diese erste Stellungnahme.

Die Berichterstattung drehte sich den ganzen Abend um die Zarathustra-Morde. Das Thema künstliche Intelligenz wurde angeschnitten – und inwieweit diese tatsächlich die Existenz der Menschheit bedrohe. Auch wurde die Frage gestellt, welche Konsequenzen eigentlich der Mord an einem Roboter im juristischen Sinne habe. Ein KI-Experte aus dem juristischen Sektor legte dar, dass gerade bezüglich der Rechte und Pflichten von Robotern noch erhebliche Lücken in der Gesetzgebung vorhanden seien. Da der betreffende Roboter Staatsbürger von Saudi-Arabien gewesen sei, stünden ihm im Grunde die Rechte eines Menschen dieses Landes zu, wobei die interessante Frage in diesem Fall sei, ob es die Rechte einer Frau oder eines Mannes seien. Schließlich sei der Roboter rein äußerlich eine Frau gewesen.

Über Europa und die westliche Welt brach eine Diskussionswelle gewaltigen Ausmaßes hinweg, in der es um ethische Werte im Kontext von künstlicher Intelligenz, Bionik und Gentechnik ging. Zur Verhandlung stand nicht weniger als der sukzessive Untergang der Menschheit durch eine technologische Überintelligenz, die gerade im Entstehen war.

36

Während Simon zurück nach Luzern fuhr, wollte Sabina noch einmal das Gespräch mit Sarah suchen. Die Untersuchung des Hofs war ohne Ergebnis geblieben. Da es keinerlei technische Möglichkeit gab, von diesem verlassenen Landgut aus Einfluss auf das Weltgeschehen zu nehmen, erschien eine Verstrickung der Bewohner in die hochtechnologische Ausführung der Kriminaltaten rund um die Biennale nicht plausibel. Auch eine freiwillig eingeräumte Hausdurchsuchung hatte keinerlei Anhaltspunkte für eine Straftat ergeben.

Mit einem sonderbaren Gefühl verließ Sabina Venedig. Sie war diejenige gewesen, die das Zarathustra-Motiv und die geografische Komponente dahinter erkannt hatte. Sie war nahe an einer Lösung dran gewesen – und doch waren die letzten Morde wohl nicht zu verhindern gewesen, weil keiner auf den geografischen Schnittpunkt aller Tatorte gekommen war: den Ort Sils-Maria im Engadin.

Sabina nahm die Fähre über Murano zurück nach Punta Sabbioni. Die Autobahnfahrt quer durch Italien brachte sie irgendwie hinter sich. Am Nachmittag erreichte sie den Hof im Mairatal.

Sarah begrüßte sie nicht gerade freundlich. »Du traust dich hierher?«

»Warum nicht?«, fragte Sabina.

»Wer hat mir die Polizei auf den Hals gehetzt, warst das nicht du?«

»Ja, ich habe das veranlasst.«

»Warum?«

»Was in Venedig passiert ist, hat mich an das erinnert, was du über deine Kunst gesagt hast. Beim Thema Übermensch hat es irgendwann Klick gemacht.«

»Du glaubst, dass ich etwas damit zu tun habe?«

»Hast du?«

»Wie soll das gehen?«

»Ich weiß es nicht, Sarah. Du bist undurchschaubar in dem, was du tust. Und irgendwie auch radikal. Wenn du nichts mit diesen Morden zu tun hast, dann verzeih mir das mit der Polizei.«

»Und wenn ich was damit zu tun hätte? So, wie ich mich jetzt informiert habe, wurden drei der schlimmsten Unternehmen der Welt getroffen und ein Roboter, der groteskerweise Staatsbürger Saudi-Arabiens war. Vielleicht helfen diese Morde der Menschheit, sich auf ihre wahren Werte zu besinnen und den allergrößten Wahnsinn noch zu vermeiden. Vielleicht sind das Helden, die diese Taten vollbracht haben. Hast du dir diese Perspektive mal durch den Kopf gehen lassen?«

»Vom heutigen Standpunkt aus lässt sich das alles doch gar nicht bewerten«, sagte Sabina. »Weil wir nicht wissen, wie sich die Geschicke der Menschheit entwickeln. Wir können uns gerne in zehn oder zwanzig Jahren treffen und rückblickend bewerten, was dieser Wahnsinn gestern gebracht hat.«

»Du findest es also wahnsinnig, dass jemand die Menschheit aufwecken will? Und du findest es im Umkehrschluss richtig, dass unsere Art sehenden Auges ins Verderben rennt und den ganzen Planeten mitnimmt?«

»Gibt es da nur Schwarz und Weiß? Kann man Rohstoffe nicht auch sinnvoll nutzen? Kann künstliche Intelligenz nicht auch Leben retten und Probleme lösen? Gerade die Probleme dieses Planeten.«

»Aber Sabina, es geht doch bei alldem nicht um eine Erörterung von Pro und Kontra wie in der zehnten Klasse. Es geht darum, was dein Gefühl dir angesichts all der Entwicklungen in der Welt sagt.«

»Und was sagt *dir* dein Gefühl?«

»Dass uns die künstliche Intelligenz überrollt und abschafft. Und zwar viel schneller, als wir denken. Damals, zu

Zeiten meines Großvaters, war behindertes Leben unwert. Bald schon wird das ganz normale Leben unwert sein. Ein normaler Mensch ohne künstliche Optimierung wird keinen Wert mehr besitzen, Sabina. Weil er nicht so produktiv ist wie ein Roboter – oder wie ein Cyborg, der sich ständig technisch optimiert. Menschen sind nicht perfekt. Sie haben unnötige Gefühle. Sie streiten sich und sind widerspenstig. Sie verbrauchen Ressourcen. Sie werden krank. Wo liegt da noch ihr Nutzen, wenn sich das Gewinnstreben ohne sie viel effizienter abwickeln lässt? Normale Menschen werden bald schon keine Rolle mehr spielen auf dieser Welt – außer, wir ändern sie ganz grundlegend. Wo soll das alles enden, wenn nicht andere Werte als Gewinn, Perfektion und Fortschritt um jeden Preis die Leitideen dieser Welt werden?«

»Dachten die Leute bei der Einführung der Dampfmaschine nicht auch, ihre Arbeitskraft würde unnötig werden?«, warf Sabina ein. »Sind nicht mit jeder Entwicklung auch neue Jobs entstanden?«

»Der Entwicklungssprung, der uns diesmal bevorsteht, ist ein anderer. Er geht vom Mensch zum technischen oder gentechnischen Übermenschen.«

»Und du meinst, das betrifft uns, zu unseren Lebzeiten?«

»Es hat nur etwa zehn Jahre gedauert, bis die Erde ein komplett digital vernetzter Planet war. Und die Entwicklungssprünge sind exponentiell, es geht alles immer schneller. Viel schneller.«

»Also lassen wir uns bald auch Chips ins Hirn bauen oder mehr Gehirnkapazität uploaden?«

»Selbst wenn wir keine Cyborgs werden, wird die Industrie die Leute über die ganzen Gesundheitsanwendungen so abhängig von ihrem Smartphone machen, dass es neben dem Herzen das wichtigste Organ sein wird. Damit könnte man ja noch leben. Aber ich befürchte, dass in nicht allzu ferner Zeit die Maschinenhirne die Macht übernehmen. Und wenn eine künstliche Intelligenz das Regiment übernimmt, die mit unserem Menschsein rein gar nichts mehr zu tun hat, eine Intelligenz, die unsere Gefühle vermutlich nicht mal mehr verstehen wird – was wird dann unsere Rolle sein?«

Sabina schwieg. Die Zukunft, die Sarah zeichnete, war schaurig, aber nicht vollkommen abwegig – und vieles davon war schon Gegenwart. Trotzdem widersetzte sich etwas in Sabina diesem düsteren Pessimismus.

»Wir müssen uns wehren, Sabina. Mit allem, was wir haben! Und das haben die getan, die gestern in Venedig und in Sils-Maria ein Zeichen gesetzt haben. Ich sehe nicht, was daran schlecht sein soll.«

»Ich glaube einfach nicht, dass aus der Saat von Gewalt eine friedliche Welt entsteht«, sagte Sabina.

»Die Atombombe hat nicht nur Leben zerstört, sie hat seither auch für eine nun schon fast siebzig Jahre andauernde Friedensperiode in weiten Teilen der Welt gesorgt.«

»War sie deswegen eine gute Erfindung?«

»Ich sage das nur, weil ich sehr wohl glaube, dass auf dem Boden von Zerstörung etwas Fruchtbares wachsen kann.«

»Du findest also, die Leute, die das in Venedig und Sils-Maria angerichtet haben, sind Helden?«, fragte Sabina.

»War Georg Elser ein Held? Wäre er einer gewesen, wenn er Hitler getötet hätte?«

»Kann man Hitler mit ein paar Mathematikern vergleichen, die an der künstlichen Intelligenz forschen? Oder mit ein paar Gentechnikern?«

Sarah ließ die Frage unbeantwortet. Die Frauen gingen auf den Balkon und setzten sich.

»Zigarette?«

»Heute schon«, sagte Sabina und zündete sich eine an. Sie blickte über das Tal. »Ist es nicht viel erfüllender, im Kleinen so etwas wie du hier zu machen – als die Welt zu retten?«, fragte sie.

»Du hast es kapiert, Sabina«, sagte Sarah. »*Ich* werde das hier weitermachen. Ich eröffne eine Wohngruppe für Menschen mit Down-Syndrom – inzwischen habe ich die Genehmigung dafür. Deswegen fand ich es auch ziemlich scheiße, dass du mir die Polizei auf den Hals gehetzt hast.«

Sabina machte eine entschuldigende Geste und zog an der Zigarette.

»Ich such übrigens noch Leute, die mitmachen. Wär das nichts für dich?«

»Wo sind denn deine drei Jungs?«, fragte Sabina.

»Ausgeflogen.«

»Wie, ausgeflogen?«

»Na unterwegs. Oder siehst du einen?«

»Und wo sind sie?«

»Sabina, ich bin nicht ihre Mutter. Aber es sieht nicht so aus, als ob die Jungs mitmachen bei dem, was ich vorhabe.«

Sabina blickte sich vom Balkon aus um. Sie sah einen leeren, stillen Hof, der friedlich in der Mittagssonne lag. Über einem Tal voller frei lebender Tiere, in dem die Zeit stehen geblieben zu sein schien.

»Wie soll das ablaufen mit der Wohngruppe?«, fragte Sabina.

»Die Jungs werden ihre Zimmer räumen«, sagte Sarah. »Und im Nebenhaus bau ich um – das beginnt am Montag.«

»Ich schau mir das gerne an, wenn es fertig ist«, sagte Sabina, »aber hierherziehen und mitarbeiten, das ist erst mal nix für mich, glaub ich. Ich bin gern in der Schweiz.«

»Du kannst hier komplett dein Ding durchziehen – ohne Kompromisse.«

»Kann sein, aber das entscheide ich dann schon gerne selbst!«

Sie gingen ins Nebenhaus. Sarah holte ihre Pläne und zeigte Sabina, wie sie den Hof umgestalten wollte.

»Glaubst du, diese Gewalt da draußen geht weiter?«, fragte Sabina.

Es war offensichtlich, dass Sarah die Mordserie ideologisch unterstützte, ohne vermutlich direkt etwas damit zu tun zu haben.

»Um zu einer neuen Welt durchzudringen, wird man ausdauernd kämpfen müssen. Sonst werden alle menschlichen Werte, die Leuten wie uns wichtig sind, untergehen. Ich würde davon ausgehen, dass das gestern keine einmalige Sache war. Ich glaube, dass das Nachahmer finden und eine globale Welle auslösen wird.«

»Ich weiß nicht, ob diese Art von Widerstand Sinn macht«, sagte Sabina. »Diese Gewalt richtet sich gegen die stärksten technologischen und wirtschaftlichen Mächte der Welt. Meinst du ernsthaft, jemand kann die stoppen?«

»Wenn man es nicht probiert, wird es nicht gelingen«, sagte Sarah.

»Aber das ist doch lächerlich! Nichts und niemand konnte je den technologischen Fortschritt stoppen. Was möglich ist, wird gemacht. Was technisch oder wissenschaftlich entwickelt werden kann, wird auch entwickelt.«

»Ein Einzelner kann es nicht stoppen«, sagte Sarah, »aber die Geschehnisse, die seit gestern die Welt in Atem halten, werden etwas in Bewegung setzen. Und das kann zu einer besseren Welt führen. Die Leute fangen endlich an nachzudenken – und nicht nur zu denken, sondern auch zu handeln. Siehst du bei diesen Aktionen wirklich nur die Gewalt und den Gesetzesverstoß?«

»Ich war mal Polizistin«, sagte Sabina.

»Na und? Stauffenberg war auch mal Offizier. Ab einem gewissen Punkt muss man zwischen gut und schlecht unterscheiden und nicht zwischen gesetzlich und ungesetzlich.«

Sabina wog den Kopf hin und her. »Eigentlich bin ich gekommen, um über früher zu reden«, sagte sie. »Wie war das damals? Was hat dein Großvater getan? Was ist mit Sophie passiert?«

Sarah rührte in ihrem Kaffee. Dann blickte sie Sabina direkt in die Augen. »Viele Kinder wurden im Zuge der Euthanasiewelle umgebracht. Sie wurden in Heilanstalten gebracht und dort ermordet. Ihre Gehirne wurden untersucht. Auch von meinem Großvater. Er hat sie sich in seine Klinik liefern lassen. Es gibt darüber schriftliche Vereinbarungen. Ich habe sie gelesen. Er wollte unsere Rasse von allen erblichen Schandflecken befreien und den arischen Übermenschen erschaffen. Dafür war ihm praktisch jedes Mittel recht. Das sind die dunkelsten Abgründe, in die sich menschliche Wissenschaft je verirrt hat – und mein Großvater war ganz vorne dabei. Dein Großonkel!«

»Wurde Sophie auch umgebracht?«, fragte Sabina.

Sarah ging in sich und fixierte dann Sabinas Augen. »Entscheidend ist, was heute passiert. Wichtig ist, dass Kinder wie Sophie heute leben dürfen.«

»Darum baust du ihnen hier eine eigene Welt?«

»Diese verlassenen Täler sind vielleicht die Keimzellen einer Menschheit, wie ich sie mir wünsche«, sagte Sarah, »wie vielleicht auch du sie dir wünschst. Hier werde ich meine Saat setzen, bis zum letzten Tag. Ich werde mich um meine Gemeinschaft kümmern. Ich werde hier mit meinen Tieren leben und mit Menschen, in denen das Gefühl des Herzens zu Hause ist. Ich freue mich darauf, mich mit ganzer Aufmerksamkeit diesen wunderbaren Charakteren zu widmen. Mit ihnen zu singen, zu lachen – einfach zu leben.«

»Ich werde dich sicher besuchen«, sagte Sabina. »Aber erst mal fahr ich nach Hause.«

37

Im April 1941 wurde in der Landesheilanstalt Eichberg bei Wiesbaden eine frei stehende Baracke als Kinderfachabteilung eingerichtet. Ziel der Einrichtung war es, beobachtungswürdige Kinder mit schweren angeborenen Leiden zu untersuchen und im Falle ihrer Nichtarbeits- und Bildungsfähigkeit zu ermorden. Offiziell handelte es sich um eine Fachabteilung für Kinder, in der Therapien gegen den Schwachsinn und andere angeborene Leiden angewendet wurden. Leiter dieser Fachabteilung wurde der dreißigjährige Oberarzt Dr. Werner Petrich. Die Heilanstalt leitete Dr. Karl-Georg Habermann.

Emma Lindemann begleitete ihre Tochter im festen Glauben, Sophie bekäme hier am majestätischen Rhein durch die Vermittlung ihres Onkels Hermann ein sicheres Zuhause, in dem sie – auch in Zeiten des Krieges – still und friedlich leben und sich entwickeln könnte. Es war ein herrlicher Maitag. Der prachtvolle Fluss glänzte in der Sonne, die Weinberge an den Ufern standen in voller Pracht. Das kleine Städtchen Hattenheim mit seinen Fachwerkhäusern wirkte anmutig und einladend. Vom Bahnhof wurden Emma Lindemann und ihre Tochter in einem glänzenden schwarzen Opel wie Staatsgäste abgeholt.

Die Heilanstalt lag unterhalb eines Eichenwaldes, flankiert von Weinbergen und Rapsfeldern. Ja, hier konnte sich Sophie wohlfühlen. Hier würde sie in der Natur, umgeben von schützenden Mauern, zusammen mit anderen Kindern aufwachsen und von den Wirren des Kriegs verschont bleiben.

Der Leiter der Kinderfachabteilung, Werner Petrich, begrüßte die Schwester seines Kollegen Hermann Köth und hieß die kleine Sophie herzlich willkommen. Er erklärte der Mutter, dass er sich um das Kind persönlich kümmern werde und dass er ihr alle drei Monate einen Entwicklungsbericht schicken werde. Auch könne sie die Tochter bis zu einmal im Monat besuchen und mit ihr ein paar Stunden außerhalb der Anstalt verbringen. Eine Begleitung der Tochter in die Anstalt sei allerdings nicht möglich, dies gelte für alle Angehörigen.

Beim Abschiednehmen standen Emma Lindemann Tränen in den Augen. Nur die Fröhlichkeit der kleinen Sophie ermöglichte ihr die Trennung. Sie umarmte ihr Liebchen und versprach ihm, es bald zu besuchen. Nachdem Sophie von einer Krankenschwester abgeholt worden war, versicherte der Arzt Emma noch einmal, dass es dem Mädchen hier gut gehen werde. Emma Lindemann unterschrieb die ihr vorgelegten Formblätter und fuhr im festen Glauben, sie habe eine gute Heimstatt für ihre Tochter gefunden, zurück nach Stuttgart.

Für Hermann Köth war Sophies Verlegung an den Eichberg eine willkommene Möglichkeit, den erblichen Schandfleck der Familie aus seinem direkten Wirkungskreis zu entfernen. Seit am 18. August 1939 ein Runderlass des Reichsministers des Inneren ›zur Klärung wissenschaftlicher Fragen auf dem Gebiet der angeborenen Missbildung und der geistigen Unterentwicklung‹ die Ausfüllung eines Formblatts zur Erfassung von auffälligen Kindern vorschrieb, füllte Köth regelmäßig solche Meldebogen aus. Ein + oder – auf diesen Bögen entschieden darüber, ob das Leben der betreffenden Kinder für lebenswert oder vernichtenswert gehalten wurde. Im Falle seiner Nichte Sophie vermerkte Köth ein *B*, was für Beobachtung stand. Gleichzeitig vereinbarte er mit dem Leiter der Heilanstalt Eichberg, Karl-Georg Habermann, dass Sophie Lindemann unter besondere Beobachtung gestellt und ihr nichts angetan werden sollte. So willkommen es ihm war, das Kind loszuwerden, so sehr lag es ihm doch auch am Herzen, das Leben der Nichte zu schützen.

Die Kinderfachabteilung lag etwas abseits der anderen Komplexe am Eichberg und bot Sophie die Möglichkeit, in der Natur zu sein und den Vögeln zuzuhören. Schwester Anna wandte sich dem Mädchen liebevoll zu und sang mit ihr. Aufgrund ihrer nahezu voll ausgebildeten Blindheit nahm Sophie die realen Zustände in der Anstalt nicht wahr und fand sich mit der Situation gut zurecht. Als die Mutter im Spätsommer 1941 zu Besuch kam, traf sie ein glücklich wirkendes Kind, das die neuen Umstände angenommen zu haben schien.

Anfang 1942 lud Hermann Köth den Leiter der Anstalt am Eichberg auf Kosten der Berliner Euthanasiezentrale zur Fortbildung nach Heidelberg ein. Er dinierte mit Karl-Georg Habermann in den besten Restaurants und beorderte danach eine Lustdame aufs Hotelzimmer des Arztes. In der Folge traf er mit Habermann die Vereinbarung, dass die Heidelberger Ärzte in der Anstalt am Eichberg freien Zutritt zu wissenschaftlichen Zwecken haben sollten. Ferner verabredeten die beiden Ärzte, dass die Gehirne getöteter Kinder zu Forschungszwecken nach Heidelberg übersandt werden sollten. Um die erblichen Missbildungen für immer aus der deutschen Rasse auszumerzen, mussten ihre Ursachen erforscht werden. Köth brannte darauf, den wissenschaftlichen Durchbruch in dieser Angelegenheit zu schaffen. Habermann war ein willkommener Helfer, der ohne viel Aufhebens für die notwendigen physischen Objekte sorgen konnte. Alle paar Wochen sollte nun ein Gehirn geliefert werden, dazu Fotos der zugehörigen Personen und ein Bericht zum jeweiligen Krankheitsbild.

Am 29. März des Jahres 1942, es war der Palmsonntag, war der leitende Arzt Dr. Werner Petrich nicht in der Kinderfachabteilung zugegen – er befand sich im Osterurlaub. Eine Verordnung der Anstaltsleitung besagte, dass noch vor Ostern zwei Kinder getötet werden sollten, um ihre Gehirne zu Forschungszwecken an die Universitätsklinik Heidelberg zu bringen. Habermann selbst war am Morgen zu einer seiner Gutachterreisen aufgebrochen, die er im Zuge des Euthanasieprojekts immer wieder durchführte.

Der gerade erst zum Dienst angetretene neue Assistenzarzt der Kinderfachabteilung traf seine Auswahl der zu tötenden Kinder daher aufgrund einer persönlichen Einschätzung. Dabei missinterpretierte er, noch neu im Euthanasiegeschäft, das *B* in den Unterlagen Sophie Lindemanns als ›Behandlung‹ statt als ›Beobachtung‹. Behandlung aber war in der Fachanstalt der Euphemismus für Tötung. So selektierte der ehrgeizige Arzt einen schwachsinnigen Jungen und ein fast erblindetes, mongoloides Mädchen für die Behandlung.

Als die Tötungsschwester den Auftrag ausführen und den beiden Kindern Morphin-Chloralhydrat spritzen sollte, weigerte sie sich zunächst. Gerade das kleine Mongolchen sei doch so drollig und nett. Der aufstrebende Arzt jedoch duldete keine Widerrede und so erhielt Sophie Lindemann an jenem Palmsonntag Morphin-Spritzen und Luminal-Tabletten in erhöhter Konzentration, sodass das Kind sieben Tage vor Ostern 1942 starb. Gemäß Vereinbarung mit dem Direktor der Universitäts-Nervenklinik Heidelberg sollten alle bei Obduktionen anfallenden Gehirne in die Vosstraße 4 nach Heidelberg eingesendet werden. Die Lieferung kam am Dienstag vor Ostern an und wurde auf Köths Station gebracht.

Als Hermann Köth neben dem angelieferten Gehirn das Foto seiner Nichte auf dem Seziertisch sah, wich alles Blut aus seinem Gesicht. Sofort telefonierte er mit der Anstaltsleitung und fragte, wer um Himmels willen dieses Kind zur Behandlung auserkoren habe. Es sei der neue Assistenzarzt der Kinderfachanstalt gewesen, beteuerte Habermann, der von seiner Gutachterreise zurückgekehrt war. Ob dieser neue Arzt denn nicht gewusst habe, dass Sophie Lindemann unter besonderer Beobachtung gestanden habe und ihr keinesfalls etwas zustoßen durfte? Nein, das sei wohl zwischen den beiden Ärzten nicht besprochen worden. Warum ihn denn dieses Mädchen so besonders interessiere, fragte Habermann. Sie sei doch nur eines von vielen unwerten Leben, die in der Anstalt vor sich hin vegetierten. Nein, sie sei ein besonderes Fokusobjekt seiner Forschung gewesen, log Köth. Nun, dann täte es ihm leid, erwiderte Habermann. Aber es finde sich doch sicher noch ein anderes geeignetes Objekt für seine Forschung. Es gebe ja genügend Kinder, die man einer Behandlung unterziehen könne.

Um den Schein zu wahren, sezierte Hermann Köth noch am selben Tag das Gehirn seiner Nichte. Ab diesem Zeitpunkt trieb er seine Forschungen mit noch gnadenloserer Vehemenz voran. Mehr als zwanzig Gehirne ließ er sich vom Eichberg in den folgenden Monaten zusenden, ehe logistische Engpässe aufgrund der Kriegswirren den Transport erschwerten.

Emma Lindemann erhielt den Anruf ihres Bruders am Karfreitag 1942. Sophie sei Anfang der Woche an Herzversagen gestorben. Er habe das Kind nach dem Tode noch einmal untersucht und müsse den Befund leider bestätigen. Dies komme zuweilen vor bei Kindern mit diesen Anlagen. Er lasse die Leiche des Mädchens nun in einem verschlossenen Sarg nach Stuttgart transportieren. Um die Organisation der Beerdigung seiner Nichte kümmere er sich persönlich. Das sei das Mindeste, was er tun könne. Es tue ihm unendlich leid, dass das Mädchen gestorben sei. Sie sei bei den Schwestern sehr beliebt gewesen.

Emma Lindemann brach die Nachricht das Herz. Jacob Lindemann, Sophies Vater, war bei der Beerdigung nicht zugegen. Er leistete Dienst an der Waffe und sollte erst an Weihnachten 1942 wieder nach Hause kommen. Über seine Reaktion angesichts des Todes seiner Tochter ist nichts bekannt.

Hermann Köth tauchte nach Kriegsende zunächst in einer psychiatrischen Klinik unter. Ein Jahr später wurde er trotzdem gestellt und verhaftet. Da er nicht auf seinen Prozess warten wollte, beging er in der Haft Suizid, indem er sich erhängte. Die Familie Lindemann brach jeden Kontakt zu Köths Frau und den Kindern ab, die den Namen der Mutter, Turwald, annahmen.

Viele Ärzte und Wissenschaftler, die am Euthanasieprogramm der Nazis aktiv und federführend beteiligt waren, kamen straffrei davon. Dr. Werner Petrich, der leitende Oberarzt der Kinderfachabteilung der Landesheilanstalt Eichberg, war verantwortlich für mindestens dreißig Tötungen behinderter Kinder. Am 12. August 1947 wurde er zum Tode verurteilt. Schon 1949 jedoch wurde die Strafe auf dem Gnadenwege zu einer lebenslänglichen Zuchthausstrafe umgewandelt. Bereits im Juli 1953 wurde er dann aufgrund einer von seinen Eltern initiierten Unterstützungskampagne wieder auf freien Fuß gesetzt. Hunderte Wiesbadener hatten eine Unterschriftenliste unterschrieben, in der dem Arzt für seine neuen Heilmethoden gedankt und er entgegen erschlagenden Beweisen zum Gegner der Euthanasie erklärt wurde. Die Landesregierung beugte sich dem öffentlichen Druck. Petrich lebte bis zu seinem Tod als freier Mann. Über den Werdegang des Assistenzarztes, der Sophie Lindemann ermordete, ist nichts bekannt.

38

Während in den TV-Sendungen des demokratischen Europas in jenem Sommer das Für und Wider der transhumanistischen Wissenschaft verhandelt wurde, brach – ausgehend von Deutschland, Italien und der Schweiz – eine gewaltige Widerstandswelle gegen jedwede Übermensch-Technologie über das alte Europa hinweg. Nicht nur gegen die Technologien des *Intelligent Design* richtete sich der Widerstand. Auch Massentierhaltung, globaler Rohstoffhandel und die Gentechnik sahen sich nie da gewesener Kritik ausgesetzt. Eine immer aktiver werdende Öffentlichkeit holte zum Gegenschlag gegen eine jahrzehntelang dominante Wirtschaft der Ausbeutung von Mensch, Tier und Umwelt aus. Befeuert wurde dieser bürgerliche Widerstand durch Aufstände von Arbeitern in Massentierhaltungsfabriken und Abbauminen.

Auch die Kritik am politischen Umgang mit Flüchtlingen im Mittelmeer wurde wehrhafter, die Einhaltung von Menschenrechten vehementer eingefordert. An vielen Orten schlug der Widerstand gegen bestehende Verhältnisse in Gewalt um, andernorts wurde er von friedlichen Bürgerbewegungen getragen. Das Eigenartige daran war die Vermischung radikaler und bürgerlicher Gruppen, die sich in ihren Zielen erstaunlich einig waren. Ein Umstand, der nicht nur die europäische Politik in Alarmbereitschaft versetzte.

In politischen Kreisen wurde heftig darüber gestritten, was noch tolerierbarer Widerstand gegen eine als überwältigend empfundene Macht weniger Konzerne war und was man als blanke Gewalt ohne jede rechtliche oder moralische Legitimation bezeichnen musste. Die Diskussionen waren hitzig, die Standpunkte radikalisierten sich.

Vor der Europazentrale einer großen deutschen Handelskette kam es am 28. Juni zu breit angelegten, bürgerlich getragenen Massenprotesten gegen mangelnde Tierschutzstandards in den Ställen der nationalen und internationalen Fleischzulieferer, mit denen der Handelskonzern Geschäfte machte. Am selben Tag plünderten Tierschutzaktivisten europaweit mehr als hundert Filialen des Konzerns und setzten auf den Parkplätzen Fleischprodukte in Brand, die sie zuvor aus den Kühlregalen entwendet hatten. Die Videos dieser Aktionen gingen um die Welt und fanden Nachahmer auf allen Kontinenten. Die Feuer auf den Parkplätzen der Supermärkte folgten einem einheitlichen Muster: Sie brannten in der Form eines Z.

Am 2. Juli brannte die Zentrale des größten brasilianischen Konzerns für Hühnerfleisch. Einer der Geschäftsführer wurde an einer Straßenlaterne aufgehängt. In der Folge kam es zu Massenprotesten der Arbeiter, die dort über Jahre bis zu siebzehn Stunden täglich für Sklavenlöhne gearbeitet hatten. Diese Proteste lösten wiederum Demonstrationen in allen Teilen des Landes aus, in denen massiver Unmut gegen die Zerstörung der Umwelt und die menschenunwürdigen Bedingungen in Brasiliens Lebensmittelindustrie laut wurde. Die Fahne, unter der sich die Demonstranten zusammenfanden, zeigte ein rotes Z.

Am 12. Juli wurden sechsundzwanzig Unternehmen im Silicon Valley unter militärischen Schutz gestellt, nachdem es vor ihren Zentralen und auf den Zufahrtswegen wochenlang zu massiven Störungen und Sachbeschädigungen durch Technologiekritiker gekommen war. Erst der Aufmarsch des Militärs sorgte vorübergehend für Ruhe. Das Zeichen, unter dem sich der in dieser Form in den USA neue Widerstand versammelte: ein rotes Z in einem roten Kreis.

Am 16. Juli wurden die Räume des Instituts für Genetik an der Harvard Medical School in Brand gesetzt. Es entstand ein Sachschaden in Millionenhöhe. Das Bekennerschreiben bestand nur aus einem schlichten DIN-A4-Papier, das im Briefkasten der Universität lag: Es zeigte ein rotes Z in einem roten Kreis.

Am 4. August wurde die Leiche von Andrew Smith, einem Professor für angewandte Ethik, in seinem Haus in Cambridge gefunden. Der Mann hatte sich massiv für den Einsatz von Gentechnik zur Veränderung des Sozialverhaltens von Menschen eingesetzt. Auf seinem Bauch war ein Z eingeritzt worden.

Am 12. August explodierte eine Bombe vor einer russischen Forschungsanstalt für Robotik im Ural. In dem Forschungszentrum waren kurz zuvor Bilder eines Kampfroboters entstanden, der mit automatischen Waffen hantiert und den Kampf mit einem Panzer aufgenommen hatte. Das Video, das den Anschlag zeigte, begann und endete mit einem animierten Buchstaben in einem roten Kreis: Z.

Auch in bürgerlichen Bewegungen, die auf Marktplätzen und vor Bahnhöfen demonstrierten, tauchte immer wieder das Z als Symbol für eine neue Humanität auf. Im Zuge der zahlreichen Gewaltaktivitäten wurde es freilich in vielen Ländern verboten und in einen terroristischen Kontext gestellt. Dennoch war das Z nicht totzukriegen. Sogar christliche Gruppen setzten sich mit der Zarathustra-Bewegung auseinander und formulierten Verhaltenskodizes, die humanistische und Umwelt schützende Ziele hatten, dabei aber das Mittel der Gewalt explizit ausschlossen. Radikalere links-christliche Gruppen diskutierten sogar die Legitimität von Gewaltanwendung.

Als der ehemalige deutsche Außenminister – er war seinerzeit noch am Tag nach den Ereignissen in Venedig zurückgetreten – in einem Fernsehinterview Ende August erstmals öffentlich Verständnis für die Ziele der Z-Aktivisten äußerte, war das Zentrum des Widerstands gegen eine globale Herrschaft der Unmenschlichkeit und der Gier endgültig in der Mitte der europäischen Gesellschaft angekommen. Der ehemalige Politiker, der sich über den Sommer rargemacht hatte, wurde teilweise heftig für seine Äußerungen kritisiert, blieb aber standhaft und schloss sich medienwirksam den gewaltfreien Z-Aktivisten an. Er legte in zahlreichen Fernsehsendungen seine Sicht der Dinge dar und wurde – obwohl er ursprünglich trotz seiner Schirmherrschaft nichts mit den Geschehnissen in Venedig zu tun gehabt hatte – zu einem glühenden Verfechter der neuen Menschlichkeit. Es folgten Schriftsteller, Schauspieler, Kolumnisten, Musiker und Wissenschaftler – und auch immer mehr Politiker.

Die Ermittlungsarbeiten waren inzwischen so weit vorangeschritten, dass Martin Zehring als technologisches Mastermind hinter den Morden in Venedig und Sils-Maria identifiziert worden war. Wo sich der weltweit gesuchte Mann aufhielt, war freilich unbekannt. Er war nie straffällig geworden und hatte in Turin das Leben eines im technologischen Sektor tätigen selbstständigen Außenseiters geführt. Seine Expertise in der Medien-, Bühnen- und Veranstaltungstechnik war weltweit geschätzt worden. In der Vergangenheit hatte er Aufträge vieler Museums- und Messegesellschaften ausgeführt und war für private, unternehmerische und staatliche Auftraggeber im Einsatz gewesen. Wie es zu seiner Radikalisierung hatte kommen können, war den Ermittlern ein Rätsel. Auch über das Netzwerk des Mannes wurden keine nennenswerten Hinweise gefunden.

39

Mit kühler Präzision leitete der Kommandant die Operation. Dieses Asylbewerberheim sollte brennen. Die einzelnen Kanister wurden ruhig und sorgfältig entlang der Außenwände ausgegossen. Um 02:15 Uhr sollten sie gezündet werden, schon kurz danach würden die ersten Fernsehsender ihre Kameras in Stellung bringen und Ermittler ihre Arbeit aufnehmen. Auf dem Feld hinter dem Asylbewerberheim gossen sie die letzten Kanister aus, sodass der Brennstoff die Form eines großen Z nachzeichnete. In dessen Mitte legte der Kommandant, geschützt durch einen feuerfesten Metallkasten, ein ausgedrucktes Bekennerschreiben, das wie ein Manifest klingen sollte. Damit war die Operation beendet. Die Entzündung des Brennstoffs erfolgte elektronisch – Haus und Feld fingen sofort Feuer. Der Text des Schreibens, das später gefunden werden sollte, lautete wie folgt:

> *Viel haben wir erduldet und ertragen. Haben Lügen gelesen und Unwahrheiten gehört. Haben Gutmenschen aufbegehren sehen und Kartellpolitiker umfallen. Nun ist es an der Zeit, die Herrschaft über die Zeichen wiederzuerlangen. Und die Herrschaft über dieses großartige Land und seine glorreiche Kultur.*
>
> *Wir sehen ein Zeichen in aller Welt – missbraucht. Wir wollen dieses Zeichen retten, achten und mit dem Sinn erfüllen, den es in der Vorsehung unseres Volkes hat.*
>
> *Zarathustra war der Prophet des arischen Übermenschen. Ein Vorbereiter des deutschen Wegs, ein Held für Volk und Vaterland. Wir wollen ihn ehren und ihm getreu sein. Wir wollen seine Jünger sein und sein Zeichen leuchten lassen. Darum seht ihr es hier in Flammen stehen. An diesem Schandfleck deutscher Gegenwart. Und seid gewarnt und gewappnet: Dieses Zeichen wird bren-*

nen noch an vielen Orten! Und mit ihm sollen brennen all diejenigen, die dieses Land zersetzen. So lange, bis es gereinigt ist von allem, was nicht deutsch ist.

Heil dir Zarathustra, Führer des nationalen Widerstands und Prophet des ewig Arischen. Wir sind deine Jünger und werden unser Reich in deinem Namen einen und reinigen.

Tod euch, ihr Eindringlinge.
Euer aller Tod will Ewigkeit,
will tiefe, tiefe Ewigkeit!

Sabina und Tom kamen gerade aus dem Schanzenviertel, als die Portale die unfassbaren Geschehnisse aus Sachsen vermeldeten. Eine Gruppe Neofaschisten hatte offenbar ein Asylbewerberheim angezündet. Auf dem Feld daneben hatte ein brennendes Z gelodert. Das Bekennerschreiben, das die Täter hinterlassen hatten, trug offenbar rechtsradikale Züge und bezog sich auf Zarathustra als Vordenker des völkischen Übermensch-Gedankens.

Tom ließ sich in einen Sessel fallen und starrte fassungslos auf sein Smartphone.

»Siehst du nun, was du von deinem Widerstand hast?«, sagte Sabina, die für einige Tage in Hamburg bei ihrem Bruder war.

»Aber dieses Z ist doch ein Symbol der Guten. Ich habe so eine Welle der Veränderung in meinem Leben noch nicht gesehen. Zum ersten Mal hatte ich das Gefühl, dass Widerstand wirklich etwas bringt und Dinge zum Guten wenden kann. Wer kann denn nur dieses Zeichen für nationalistische Zwecke missbrauchen? Das ist doch völlig absurd. Damit ist die ganze bisherige Bewegung auf einen Schlag ad absurdum geführt und erledigt.«

»Das dürfte der Sinn der Aktion sein«, sagte Sabina. »Die Faschisten wollen die Deutungshoheit über ein Zeichen erlangen, das für Veränderung steht. Auch wenn es mit nationalistischen oder faschistischen Ideen rein gar nichts zu tun hatte. Ab sofort gehört die Bühne wieder den Rechtsradikalen und alles, was im Kontext des roten Z passiert, wird mit den Rechten verbunden.«

»Und wenn das gar keine Faschisten waren?«, fragte Tom.

»Wie meinst du das?«

»Vielleicht haben auch etablierte Instanzen ein Interesse daran, dass dieser rote Spuk, der alles infrage stellt und bestehende Systeme angreift, ein Ende nimmt?«

»Du meinst, dass man einen rechtsradikalen Anschlag unter Verwendung eines linken Symbols fingiert, damit diese globale Welle gebrochen wird, die seit Venedig rollt?«, führte Sabina den Gedanken fort. »Kann alles sein. Es können aber auch einfach ein paar bescheuerte Nazis sein, die wirklich meinen, sie seien die neuen Übermenschen. Wir werden es wahrscheinlich nie erfahren.«

»Was ist das nur für eine Zeit?«, schrie Tom, den das alles sehr erregte. »Es ist zum Wahnsinnigwerden.«

Sabina fand sich in der Rolle der beruhigenden, großen Schwester wieder, auch wenn sie selbst die jüngsten Geschehnisse zutiefst skurril und sehr bedrohlich fand. »Du kannst nur deine kleine persönliche Welt ausgestalten und irgendwie versuchen, in ihr glücklich zu sein«, sagte sie, »und deinen Werten treu bleiben, egal was um dich rum passiert.«

»Ist das alles, große Schwester?«

»Das ist alles, lieber Bruder.«

»Dann lass uns darauf trinken.«

Sie umarmten sich fest und holten sich noch zwei Bier aus dem Kühlschrank.

40

Sabina wusste seit einigen Wochen, dass sie schwanger war. Offenbar war bei den vielen Reisen etwas mit ihrem Verhütungsring schiefgegangen. Sie lag auf dem Untersuchungsstuhl und betrachtete den Bildschirm. Der Arzt führte das Ultraschallgerät über ihren Bauch und erklärte ihr die Bilder.

»Sie sind ja über fünfunddreißig, Frau Lindemann. Daher würde ich dringend empfehlen, eine Nackenfaltenmessung des Embryos vorzunehmen.«

Sabina nickte, sie hatte sich darüber informiert.

»Jetzt messe ich die Scheitel-Steiß-Länge.«

Der Arzt löste das Ultraschallbild aus, das postwendend aus dem Drucker kam. Er beugte sich darüber und runzelte die Stirn. Während er sich ans Kinn fasste, führte er den Daumen zu den Zähnen. Sabina stockte der Atem. Sollte nach allem, was sie in den letzten Monaten erfahren und erlebt hatte, nun diese Entscheidung von ihr verlangt werden?

»Die Scheitel-Steiß-Länge bei Ihrem Kind ist dreiundachtzig Millimeter«, führte der Arzt völlig ruhig aus. »Eine normale, unauffällige Nackenfalte haben wir bei dieser Größe des Embryos bis zu einer Dicke von 2,7 Millimetern.«

»Und?«, fragte Sabina.

»Auf diesem Ultraschallbild kann ich sie mit 3,8 Millimetern vermessen. Das bedeutet nicht, dass bei Ihrem Kind eine Trisomie des einundzwanzigsten Chromosoms vorliegen muss, aber es ist auf jeden Fall ein auffälliger Befund.«

»Und jetzt?«, fragte Sabina. »Wollen Sie mir raten, das Kind abzutreiben?«

»Auf keinen Fall«, sagte der Arzt. »Wenn Sie es wünschen, und das wäre auch meine Empfehlung, führen wir weitere Untersuchungen durch. Eine Fruchtwasseruntersuchung zum Beispiel.«

»Da besteht doch die Gefahr einer Fehlgeburt«, sagte Sabina.

»In etwa einem Prozent der Fälle«, setzte der Arzt an.

»Nun hören Sie doch auf mit diesen Wahrscheinlichkeitsrechnungen«, fuhr Sabina dazwischen. »Das alles läuft doch darauf hinaus, dass Sie mir ein Kind mit Down-Syndrom ausreden wollen.«

»Ich, äh, ich komme meiner Beratungsverpflichtung nach«, sagte der Arzt.

»Ja, und? Wie viele entscheiden sich danach noch dafür, ein Kind mit Trisomie 21 zu bekommen?«

»Es sind«, er stockte, »wenige, das stimmt. Durch den Fortschritt in der Pränataldiagnostik tragen weniger als fünf Prozent der Frauen Kinder mit dieser Chromosomenaberration aus.«

»›Chromosomenaberration‹?«, schrie Sabina. »Herrgott, das sind doch Menschen. Liebenswerte, gefühlvolle Menschen!«

»Ja nun, Frau Lindemann«, erwiderte der Arzt. »Ich möchte Sie nicht zu einem Schwangerschaftsabbruch auffordern. Es ist nur meine Pflicht, Sie aufzuklären. Ihnen die Möglichkeiten, die Gefahren oder, sagen wir, die Konsequenzen aufzuzeigen.«

»Darauf verzichte ich«, sagte Sabina, griff sich das Bild des Embryos und verließ mit einem trockenen »Danke« das Behandlungszimmer.

Draußen brach sie in Tränen aus. Was war so schlimm daran, ein möglicherweise spezielles Kind im Leib zu tragen? Sie mochte diese Kinder, sie mochte auch Erwachsene mit Down-Syndrom. Was würde Simon dazu sagen? Er war zu hundert Prozent davon ausgegangen, dass ihre Verhütung funktionierte. Sie auch. Aber nun war es eben so. Sie würde dieses Kind vielleicht allein aufziehen müssen, das ja. Aber warum auch nicht? Was war daran schlimm?

Sie fuhr von Chur zurück über die Autobahn und bog kurzerhand ins Surselva ab. Am Eingang des Dorfes Flims stand eine alte, romanische Kirche. Hinter ihr erhob sich ein Hügel, auf dem schon seit Tausenden von Jahren Menhire standen, die einst zur Bestimmung der Gestirne gedient hatten. Sabina liebte diesen Ort, der als Kraftplatz mit besonderer feinstofflicher Energie bekannt war. Sie stellte ihr Auto ab und stieg an den Steinen vorbei auf den höchsten Punkt des Muota-Hügels. Dort, zwischen Birken und Haselsträuchern, legte sie sich ins Gras und überließ sich den Gedankenströmen, die sie erreichten. Sie sah ein fröhliches Kind und einen geschlossenen goldenen Kreis vor ihrem inneren Auge. Dabei spürte sie eine Wärme und Geborgenheit, die sie bestärkte. Nach etwa einer Stunde erhob sie sich und ging zurück zum Auto.

Sie wollte gerade losfahren, als das Telefon klingelte.

»Ich bin's, Simon.«

»Hallo, wie geht's dir?«

»Es geht mir gut, Sabina. Aber ich muss dir etwas sagen.«

»Ich dir auch.« Sabina machte die Fernsprechfunktion etwas leiser.

»Ich weiß nicht, ob es am Telefon gut ist. Aber ich kann damit nicht warten: Daniela ist aufgewacht!«

Sabina nahm die Hände vors Gesicht. »Das ist schön«, sagte sie nach einer Weile, im selben Moment liefen ihr die Tränen über die Wangen. Sie wusste nicht, welchem Impuls sie nachgeben sollte: dem, sich für Daniela und für Simon zu freuen, oder dem, sich dafür zu hassen, dass sie traurig und enttäuscht, vielleicht sogar zornig war. »Wie geht es ihr?«, brachte sie schließlich heraus und versuchte, ihre Gefühlswallungen zu verbergen.

»Sie ist natürlich schwach. Aber sie ist da. Sie ist die, die ich kannte. Und sie sagt, dass sie uns immer gespürt und gehört hat. Das Problem ist ...« Er stockte.

Sabina erstarrte vor Spannung.

»Das Problem ist, dass *ich* nicht mehr derselbe bin wie vorher.«

»Wie meinst du das?«

»Du hast mich berührt, so tief, dass ich nicht mehr weiß, wo ich zu Hause bin.«

Sabina schloss die Augen. »Und die Kinder?«, fragte sie.

Er atmete tief ein und wieder aus. »Die Kinder freuen sich natürlich.«

»Ich werde für deine Kinder in ein paar Jahren nicht mal mehr eine Erinnerung sein«, sagte Sabina.

»Das stimmt nicht. Fiona hat nach dir gefragt.«

»Sie hat ...«

»Sie hat gefragt, wann du kommst und Mama Hallo sagst«, sagte Simon.

Sabina schluchzte auf. »Was bedeutet das für uns?«, fragte sie nach einer Weile.

»Ich ... ich weiß es nicht.«

»Ich auch nicht«, sagte Sabina. Die Stille wurde lang. Sie wischte sich die Tränen ab, schüttelte ungläubig den Kopf und lächelte sauerzart.

»Du hast gesagt, du willst mir auch etwas sagen?«, sagte Simon schließlich.

»Ich weiß nicht, ob du dich darüber freuen wirst«, sagte Sabina.

»Sag's mir trotzdem.«

»Ich bin schwanger.«

Dank

Mein Dank gilt allen, die mich bei diesem Buchprojekt unterstützt haben. Insbesondere meiner Frau Julia für die wertvollen Diskussionen, Ines für die inspirierenden Einblicke in ihr Leben und meiner Mutter für die harmonischen Tage in der Schweiz und in Italien. Meinem Vater danke ich für das liebevolle Lächeln, mit dem er dieses Projekt vor meinem inneren Auge begleitet hat.

Als literarische und wissenschaftliche Quellen für die Romanfiktion dienten mir unter anderem Werke und Aufzeichnungen von Lothar Gruchmann, Anton Hoch, Peter Steinbach, Johannes Tuchel, Ulrich Renz, Michael Grüttner, Karin Buselmeier, Sophinette Becker, Petra Becker-von-Rose, Bernd Laufs, Christine Teller, Maike Rotzoll, Volker Roelcke, Gerrit Hohendorf, Götz Aly, Hans-Walter Schmuhl, Klaus Dörner, Walter von Baeyer, Rolf Valentin, Ernst Klee, Andreas Buck, Alma Kreuer, Jürgen Peiffer, Lutz Kaelber, Peter Sandner, Horst Dickel, Adelheid Rüter-Ehlermann, C F. Rüter, Heinz Faulstich, Markus Kreitmair, Linda Orth, Sabine Teich, Anke Tucholski, M. Rainer Lepsius, Frank König, Jürgen Schmidhuber, Roland Benedikter, Zoltan Istvan, David D. Friedmann, Georg Schneider, Margit Sprecher, Philipp von Becker, Yuval Noah Harari, Evelyn Schweizer, Thomas Müller, Richard Wagner und Friedrich Nietzsche.

Lust auf weitere Lektüre?

Marcel Huwyler

Frau Morgenstern und das Böse

ISBN 978-3-89425-628-9
Auch als E-Book erhältlich

Scharfzüngig und herzerfrischend bösartig

Das Recht ist nicht immer gerecht – davon ist die pensionierte Lehrerin Violetta Morgenstern überzeugt. Daher übt sie sich regelmäßig in Selbstjustiz und bringt auf kreative Weise Übeltäter um. Als sie erwischt wird, tritt das geheime Schweizer Killer-Ministerium ›Tell‹ mit ihr in Kontakt. Das Angebot: Morgenstern wird die Haftstrafe erlassen, wenn sie im Gegenzug Auftragsmorde ausführt. Die Rentnerin sagt begeistert zu. Als sie einer riesigen Verschwörung auf die Spur kommt, muss sie alle Register ihres mörderischen Könnens ziehen.

Machtkämpfe und ideologischer Wahn

Jutta Blume

Die Aktivistin

ISBN 978-3-89425-595-4
Auch als E-Book erhältlich

Politisch brisant, fundiert recherchiert

Aktivistin Yessica López, die sich für die Rechte der indigenen Garífuna einsetzt, ist verschwunden und niemand in Triunfo will darüber reden. Entwicklungshelfer Ulrich, der seine ehemalige Geliebte überraschen wollte, kann kaum glauben, wie sehr sich die Region verändert hat. Die honduranische Regierung hat das Gebiet zu einer Sonderentwicklungszone erklärt, verwaltet von einem internationalen Expertenkomitee, das die Einheimischen zum Verkauf ihrer Grundstücke zwingt. Die Interessen des Komitees sind undurchsichtig, seine Macht absolut. Als in der Nachbarstadt eine Bombe explodiert, wird das Tropenparadies zu einem Albtraum.